三国志
三の巻 玄戈の星
新装版

北方謙三

時代小説文庫

角川春樹事務所

目次

- 光の矢 … 7
- 情炎の沼 … 59
- 原野駈ける生きもの … 134
- 追撃はわれにあり … 197
- 海鳴りの日 … 241
- 滅びし者遠く … 334

*編集注　本文中の距離に関する記述は、中国史における単位に従い、一里を約四〇〇メートルとしています。

光の矢

1

 風。谷の下から吹きあげてくる。身を切るように、冷たかった。
 五斗米道が、漢中郡に入って、すでに九年だった。その間、力は養ってきた。漢中郡全域が、五斗米道の聖地のようにさえなっている。乱を逃れ、あるいは貧しさに耐えかねて、漢中に流れてくる人の数も多い。
 もう、負けるはずなどないのだ。相手が誰であろうと、追い返せるという自信はある。
 それにしても、母も兄も、劉璋という男を甘く見すぎてはいなかったか。劉璋の父、劉焉が益州の牧としてやってきたのが、九年前だった。そのころ、益州には豪族が多数いて、それぞれ勝手なことをやっていた。民衆はその専横に苦しみ、五斗

米道に帰依しはじめていたのだ。

兄の張魯が教祖で、母は教母と呼ばれていた。五斗米道は、祖父の張陵からはじまっている。信者に五斗（約十リットル）の米を納めさせたのが、その名の由来である。それ以後、父の張衡が継ぎ、そして兄の張魯の代になっていた。三代の間、益州で徐々に拡まってきている。

母と兄が危機感を抱いたのは、同じ道教の一派である太平道が乱を起こした時だった。乱は全国に拡がったが、賊と呼ばれた信徒たちが、朝廷の軍勢に圧殺されそうになった時だった。五斗米道もやがて、と母と兄は考えたようだ。太平道が乱を起こしてから、母は皇室に連らなる劉焉の気配が漂いはじめた。庇護する者を求める。その考えで、母は皇国には乱世の気配が漂いはじめた。

母は、年齢よりずっと若く見え、それは不思議な感じがするほどだった。誰もが、美しいと称賛した。劉焉はすでに老齢に近かったが、母のなす巫術に惹かれたのかもしれない。あるいは、母の色香に惑わされたのかもしれない。

それまでただの監督官だった州の刺史を、軍事裁量権まで持った牧に格上げすることを朝廷に建議し、それが容れられると、自ら益州の牧を志願したのである。

それで益州の五斗米道は、劉焉の庇護下に置かれることになった。漢中郡に拠って立て、と兄の張魯に勧めたのは、張衛自身だった。漢中の守りが甘ければ、益州全体が危うくなる。逆に漢中さえ固めていれば、益州は安泰である。乱世の波に呑みこまれることもない。

張魯は、必ずしも劉焉に従順ではなかった漢中太守を、自ら討伐することを願い出て許された。母がそう働きかけたからである。しかし、兄の張魯に、戦の裁量はできなかった。漢中太守との戦のすべては、張衛自身が受け持った。

張衛は、漢中に攻めこんで数日でそこを制圧し、長安への唯一の道である谷のかけ橋を切り落とした。

それ以来、朝廷との連絡は途絶えている。

あのころ、張衛は二十歳だった。いまはもう、三十に近づいている。漢中郡はすべて、五斗米道のものになった。益州全体にも、五斗米道の力はかなり及んでいる。劉焉が、道教を嫌う豪族を、ほとんど誅殺したからだった。漢中で四万、益州全体で二十数万の軍勢を擁するようになった。それは、袁紹や曹操や袁術をも凌ぐ軍事力だった。

ただ、劉焉には、益州を出て全国を平定する、という野心はなかった。むしろ、

益州だけをいつまでも孤立させ、やがて漢から引き離してしまおう、と考えているようだった。それは、母の願いであり、張衛が考え続けていたことでもあった。いつか、劉焉は、帝のごとく振舞うようになっていた。

その劉焉が死んだ。

劉焉を継いだ劉璋は、一年間は喪に服していた。その間に、母と兄はやりすぎたのだ。益州全体を五斗米道の国にしてしまうには、まだ力が不足していたが、民さえ信徒に加わってくれば心配はないという考えで、活発に動きはじめたのだった。劉璋には、我慢できないことだったのだろう。いきなり、母や二人の弟たちを捕えた。兄だけはなんとか漢中に逃げこんできたが、母と弟二人は首を刎ねられた。

劉璋に、巫術は役に立たなかったようだ。

それ以来、劉璋がいつ漢中に兵を出してくるか、という状態がひと月近く続いている。成都に兵が集結中という情報も、何度か入った。確かに兵は集まったようだが、劉焉の死をきっかけに反逆の姿勢を見せはじめた豪族を討つためで、漢中にむけられる軍勢ではなかった。

「教祖様が、お呼びでございます」

下の方から、従者が大声を出した。

張衛は、屹立した岩の頂に座っていた。上半身は裸である。ものを考える時、張衛がよく座る場所だった。張衛は立ちあがり、天にむかって一度雄叫びをあげた。

漢中は山深い土地である。屹立した岩の頂にいても、四囲は山であった。従者はいつもひとり。数百の信徒に取り囲まれた張魯とは違ったが、漢中郡の兵はすべて掌握していた。

張衛は着物を着ると、岩を降り、馬を繋いだところまで駆けた。

張魯の館は、城郭にはなかった。南鄭の南の山ひとつが、張魯の館と言っていい。義舎と呼ばれる信徒たちの家が並び、頂の広い土地に張魯の館がある。山を囲うように柵を設けたのは、張衛である。いざとなれば、城とは較べようもない。その柵さえ、張魯は作ることをいやがった。

張衛は、十名ほどの祭酒（信徒の頭）たちを前に座っていた。

「成都の信者から知らせがあった。劉璋殿が、ついに漢中に兵をむけられたらしい」

「兄上は、どうなさるお積りです？」

張衛は、張魯にむき合って腰を降ろした。

「祈る」

「それはわかりますが、実際に軍勢が来るとなると、祈るだけでは済みません。兄上にも、ここを動いて、城の中に入っていただかなくてはなりませんぞ」
「そっちは、おまえがうまくやってくれるだろう。とりあえず、知らせが来たのでおまえを呼んだ」

張魯（ちょうろ）は、痩（や）せていて背が低く、老女のように萎（しな）びて見えた。それでも、まだ三十八である。母も小さかったが、大男の劉焉（りゅうえん）に抱かれていた、ということさえ信じられない。娘のように見えることさえあったのだ。その母が、長い間、劉焉の叫び声だけが聞こえ続けているのだ、と側近の者に聞かされたことがある。

二人が交合している時は、長い間、劉焉の叫び声だけが聞こえ続けているのだ、と側近の者に聞かされたことがある。

「とにかく、定軍山（ていぐんざん）あたりに兵を出して、劉璋（りゅうしょう）の軍勢を迎え撃ちます。兄上は、いまのところこの館におられて結構ですが、私の使いが来たらすぐに、城内に移ってください。祭酒（さいしゅ）たちも一緒にです」
「私は、ここで祈っていてはいけないのか、張衛（ちょうえい）？」
「漢中（かんちゅう）が、はじめて戦場となるのです。よいですか。母上と弟たち二人の首が刎（は）ねられたことを、お忘れなきよう」

母が首を刎ねられた時は、血が一滴も出なかったという噂（うわさ）が、益州（えきしゅう）に拡がってい

た。そして首を刎ねた者は、翌日には悶死した。

ほんとうのことではなかった。張衛が流させた噂である。

館を出ると、張衛は南鄭の城へむかった。

ほかに巴西郡との郡境の山間に一万。まとまっているのは、兵が一万ほど駐屯している。兵はすべて、鬼卒と呼ばれる信徒である。

に米を含ませた。兵たちは、それで死んで悔いないものと思っている。

陣屋に入ると、すぐに大隊長たちを招集した。果敢な者、判断力の優れた者を選んであるが、ふだんは兵と同じ生活をしている。ただ迎撃大隊長に選ばれた者は、張魯の手からさらに米を三粒口に入れて貰える。これより、迎撃の態勢を取る。戦場は、定軍山あたりになるだろう」

「敵は、どれほどですか？」

「大軍と聞いたが、正確な数は、これから斥候を出して確かめなければならん。成都の信者から、いま知らせが入ったばかりだ」

「教祖様は？」

「私にすべてを任された。いざとなれば、城に入っていただく。いまのところ、そ

「成都まで攻めこまないのですか」
「いまは、漢中を守ることが第一だ。劉璋は、教母様を殺した男ですぞ」
「漢中を守るだけなら、私にも自信はある」
の必要はあるまいが」
ん。漢中にいる軍勢は、どうなさいますか？」太平道の例もある。無謀な戦は慎まねばなら
「山中にいる軍勢は、どうなさいますか？」
「出動させる。敵の数次第だが、二万で当たりたいと思っている」
軍議では、意見を出させる。軍議が終れば、あとはすべて命令に従うだけだとい
うことは、日ごろの訓練で徹底させていた。
「郡内の、各地の兵はどうなされるのです？」
総勢で、四万近くになる。それは兵の数で、漢中郡全域が戦場となれば、信徒た
ちの多くが戦に加わってくるだろう。それは、こちらの強みだった。
「各地の兵は、戦の備えだけをさせて、じっとさせておこう」
それ以上の意見は、出てこなかった。
「集結は定軍山。五千を、任成が率いて先発する。あとの一万五千は、斥候の報告
を受けてから、出動の日時を決める」
任成と白忠が、いわば張衛の副将だった。兵の訓練をしているのも、主にこの二

人だ。任成は二十六歳の大男で、白忠は目立たないどこにもいそうな中年だった。確か、三十四か五になるはずだ。目立たないが、軍学には通じていた。張衛の用兵も、もともとは白忠に教えられたもので、それに自分の工夫を加えた。

「まず、敵将が誰かということです」

任成が出発し、二人だけになった時に、白忠が言った。

「敵を知ること。つまりは、敵将を知るということか」

「劉家の部将の力量ならば、私は大抵知っています」

白忠は、以前は劉焉の部将で、五斗米道に帰依して漢中へやってきた。もう八年も前のことだ。劉焉は、止めもしなかったのだろう。

「誰が軍勢を率いてくるかは、二、三日のうちにわかるだろう。その時は、おまえの考えが大事になる。その時まで待て」

「南鄭で待つのも、芸がないような気がします」

「罠でも作ろうというのか?」

「崖の上には石を運び、平地には穴を掘って隠す。燃えるものも用意しておく。それぐらいのことは、やった方がいいという気もします」

「私は、兵法に拠った陣を組んで、正面から闘いたい。特に、最初だけはな。劉

璋の軍とは、これからしばしばぶつかることになるだろう。その時は、罠も考える
だろうが」
「わかりました。兵の力を測るには、その方がいいかもしれません」
　劉焉に命じられたかたちで、漢中太守を攻めた。それは戦だったが、劉焉の兵を
使ったものだった。そして、背後に劉焉の巨大な力が控えていた。訓練は積
漢中の五斗米道軍だけで闘うのは、ほとんどはじめてと言ってもいい。訓練は積
んでいるが、やはり実戦は違うのだ。
「おまえは、巴西との郡境にいる一万も併せて、定軍山の近くまで移動する準備を
しておけ。私は、残り五千を率いて数日後に進発する」
「心してください。劉璋の間者が、かなり漢中に入りこんでいるでありましょう
し」
「気をつけよう。ただ、狙うとしたら兄上だろうと思う。義舎には、警固を命じた
者が三十名ほど入っているが」
「それだけいれば、一応は安心です」
「兄上は、自らの命のことなど、まるで考えておられん。そこが兄上らしいところ
でもあるのだが」

自分があるのかないのか、張魯と喋っているとわからなくなることがある。それが、教祖らしいのかもしれない。巫術ができるのも、そういう兄だからこそだ、と張衛は思っている。

張衛には、巫術などできなかった。五斗米道そのものも、ほんとうにわかっているのかどうか、と張衛はいつも思っている。

張衛の心は、およそ宗教というものとは無縁だった。ただ、宗教を利用することはできる。張魯の弟という立場は、さらにそれを容易なものにしていた。

白忠が、一万五千を率いて進発すると、張衛は十騎ほどの側近だけで、南鄭郊外にある庵にむかった。

鮮広は、書見をしていた。かなりの書物が、庵には積みあげてある。父の張衛とともに布教につとめていたが、自ら巫術をなすというようなことはしなかった。父の背後にいて、いつも父を守っていたように見えた。巫術はなさないが、武術の腕前は人並みはずれていたのだ。

「伯父上、ついに戦になります」
「劉璋だな」
「大軍らしいということですが、いま調べさせています」

「それで、大軍であったら？」
「たとえ大軍であろうと、最初は正攻法で闘おうと思います。私は兵を鍛えてきましたが、その力を測る機会に恵まれませんでした。それをまず、測りたいのです」
「おまえも、暢気（のんき）な男だ。自分の兵の力を測っている間に、潰（つぶ）されてしまったらどうする気だ？」
「いけませんか？」
「それは、大将のおまえが決めることだ。肝心な時に、わしに頼ろうとするな」
　鮮広（せんこう）は、父が死ぬと母と兄を守るということを続けた。それをしなくなったのは、益州（えきしゅう）に入ってからだ。鮮広がやるまでもなく、劉焉（りゅうえん）の大きな力で守られていたのだ。
　五斗米道（ごとべいどう）の拠点を漢中（かんちゅう）に置きけと張衛（ちょうえい）に言ったのも、鮮広だった。なぜ母や兄に言わず張衛に言ったのか、よくわからない。幼いころから、張衛は鮮広に武術を仕込まれた。きちんとした軍学となると白忠だったが、武術を身につけていなかった、それを受け入れることもできなかっただろう。
　父の兄弟ではないが、張魯も張衛もずっと伯父と呼び続けてきた。母は、息子である張衛が母となにかあるのかもしれない、と考えたことはある。
　見ていても、はっとするほどの妖気（ようき）に満ちた色香を漂わせることがあったが、鮮広

がいる時は決してそれを見せなかったような気がする。そのくせ、母と鮮広との間には、確かになにかがあったのだ。それは、劉焉との躰の結びつきとは、また違うものだったという気もする。
「行きます、伯父上」
「勝てればよいな、張衛」
　鮮広が笑った。顔が白く見えた。髪や髭が白くなったのは、益州に来てからである。一日で白くなった、と張衛は思っている。とにかく、数日会っていない間に、両方とも黒々としていたものが白くなっていたのだ。
　この庵で鮮広が暮すようになったのは、母や弟たちが、劉璋に首を刎ねられてからだった。
「とにかく、漢中だけは、私の手で守ってみせます」
　母の夢は、益州を五斗米道の国にする、ということだった。その夢は、兄の張魯より、むしろ自分が引き継いだのだ、と張衛は思っていた。五斗米道で、国を治める。帝などはいらない。帝の代りに、教祖がいればいい。劉焉がもっと生きていれば、そうなったかもしれない。しかし、教祖が帝のような存在になる前に、劉焉は死んだ。

せめて漢中の地だけは。張衛はそう思っていた。いまの五斗米道には、まだ益州の地は広すぎるのだ。

2

四万の軍勢である。
大将は龐義だった。劉璋と幼馴染みで、信頼を置かれている武将だという。もともと劉璋は、劉焉が益州に入った時は、都にいて献帝に従っていたのだ。帝の使者として益州に来た時、劉焉がそのまま留まらせた。長安にいた劉璋の子供たちがそのために危険になり、それを連れて益州にやってきたのが龐義である。
「劉璋は感謝したでしょうが、龐義の方は、むしろ劉焉の孫を助けてきた、という思いだったでしょう。劉焉が龐義の名を口にしたのを、何度か聞いたことがあります」
白忠が言った。
戦のやり方までは、よくわからない。とりあえず、定軍山にむかって陣を敷いた龐義に、探りを入れてみるしかなかった。

龐義は、方陣である。四万を四つに分けてそれぞれ方陣を組ませ、本陣を四つの中央に置いていた。手堅い戦をする男なのだろう。

「一万を、左前面の方陣にぶつからせろ。指揮は任成。徹底的に押すことはない。犠牲を少なくして、できれば少し動かせ」

任成が、馬に跳び乗った。五斗米道軍に、騎馬隊はそれほどいない。全部合わせても、せいぜい三百というところだった。漢中は山が多い。騎馬隊より歩兵の方が、使い道は多いのだ。

任成の一万が、敵の方陣のひとつにぶつかっていった。はじめは、押し合いだった。残りの三つの方陣は動かない。

「どう見る、白忠？」

「龐義は、漢中を攻めているはずなのに、いざ実戦となると、守りの戦をしておりますな。それほどこわい敵とは思えません」

「私も、そう思う。一度、任成を退かせろ。次には、方陣のひとつを、全軍が押し潰す。それも、任成がまた左、白忠が右の方陣を攻撃する態勢からだ。いいな、白忠。右にぶつかる直前で、方向を変えて左の方陣にぶつかれ。そのためには、一万を小さくかたまらせておけよ」

「最上の策だろうと思います。しかし、方陣をひとつ崩してから、どうしますか?」
「それで、全軍を潰走させるところまではいくまい。一度退いて、すぐに本陣を衝く構えを作れ」
「構えだけですね?」
「そうだ。龐義が胆の据った男だったら、陣は動かすまい。四つの方陣を動かして本陣を固めようとしたら、一気に押す。よし行け」
 任成と白忠が駈け出して行く。全軍が動きはじめ、張衛の周囲には本陣となる百騎だけになった。
 任成の軍が左へぶつかる。右へぶつかると見えた白忠の軍も、左前面の方陣にぶつかっていく。一万を二万で攻め立てている恰好だった。方陣の角が崩れたと見えた時、その陣は算を乱していた。全軍が退き、次の鉦で陣形を組みはじめる。左前面の方陣は、まだ乱れたままだ。残りの三つの陣が、中央に寄ってひとつになろうと、動きはじめた。
 張衛は鉦を打たせた。
「よし、乱れたところから突っこんで、全軍で押す。続け」
 本陣の百騎が、まず駈けはじめた。全軍が喊声をあげて続いてくる。

龐義の軍は、押されて退がっていった。およそ三里(約一・二キロ)。そこで、円陣を組むようにして、なんとか踏み留まった。

すぐに、全軍を退かせた。

「まずは、押しこんだ。敵の陣形を潰した」

敗走させるところまでは、無理だ。たとえできたとしても、犠牲が大きくなる。

「三段に陣を構える。第一段の五千が任成、第二段の一万が白忠、第三段の後ろにつけ。第二段は、ひとかたまりになってぶつかる。押したと思ったら、すぐに両側に分かれろ。そこへ、第三段が突っこむ。そこで敵が崩れなかったら、第二段、第三段は退き、その間に第一段が縦列の攻撃だ。それを、何度もくり返す」

第一段が縦列で攻撃するのは、敵からの矢をできるだけ避けるためだった。張衛がとっさに立てた作戦に、白忠は異議を挟まず、黙って頷いただけだ。

これぐらいの軍勢が相手なら、勝てる。張衛はそう思った。こちらの兵の方が、ずっと動きがいいのだ。

後ろ楯のない、はじめての戦の指揮だった。張衛は、自分が怯えてもいなければ、

気負ってもいないと思った。戦況は、冷静に見えている。もっと激戦になったとしても、多分自分を失わずにいられる。
「よし、すぐに攻撃するぞ」
陽暮れまでには、まだ時があった。敵は、まだ浮足立っているはずだ陽がいつ落ちたのかわからないまま、益州は、晴れた日が少ない。うっかりすると、闇に包まれていたりする。
第一段が、縦列で動きはじめた。思った通り、敵の矢はあまり効果をあげていない。ぶつかっては退いてくる兵は、ほとんど減っていなかった。第二段がぶつかった時は、矢の攻撃はなくなっていた。敵の陣が、動揺しはじめているのが、はっきり見てとれた。
ひとしきりぶつかった第二段が、左右に分かれた。張衛（ちょうえい）は、第三段を率いてその真中（まんなか）に突っこんだ。敵が崩れかかる。それでも、中央に堅い部分がある。退いた。すぐに第一段の攻撃。中央も揺れている。第二段。それでほとんど敵の陣を崩した恰好になった。
「よし、全軍でぶつかれ」
退いてきていた第一段も合わせ、全軍が突っこんだ。敵が後退していく。中央はかたまったままだが、やはり退がっている。二十里（約八キロ）ほど押しまくった。

それで、張衛は鉦を打たせた。陽が落ちかけている。深夜から夜明けまで、夜襲の構えを何度も見せた。三千ほどの兵が、喊声をあげて敵陣の近くまで走るのである。それとは別に、敵からの夜襲に備えるために、五千の兵を徹夜で待機させた。
 敵からの夜襲はなかった。
 夜が明けると、敵は殿軍となる一万ほどを備えさせたまま、少しずつ退きはじめた。
「追撃しますか?」
 任成が馬を近づけてきて言った。
「いや」
「好機です。数千は討ち取れると思えます」
「しかし、あの殿軍を打ち払うのに、数百は失う。兵力を言えば、劉璋とこちらでは較べものにならないのだ。小さな勝ちを、ここで拾うことにあまり意味はない」
「私も、そう思います」
 白忠が言った。
「もう少し時を待って、全軍でゆっくりと十里ほど押す。それで、あの殿軍は漢

中を出ることになる。郡境を侵せば迎え撃つ。まずはそれをわからせるだけにしよう」

陽が、いくらか高くなってきたようだ。益州では、陽の光を見る日の方が少ない。全軍を進めた。敵の全軍は明らかに及び腰だったが、張衛は無理に攻めず、距離を置いてただ押していった。

「終りました」

敵が漢中から出た時、白忠が笑いながら言った。

「定軍山の麓を通る道の両側に砦を築く。それで、漢中は益州から遮断される。東の南糸の城も強化する。それで、東からの攻撃も防げるだろう。漢中は、漢中だけでこの国の中に存在することになる」

一万は巴西郡との郡境に残し、一万は南鄭に戻した。

張魯の館に報告に行った。

戦の匂いは、ここにはない。香が焚かれていて、数名の祭酒（信徒の頭）とともに、張魯は呪文を唱えていた。

「兄上、戦は終りました」

言うと、しばらくして張魯は呪文をやめ、ふり返った。

「そうか。わが呪法が効いたのであろう」
「まことに、力強いものでした。兵たちが果敢に闘うことができたのも、兄上の祈りがあったからだろうと思います」
「どれほどの兵が、死んだのか、張衛？」
「およそ、三百ほど。手負った者も、同じほどです。劉璋はまた軍勢を出してくると思われますので、兵は失った以上に補充しなければなりません」
「おまえに任せよう。鬼卒（信徒）の中から選べばよい」
「南鄭の城に、兄上も移っていただきたいのですが？」
「ここでよい。母上は亡くなられた。邪悪な力に、いつもわれらの呪法が効くというわけではないことは、私もわかっている。もともと、病を癒すためのものなのだ。人の心を、安らかにするためのものなのだ。だからこそ、私はここを動けぬ」
 呪法など、張衛は信じてはいなかった。兵が強かったのは、鍛錬を重ねたからだ。
 それでも、兵の心の底には、やはり五斗米道がある。それは、張衛にはどうしようもないことだった。
「兄上が行かれる館を、南鄭の城の中に造らせます。これは別に逃げるということでなく、より強く民に教えください。民も喜びます。兄上は、時々はそこでお暮し

「を説いていただきたいためです」

「祭酒たちと、話し合っておく」

「兵たちは、これからもっとつらい思いをします。死ぬ者も多くなります。毎日百人ずつ兄上のもとへ来させますので、米をひと粒ずつ口に入れてやってはいただけませんか?」

眼を閉じ、張魯はしばらく考えているようだった。兵になる者は、すでに米を受けているのだ。しかし、新しい米が、また兵を強くする。

「よい。私は兵に米を与え続けよう。そして、あとのことはおまえに任せる」

「私はただ、この地を侵そうとする者と闘うだけです」

館を辞すると、張衛は従者をひとりだけ連れて、いつもの岩のところに行った。着物を脱ぎ、裸でよじ登っていく。その岩の頂が、張衛が考える場所だった。冬は寒く、夏は暑い土地だった。そうしている方が、天地と交わっているという気持になれる。張衛は、いつもそこでは裸である。すでに馴れていた。

翌朝まで、張衛はそこに座っていた。

それから南鄭の陣屋へ戻り白忠と任成を呼んだ。

「白忠は、漢中郡の中を回り、各地の兵に罠などを作らせろ。岩、倒木、枯草など

「もう、正攻法での戦はなさいませんか?」
「必要とあれば、やらなければならん。鍛練は、これまでより厳しくするぞ。任成は、各地から戻った兵を鍛え直すのだ。そして、新しい兵を集めろ。武器も作らせろ」
「教祖様は?」
　任成が言った。土地を守るための戦であり、家族を守るための戦だが、根底には信仰がある。だから張魯を守るための戦だ、と言ってもいいのだ。張魯がいるからこそ、五斗米道軍は闘う意味を見いだすことができるし、強くもなれる。信徒にとっては、「南鄭に館を造る。時には、こちらで暮していただくことになる。悪いことではないと思う」
「教祖様が南鄭に入ってくだされば、私も安心できます」
「なかなか難しいが、時をかけてお願いするつもりでいる」
　白忠と任成が去ると、張衛は従者を連れて鮮広の庵を訪った。
「劉璋の軍を押し返したようだな」

「しかし、たった四万でした。劉璋には、二十万の兵がいます」

鮮広は、白い髭を撫でながら、張衛を見つめていた。

「ついに戦となりましたので、伯父上に私の考えを申しあげておこうと思いました。これからは、相談に乗っていただかなくてはならないことも、多くなります」

「なぜ、私に?」

「父が抱いた夢を、そして母が受け継いだ夢を、伯父上が一番よく御存知だろうと思うからです」

「夢だと?」

「五斗米道教国を作る夢です。益州を、五斗米道の国にしようという夢です」

「張衛、それは教祖も知っていることか?」

「いえ。兄上は教祖です。信徒たちの、心の拠りどころであれば、それでいいのです。しかし、心の拠りどころがあっても、拠って立つ土地がなければどうにもなりません。私が、その土地を守ろうと思います」

「それが、益州だと言うのか?」

「まずは、漢中です。漢中だけは、誰にも侵されない五斗米道の土地にしたいと思います。頂点に、教祖である兄上がおられる。その下で、政事をなす者、兵を統率

する者がいる。そういう国の姿なら、民である信徒は、豊かに暮せるのではないでしょうか。帝も、州牧も、太守も要りません」
「違う国を作ろうということだぞ、それは」
「はい、いずれは益州まで含めた、五斗米道の国です。それが、母上の夢であったと私は思っております」
鮮広は、眼を閉じていた。しばらくは、言葉を発しようともしなかった。
「難しいぞ、張衛。そうなれば、敵は劉璋だけでなくなる。袁紹がいる。袁術も曹操も孫策も劉表もだ。数えあげれば、もっと群雄がいる」
「それらは、争っております。いつかは誰かが覇者となるでありましょうが、何十年もかかると私は思っています。それまでに、益州を五斗米道の国にしてしまえれば」
「それは、教祖にも語ったことか?」
「いえ、語る意味はありません。兄上は、信徒たちの心の中におられればいいのです。それ以上のことを、兄上に求めてはならないと思います。信徒たちの国を作るのは、巫術も呪法もなせぬ、弟の私の役目です」
「なるほどな」

「とにかく、漢中だけは、なんとしても守らなければなりません。でなければ、五斗米道は滅びるしかありません」
「わかったが、国のことは、ゆっくりと時をかけて話し合おう。余人には語ることではない」
「はい」
「漢中は、守らねばならぬ、と私も思う」
「山が、味方をしてくれます。山にさえ入れれば、敵を潰せる。そうしておこうと思います。すでに、そのために白忠が出発しています」
「母者の夢か」
「劉焉が死んだので、夢まで潰えたとは思いたくありません。むしろ、死んだことは五斗米道にとってはよいことです。劉焉は、教祖と並び立ち、帝のように振舞ったでありましょうし」
「おまえの気持は、わかるがな」
「母上は、夢のために、劉焉に身を任せられたのだろうと思います。夢を抱いていたからこそ、できたことです」
「二度と、そのことは言うな、張衛。口に出して言うことを、私が禁じる」

「はい」
「漢中の守りの兵はいるとしても、政事はなさねばならぬぞ」
「まず、法を定めることでしょう。それを、伯父上にお願いしたいのです」
「私には、できぬ」
「ほかに、人はいません。祭酒たちからそれを選ぶのは、諍いのもとになりかねません」
鮮広が腕を組んだ。
言おうと思っていることは、言った。
国ができないはずはないのだ。五斗米道という、芯になるものはある。国を作ろうとする者がいるかどうか。いまは、それだけだろう。
「兵は、五万にまで増やします。伯父上。その兵を養うためにも、政事は必要なのです」
それだけ言い、張衛は庵を辞去した。
再び陣屋へ戻り、側近の兵を集めた。およそ、百名。これを二千名ほどにし、自分で指揮しよう、と張衛は思った。白忠にも任成にも、将軍の役をやらせればいい。
隊長の中からも、何人かそういう者を選び出す。

兄がいて、弟がいる。それぞれの仕事を、天が定めたのだ、と張衛は思った。

3

許昌に帝を迎えた。

許都と呼ぶようにした。官位も、漢王室のそれにもとづいて決めた。帝に力がないので、官位はすべて曹操の存在で権威を裏打ちされる。自分がそれほどの存在だとは、曹操は考えていなかった。官位も、どうでもいいものだった。ただ、それを使うことで、さまざまな試みもできた。袁紹は、どうでもいいとは思いながら、一応の序列程度は気にしているのだろう。大将軍に就いてみると、袁紹が横をむいた。それで、曹操は大将軍を袁紹に譲った。袁紹は、それ以上朝廷に関してこようとはしない。

第一の実力者ではあるが、かたちとしては、宮殿から宗廟まで造営し、役所の建物も新しいものにした。

許都には、洛陽や長安と較べても遜色はない。

しかし、許都はあくまで、覇業のための軍都だ、という思いが曹操にはあった。野放図に城郭が拡がるのは避けた。そのあたり、人が集まるのを嫌いはしなかったが、

りは、荀彧が手腕を発揮した。
「屯田はどうだ、荀彧？」
　荒れた田、持主がいなくなった田に、兵を入れて、開墾させた。調練ばかりをくり返すのが、兵ではない。米の増産の役にも立てたかった。それで、領地はずっと豊かになる。いずれは、許都の周辺だけでなく、支配地の全域にそれを拡げるつもりもあった。いや、一年二年の長期滞陣や、遠征も考えられる。兵が、自分で米や麦を育て収穫すれば、兵糧の問題はずっと楽になる。
「まだはじめたばかりで、先は見えません。兵だけではなく、流浪の農民にも開墾の手助けをしてやれば、民は中原に流れこんでくる、と私は思います。そのために、耕地を貸す制度なども設けた方がよいかと」
「進展があるたびに報告せよ、荀彧。私は、袁紹と較べるとまだ小さい。あらゆることで、袁紹を凌ぐ努力をしなければならん」
「それはすべて、程昱に任せようと思う。いまはまず、屯田の成功が私にとっては重大事だ」
「宮中の方も、いろいろと整えなければならないことがありますが」
　荀彧は、根底に漢王室の復権という志を持っている。曹操の覇道が行き着くと

ころもそこと考えているようなのだ。最後のところは、曹操と考え方が違う。しかしそれは、最後の最後のところだった。

「屯田には、力を注ぎます。ところで、殿。荀攸が殿にお目にかかってもよい、と申して参りました」

「なに、そうか」

荀彧の一門では、傑物と言われている人物だった。荀攸は、以前から欲しい人材だということは、人を集めることだ、と曹操は思っている。

「それはいい。すぐに手配してくれ。荀攸は、いま荊州か?」

「はい。蜀郡の太守を拝命してはおりますが、益州との交通は途絶したままで、いまだ任地に入れずにおります」

「すぐに呼べ。早く会ってみたい」

荀彧は頭を下げ、退出した。

次には郭嘉を呼び、西方の守備の状況を聞き、屯田の可能性について調査するように命じた。西に送る兵糧は、できるかぎり少なくしたい。大敵がいるわけではないのだ。

軍の掌握は、夏侯惇にやらせ、その下に将軍が何人かいる。夏侯惇はもとより、その将軍たちとも曹操はしばしば会った。
まだ勢力は小さい。誰かと連合すれば、袁紹と五分に対峙することはできる。たとえば荊州の劉表、あるいは南方の袁術。そのどちらかと組んだだけでも、袁紹に勝てる可能性はある。しかし、ここまで自分の力で大きくなってきたのだ。
自立ということを考えた時、曹操はいつも劉備のことを思い出した。百人ほどの軍勢しか擁していない時から、あの男は決して自立の意志を捨てなかった。徳の将軍という風評を作りあげながら、群雄が潰えたり屈服したりする中で、したたかに生き延びてきている。一時は徐州まで領し、自分と敵対したことさえあったのだ。いまは袁術に敗れ、徐州を呂布に奪われ、小沛で五千ほどの兵を養っているが、これで潰えたとは到底思えなかった。劉備自身も、またいつ立ちあがるか、という機を狙っているだろう。
袁紹や袁術などより、ほんとうはああいう男の方が手強いのかもしれない。
それから江東の孫策も気になった。袁術の力は飛躍的に大きくなっているが、それは孫策の力が大きくなったということだった。袁術は、まだ孫策が支配下にいると思っているだろう。あの孫堅の倅は、遠くない将来、

間違いなく袁術から自立する。そう思った。曹操は、すでに四十の坂を越えている。

若い者が次々に出てくる。

「ほう、益州に動きか」

五錮の者が報告に来た。

この十年、乱れに乱れたこの国の中で、山に遮られた益州だけは、大きな動きがなかった。自ら望んで益州牧となった劉焉が死んでから、しばらくが経つ。益州にもやはり火種はあったということなのか。

「なるほど、張魯か」

「劉璋の軍勢を、漢中の張魯軍が打ち払っております。漢中は、すでに五斗米道の国と言ってよく、いま益州で劉璋と対立することになった、ということです。なにしろ、劉璋は五斗米道の教母と弟たちを惨殺いたしましたので」

「それで、五斗米道はもつのか?」

「むしろ、劉璋の方が危ういという気がいたします。信仰で結ばれた者は強く、漢中はしっかり固まっております。漢中の山々は、それ自体が砦と言ってよく、いたるところに穴が掘られ、倒木や石が仕掛けられ、軍勢と名のつくものは、一兵も入れないという状態です」

「劉璋に手はないのか？」
「張魯を暗殺することでしょう。劉璋は、父親ほど益州を押さえきれておりません。しかし、難しいと思います」
「おまえたちでも、そうか？」
「張魯には、百ほどの手練れの者がついています。ほかに祭酒と呼ばれる信徒の頭も。張魯は南鄭の城にさえおらず、山の頂の館にその山に近づけません」
「戦もなす教祖か」
「いえ。教祖は戦をなしません。弟に張衛という者がいて、なかなかに軍略に長じているようです。信徒は益州全域におりますが、漢中だけは信徒以外におらぬという有様で」
「それは手強いのう」
「政事も祭酒たちによって行われ、刑罰なども独得なものが定められているようです。郡の役人がいないだけでも、漢中は別の国と申せましょう」
「いずれ、劉璋の方が呑みこまれかねぬか」
「それまでには、まだ時がかかりましょう。われらの見るところ、五斗米道はそれ

ほど急いではおりません。劉璋は懲りずにまた出兵するでしょうが、打ち払われます。しかし、五斗米道が益州全域に出ていくことは、すぐにはないと思います」
「それほどに、漢中を固めているのか?」
「十万の大軍で、半年をかけても、なかなかに攻略は難しいかと。山の国で、その山がすべて砦となれば」
「わかった。続いて人をやっておけ。五斗米道が、益州を呑みこむと、厄介なことになる。といって、おまえたちが余計な手を出すこともならん」
「われらは、殿の御命令がなければ」
「浮屠（仏教）の信徒としては、五斗米道の伸長は不安であろう」
「浮屠は、他教と己を較べることなどいたしません」
「ならばよい。行け」
このところ、石岐は顔を見せない。

　許都郊外の林に庵を結んでいるというが、曹操も訪ったことはなかった。
　考えなければならないことが、山ほどある。考えるだけではなく、決めたらすぐに実行もしなくてはならない。幸い、優れた人材は集まってきている。荀攸も、やがて許都に来るだろう。人が集まるのは、帝を推戴しているからであるとも思えた。

人の心には、四百年続いた漢の王室というものは、消し難くあるようだ。
「面白いことが起きております、殿」
夏侯惇が、曹操の私室にやってきて言った。この私室に入れるのは、夏侯惇や荀彧ほか、数名のみである。ここでも、十名ほどの選りすぐりの手練れを連れた典韋が、しっかりと警固している。
「袁術が、劉備を攻める気のようです」
先年の戦で、劉備を潰しきれなかった。袁術は、そのことにこだわっているのか。
「駄目になっていくな、袁術は」
劉備のほんとうの手強さを見抜いて、袁術が動いているとは思えなかった。劉備を潰すことができず、自尊心が傷つけられたとしか思えない。寡兵であった劉備が消えるのは悪いことではないが、袁術にはあまり意味がないのだ。曹操にとっては、劉備が消えるのは悪いことではないが、袁術にはあまり意味がないのだ。曹操にとっては、劉備が消えるのは悪いことではないが、袁術にはあまり意味がないのだ。
「袁術はまた、おかしなことを考えております。呂布に娘がひとりいるのは御存知でありますか?」
「知っている」
「その娘と、自分のひとり息子との縁談でございます」
「つまり袁術は、劉備を潰し、呂布を取りこもうとしているということだな。それ

で、南方から徐州まで支配できると」

袁術がいまやらなければならないのは、しっかりと押さえこむことだ。呂布と連合することで孫策を押さえこもうというのは、なかなかの戦略ではあるが、穴が大きすぎる。従ってくる者は受け入れるだろうが、呂布はもともと孤独に闘う男だ、と曹操は思っていた。特に董卓を殺してからの呂布は、誰も制御することはできなくなっている。

「近々、袁術は兵を出すでしょう。それを、呂布の下にいる陳宮が、あの才でどう捌くかですな」

陳宮が、どうにかできることではない、と曹操は思った。確かに才はあるが、そういうところで生かせる質のものではない。

むしろ、呂布がどう受け取るかの問題だろう。

「殿は、袁術と呂布の連合はできまいとお考えでしょうが、この縁談が成り立ってしまえば、理屈を超えた血の問題が出てきます。二人が連合できないような手だては、打っておかれた方がよろしいと思います」

「なにか、おまえにいい手はあるのか?」

「私の知り人で、陳珪と申す老人が、いまなかなか呂布の信頼を得ております。陳

「動かせるのだな、その父子を」
登と申す息子も、切れ者です」
「はい」
「ならば、任せよう。確かに袁術と呂布が組めば、私は南に強大な敵を抱えるということになる」
「それにしても、袁術も呂布を討とうと考えればよさそうなものなのに。名門の人間が考えることは、よくわかりません」
「袁紹の考えていることは、わかるだろう?」
「河北の統一でございますな。帝には見向きもしなかった。河北を統一し、それから殿や袁術を討つ。それでこの国を制することができます。袁紹は、自ら袁家の王室を作り、その最初の王になろうというのでありましょう。まさにそれが王道、と本人は考えているでしょうな」
「公孫瓚が、少しずつ締めあげられていく。もはや幽州で孤立した恰好だ」
「劉備が救援にむかうということは?」
「あるまいな。劉備という男、公孫瓚の器量をとうに見切っておる」
「いずれ、殿はもう一度、乾坤一擲の勝負に出なければなりません」

袁紹とは、いずれぶつかる宿命だろう。それをいつにするのか。北に公孫瓚がいる間がいいが、いまは南の勢力がまだ強すぎる。袁紹と荊州の劉表との結びつきも固い。
「夏侯惇、この国は広いな。私は、もっと力を蓄えたい。気づけば、もう四十も過ぎている」
「焦って、よいことはなにもありません」
「感情に任せて徐州を攻め、呂布に兗州を奪られかけた。あの時のことは、忘れまい。取り戻すのに、一年余の歳月を必要とした。無駄な歳月でもあった。よく考えると、袁紹という男は、無駄なことはなにひとつしておらん」
「おわかりになっていれば、それは無駄ではありますまい」
　夏侯惇が、穏やかに笑った。
　譙県で、わずか五千の兵を集めて、旗揚げをした。あれから何年が経ったのか。あっという間だったような気もするし、長い旅だったとも思う。力のかぎり闘い、生きてきた。それだけは、確かな思いだった。

4

袁術から持ちこまれた縁談を、呂布はそれほど考えずに承知した。娘を嫁にやることによって、袁術との連合になる。陳宮はその是非を考え続けていたが、呂布はただ、娘と離れられると思っただけだった。娘を見ると、いやでも産んだ瑶を思い出す。だから、下邳の館でも、侍女を何人かつけただけで、顔を合わせずに暮している。

袁術が嫁に欲しいと言うなら、それもいいだろうと思ったのだった。娘を、決して軽く扱うことにはならない。だから、瑶を裏切ることにもならない。

ところが、下邳城では、この縁談の是非をめぐって、重臣たちの大騒ぎが起きた。要するに、縁談そのものではなく、袁術と手を組むことが是か非かという議論だった。

陳宮には意見を訊いたが、思い悩んでいて結論は持っていなかった。陳宮は、いつも天下ということを考えている。いま袁術と結ぶと、その傘下に入ったと世間では見られるのではないか、とどうしても考えてしまうようだった。

州をひとつ領すれば、こんな面倒な問題も起きてくる。
「陳珪と陳登の父子が、取りやめにせよとうるさい。袁術は、朝廷に逆心を抱いているというのだ。このところ、袁術の振舞いは、さながら帝のようだということだ。俺には、そんなことはどうでもいい。ただ、娘を嫁にやると、袁術をひねり殺すとはできなくなるな」
「殿、袁術と言えば、名門中の名門。袁紹をすら、妾腹だと馬鹿にしております。息子の縁談は、いずれ曹操や袁紹を攻める時、殿を先鋒に使おうという魂胆なのではありますまいか」
「俺と連合しようというからには、当然、ともにやつらと闘おうということだろう」
「理由をつけて、引き延ばせませんか。袁術の肚が、いまひとつ読めません」
　袁術が、劉備討伐の軍を出したという知らせが入ったのは、陳宮とそういう会話を交わした数日後だった。
　三万の軍で、小沛を攻めるという正式な知らせだが、呂布のもとにも届いた。小沛の劉備は、せいぜい五千といったところだろう。勝敗は見えていた。
「しかしなぜ、袁術は劉備を攻める?」

「先年、揚州に攻めこまれたことを、忘れていないのでありましょうか」
 袁術がやることは、まだほかにあるはずだ、と呂布は思った。しかし、深くは考えなかった。袁術が自分を討ちに来るというなら、相手としてやってもいいが、わずか五千の劉備を討つというのだ。
「執念深い男なのです。細かいことを根に持って、大きなところを見落とす。愚か者でありますな。曹操と手を組んで袁紹にむかわれた方が、殿の未来は大きく拡がります」
「細かいことを、根に持つか」
 会議で陳登がそう言ったが、それも呂布には納得できなかった。
 ただ、劉備をこのまま討たせていいのか、という思いはある。小沛は下邳の属城のようなもので、つまるところ、袁術は呂布の部将を討とうとしていることと同じではないのか。
「どちらにつくことも、避けた方がいいと思います。劉備殿に対する借りは、先年の戦で袁術軍を追い払ったことで、すでに済んでおります」
 陳宮が言った。それに対しては、陳珪、陳登の父子も、異議はないようだった。縁談
「ここで袁術と決定的に不和になるのも、対曹操を考えれば賢明とは言えん。

は返事だけは色よく、実際には引き延ばす。そういうことで情勢を見ていくべきだと思うがな、陳珪殿」
「まあ、それもよいか、陳宮殿」
陳珪、陳登は、もともと徐州の高官である。死んだ陶謙の家臣というわけではなく、だいぶ昔に中央から赴任してきていた。能力はあると陳宮は言ったが、呂布は好きでも嫌いでもなかった。どこにも、こういう役人はいたものだ。
袁術軍の大将は、紀霊だった。袁術麾下随一の武将と言われている男だ。なにが
なんでも、袁術は劉備を殺そうと考えているようだった。
「細かいことを、根に持つ男か」
ひとりになると、呂布は呟いた。
戦なら戦で、早くはじめたかった。しかし、陳宮はまだだという。徐州内の豪族は力で押さえこんでいるが、ほんとうに帰順してはいない。そんなことは、呂布にはわかっていた。負けた者は、勝った者にいやでも従う。すべてがそういうことではないのか。
呂布は陳宮にそう言ったが、兵数の問題から兵糧の問題まで、陳宮は持ち出してくる。

天下を狙うならば、いまはまだ袁術の下にいる孫策と組んでまず袁術を倒し、次に孫策と揚州を賭けて闘う。勝てば、荊州の劉表を討つ。それで、たとえ袁紹と曹操が結んでも、充分に対抗することはできる。

呂布は、単純にそう考えていた。二十万、三十万の軍勢で、広い国土を争うと考えず、二千三千で、せいぜい郡のひとつを奪う戦、と置き直して考えてみればいいのだ。

ほんとうに勝てるかどうかはわからないが、少なくともそれで勝ちは見えてくる。あとは、やってみなければわからないのが、戦なのだ。

徐州には、四万の兵がいた。江東の孫策と組めば、袁術を挟撃して充分に勝てる。孫策に勝てるかどうかは、その後のことだ。

四万の兵は、豪族たちがいやいや差し出したもので、精鋭ではないと陳宮は言う。しかし、調練はしていた。あとは、死地に立たせればいい。それで、兵は強くなるものだ。

配下に、将軍が五人いた。騎馬隊は八千である。呂布の日々は、その将軍たちの練兵に立ち会うことだった。時には、三百数十の麾下の動きを見せてやる。二千騎ほどとの、戦の真似事もしてみる。麾下の兵に、隙はなかった。二千騎が相手なら、

縦横に駈け回り、分断し、追いつめることができる。この麾下がいるかぎり、騎馬戦になって負けるとは思えなかった。
紀霊に率いられた袁術軍が、徐州に入り、小沛にむかっていた。
「殿、小沛より救援の要請の使者が参りました」
当然の要請だ、と呂布は思った。小沛は下邳の支配下で、そこが大軍に攻められるとなると、下邳が援軍の要請を受ける。
しかし重臣たちは、袁術軍と闘うことに積極的ではなかった。そんな意見は無視しただろう。反対意見のほとんどが、縁談が進行中という理由によるものだった。瑶が産んだ娘。そう思うと、呂布も無闇に立ちあがることはできなかった。袁術は、うまいところを衝いて、自分の動きを封じている、と呂布は思った。
「紀霊の軍が、寿春に帰れば、それでいいのであろう、陳宮？」
「しかし、袁術が本気で劉備を潰す気で出してきた軍ですぞ、殿」
「戦にならなければいい。一兵も死なせることなく、紀霊の軍を俺が寿春に帰してやる」
「そんなことを、どうやって？」

「任せておけ。出動するぞ」

陳宮が止めようとしたが、呂布はもう聞かなかった。騎馬隊だけ、五千騎を整列させた。呂布は、赤兎に跨った。麾下の、黒ずくめの軍団。『呂』の旗とともに動き出す。自分の躯が、思う通りに動いている。呂布はそう思った。

前衛に五百騎。後方に四千五百騎。この軍を、誰が破れるというのか。小沛の城から十里（約四キロ）のところに、紀霊は本陣を置いていた。三万は本陣の両翼に拡げている。劉備は、小沛の城を固めていたが、徐州の豪族は誰も援兵を出さなかったようだ。徳の将軍などと謳われても、追いつめられればこんなものだ。

強さがすべてなのだ、と呂布は思った。

呂布は、五千の騎馬を、両陣営を等分に見渡せる丘陵に整列させた。その前に、三百数十の麾下。『呂』の旗が、風に靡いている。

「両陣営に使者を出せ、陳宮。この呂布が、劉備と紀霊の三人で話したがっているとな。拒絶したら、すなわち敵対と見なす。なに、ただの話だ。血を見ることはない」

「しかし、殿」
「ここは、戦場だ。俺の言うことに従え、陳宮。連れてくるのは、文官が一名だけ。俺には、おまえがついてくるといい」
陳宮が、伝令の兵を四名呼び、二名ずつ両陣営へ駈けさせた。その伝令が戻るとすぐに、呂布は胡床(折り畳みの椅子)を二つ、両陣営の中間に置かせた。
「行くぞ、陳宮」
呂布は陳宮と二騎だけで胡床が置かれている場所に進み、十数歩手前で赤兎から降りて歩いた。それを見ていた両陣営から、二騎ずつ出てきた。劉備と紀霊。文官がひとりずつ付いている。劉備についているのは麋竺という男だった。
呂布は、二人に胡床を勧めた。
「小沛の降伏は認めぬ。劉備の首を、わが殿は所望されている」
紀霊は、呂布の方だけを見て言った。黒い髭を蓄えた偉丈夫である。劉備は、弱々しく見えた。
「和睦して貰いたい」
呂布が言うと、劉備がうつむいていた顔をあげた。

「袁術殿の御子息との縁談が進んでいる。したがって、俺は袁術軍とは闘えん。しかし小沛は下邳の支配下。劉備が討たれるのも、黙って見ていることはできん。つまり、この戦は俺にとっては困るのだ」
「それは、呂布殿の都合だけではないか」
横をむきながら、紀霊が吐き捨てた。劉備は黙って呂布を見つめている。
「劉備の命乞いならまだしも、和睦などと馬鹿げたことを」
「俺は呂布だ、紀霊」
呂布は、眼を細めて紀霊を見つめた。
「俺が困る戦を、袁術はなぜ仕掛けてくる。縁談さえなければ、俺がおまえの首を刎ね飛ばしてやるところだぞ。それとも、縁談は策か、まるで腐れ者が考えるような」
「なんと」
「高が三万。皆殺しにするぐらい、俺にとってはたやすいことだ。それとも、俺の騎馬隊と手合わせをしてみるか」
「待たれよ。話し合いはいい。しかし、劉備を討てというのは、わが殿の命令だ。和睦はできぬ」

「わかった。和睦などしなくてもいい」
劉備(りゅうび)の表情は動かない。弱々しく見えるだけで、ほんとうはしたたかな男なのか。紀霊(きれい)の顔色の方が、蒼(あお)くなったり赤くなったりしていた。
「天の意志に賭けてみようか」
「どういうことです?」
「二百歩の距離で、戟の胡(げき)(要(かなめ)の部分)を矢で射ることができるか、紀霊?」
「そんなことが、できるわけはない」
「俺なら、できるかもしれん」
「だから?」
「俺が、戟を射る。当たったら、おまえは兵を退(ひ)け。それを、天の意志だと思うのだ。当たらなければ、好きなだけ戦をすればいい。俺は手を出さん」
どう見ても、劉備には不利な申し出だった。紀霊は考える表情をしているが、劉備は顔色も変えていない。
「俺も、やるだけのことをやらねばならん。御両所の返事を聞きたいな。考える時はやれぬ」
「いいでしょう」

言ったのは、劉備だった。こいつ、と瞬間呂布は思った。平然と言い放った、という感じだったのだ。
紀霊の方が、うろたえていた。
「ほんとうに、当たらなければ手を出されないの、ですな、呂布殿」
「当たり前だ」
「ならば、戦の前の儀式のようなものだ。やっていただきましょう」
「当たれば、兵を退けよ。退かなければ、俺は俺の騎馬隊を動かす」
「わかった」
当たるはずがない、と紀霊は思っている。普通の弓手なら、矢が届きさえしない距離だ。それでも、紀霊には落ち着きがなかった。劉備は、無表情で遠くを見ている。
「よし、陳宮の二百歩だ。普通に歩く。連れてきた者に、それを確認させろ」
胡床が置かれたところから、二百歩。陳宮が、ゆっくりと歩いていく。かなりの距離だった。確認して戻ってきた麋竺が、蒼い顔をしていた。劉備は、遠くを見るような眼を変えていない。
「よし、陳宮。戟を立てさせろ。それから、弓だ。どんなものでもいいぞ」

兵がひとり駈けて、戟を立ててきた。手渡されたのは、ごく普通の弓と矢だった。
「それぞれの陣に戻り、兵たちに俺の話を伝えてくれ。みんなで見物するがいい。当たらなければ、俺が恥をかく。その時は、いくら笑ってくれてもよいぞ」
劉備と紀霊が、自陣へ去った。
「殿」
劉備のやつ、顔色ひとつ変えようとしなかったな。どこか不貞不貞しい。それに較べて、紀霊は胆の小さな男だ」
「わざわざこんなことをして、恥をかくことはありますまい、殿」
陳宮も、当たるはずがない、と思っている。両陣営が、どよめきはじめていた。
呂布は胡床から腰をあげ、天を仰いで風を測った。雲の動きは、それほど急ではなかった。晴れている。
呂布は、弓と矢を持った。
どよめいていた両陣営が、水を打ったように静かになった。戟の刃が、陽の光を照り返している。それが大きく見えるのか、小さく見えるのか。心の持ちようだ、と呂布は思った。
呂布は、一度赤兎の方に眼をやった。赤兎にも、この賭けを見せたかった。

構える。引きしぼる。戟の刃が放つ光しか、呂布には見えなくなった。矢。無意識に放っていた。戟の刃の光に、それは吸いこまれていった。光が消える。

戟は倒れていた。

両陣営から、声があがった。それが、空を圧するほどに大きくなった。陳宮が、口を開けて呂布を見ている。

呂布が片手をあげると、麾下の兵が駈けてきた。『呂』の旗。赤兎に跨った。黒ずくめの軍団が、紀霊の陣にむいた。まだ、声があがり続けている。『紀』の旗が動いた。遠ざかっていく。天の意志に、紀霊は従ったようだ。

「こんなことが、あるのですか、殿」

「俺は、当てるつもりだった。当てる自信もあった。劉備は、それに気づいていた。それに較べ、あの紀霊のやつは、ただうろたえただけだ。袁術など、相手にするような男ではないぞ、陳宮」

赤兎の腹を、股で締めた。赤兎が駈けはじめると、麾下の全騎もついてくる。徐州の原野。戦にはならなかった。場合によっては、紀霊との戦になるとも、呂布は思っていたのだ。

矢が当たった。自分の運なのか、それとも劉備の運が強かったのか、呂布は駈けながら考えた。かなりの距離だった。当てる気になれば、当たる。天下などというものも、それと似ているのかもしれない。取る気になれば、取る。距離があっても、矢は届くところだ。
「天下を取れるぞ」
陳宮にむかって言ったつもりだったが、そばにはいなかった。この騎馬隊の動きに、陳宮の馬で付いてくるのは無理だろう。呂布は苦笑し、赤兎の腹をさらに股で締めあげた。赤兎の脚が速くなった。風が、打つように全身に当たってきた。

情炎の沼

1

　まともな戦をするには、兵が少なすぎた。
　以前のように、流浪の義軍に戻るには、逆に兵が多すぎる。
　徐州を捨てることで、中途半端な軍勢になった、と劉備は思っていた。拠っている城も、小沛という小城である。地形に優れているわけでもない。大軍に攻められたら、きわめて守りにくい城と言っていい。もともと、下邳の属城のようなもので、彭城とともに西からの攻撃を防ぐ位置にある。
　袁術に攻められたが、きわどいところで呂布に助けられた。あのまま袁術軍と闘っていたら、かなり大きな傷を受けることになっただろう。
　つまり、後ろ楯の必要な城なのである。

呂布を後ろ楯にする気が、劉備にはなかった。いずれ、徐州を取り戻さなければならないのである。それに、再び呂布が助けてくれるともかぎらない。
袁術は、明らかに北への進攻を考えていた。そのため呂布と結び、自分を討つ方法を選んだのだろう。孫策が飛躍的に力をのばし、南は固まったと考えているに違いなかった。
確かに、孫策を合わせると、袁術軍は強大なものになる。孫策がいつまでも袁術に従っていると劉備には思えないが、いまのところはかたちとして袁術軍の一翼を担っていた。毎日、袁術のもとへ孫策から兵糧が届けられている、という報告も応累から受けている。
袁術は、いずれ潰れるだろう。しかし、その前に自分は討たれるかもしれない、と劉備は考えていた。
やり方を変える時期に来ているのかもしれない。ましで、一度は徐州を領したのだ。この三人は、戦場も流浪の義勇兵とは考えてくれない。五千の軍勢を擁していれば、誰そういう戦略では、関羽や張飛や趙雲は頼りにならなかった。曹操でさえ、羨むほどの武将だろう。だが、いまはそでは比類ない力を発揮する。の場所を与えてやることもできない。

麋竺がいたし、徐州で従ってきた孫乾もいた。いまは、この二人が劉備の相談相手と言える。それでも二人とも文官であり、ほんとうの能力は民政の方にあった。

劉備は、小沛の城の居室で、ひとり考えこむ日が多かった。また袁術が攻めてきた時、どうすればいいのか。今後、天下はどういうふうに動くのか。

「小沛を捨てようと思うのだがな、麋竺」

徐州を捨てることは、麋竺と話し合って決めた。だから小沛を捨てようという気持が強くなった時、最初に麋竺に話した。

「袁術は、やはり避けた方がいいと私も思います」

「行先は許都かな。帝がおられる」

「徐州を捨て、いままた小沛までも捨ててしまう。考えてはみても、殿に言い出すことができずにおりました」

「いや、徐州を見れば、やはり呂布に譲ってよかったのだ。陶謙殿も私も散々にこずった豪族が、力を失った。次に徐州に戻った時は、格段に治めやすい土地になっているはずだ」

「小沛にいればまだしも、許都では遠すぎます」

「近ければいいというものでもない。徐州さえ捨てたのだ。小沛を捨てられぬこと

糜竺は、膝を小刻みに動かしていた。いつもは気にならないその癖が、妙に眼障りだった。

「方法は、おまえに任せる。夜逃げというわけにもいくまい。それなりの理由がないことにはな」

「曹操が、われらを受け入れてくれるかどうかです。もし受け入れたとしても、殿は曹操の下風に立たれることになりかねません」

「それでもよい。五千の軍で流浪というわけにはいかん。後ろ楯だと思えば、心強い男ではないか、曹操は」

「わかりました」

糜竺がうつむいた。五千は、鍛えあげた兵だった。つまらぬことでは、一兵も失いたくないという思いがある。

「どうなるか先は読めぬが、一度小沛を捨てることで、事はうまく転がるかもしれん。曹操にとって、呂布は眼障りだろう。足もとを掬われたこともあるのだからな」

「曹操とともに呂布を討てば、徐州は曹操のものとなります。徐州を捨てた時は、

「私も同じだ、糜竺。考えている以上に、呂布は非凡な男かもしれん。戦場で勇猛だというだけでなくな」
「呂布が力をつけた分だけ、曹操の警戒心も強くなっていると思います」
　曹操は、いずれ袁紹と対峙しなければならなくなる。袁紹は、荊州の劉表と結んでいた。それは、曹操の公孫瓚との結びつきよりもずっと強い。
　もともと、曹操は同盟を嫌う男だ。自分に従う者を受け入れるというかたちで、ここまで大きくなってきた。それは、劉備にとっては驚嘆に値することだった。特に、青州黄巾軍百万を降した、存亡を賭けたあの戦が大きかった。
　自分にはまだ、そういう秋が来ていないのだ、と劉備は思う。それなら、志を胸に秘めたまま耐え続けるしかないのだ。
「糜竺、呂布とは、完全な敵味方になることはない。曹操のもとに行っても、うまく立回れる。呂布も、本気では怒らぬ。その程度のことにしておこう。天下はまだ、ひとつの流れにはならず、方々で雨が降っては、小さな川の水嵩が増したりしている」
　袁紹、袁術がいる。曹操がいる。公孫瓚がいる。荊州の劉表、益州の劉璋、そし

て徐州の呂布。涼州では、董卓の遺臣たちが力をつけてきているというし、揚州には、袁術のかげに隠れたようにして、孫策がいる。益州でも、漢中郡だけは五斗米道の張魯が固めているという。
「誰が、どの流れに呑みこまれていくのか。一戦一戦で、情勢は動く。御身のまわりはずっといいという話も聞いた」
「まだ待とう、糜竺。幸いにして、帝は許都におられ、長安におられたころより、曹操が、帝の権威を利用しはじめています。官位など、曹操の思うがままでありましょうし」
「曹操に、漢王室復興の意志はない、と私は見ている。それは袁紹も袁術も同じだ」
「御存じですか、殿。袁術は、寿春でほとんど帝のような振舞いをしているそうです。漢王室のあとを袁家が継ぐという思いこみのようなものが、袁術にはあるようですな」
「それも、知っている。北へ力をのばそうという思いも、そこから来ているのかもしれん。袁術は、なにかが見えなくなっている」
「だから、小沛の小さな勢力でしかない殿を、執拗に狙ったりもするのでしょう」

糜竺が、また膝を揺すりはじめた。
「張飛殿に、悪役になっていただこう。呂布とは因縁もあることだし。殿を悪役にすると、面倒になりますので」
「また、張飛か」
「損な人柄というか、張飛殿が悪役をしてくだされば、誰もが納得するというところがあります。これが、関羽殿でも趙雲殿でも、納得はさせられないのです」
「任せよう」
 兵たちの憎まれ者は、張飛だった。同時に、恐れられてもいる。調練では、動きについてこられない兵を、みんなの前で打ち殺す。戦場では、命令通りに動けない兵を見つけては、首を刎ねる。
 それで、張飛がいれば、兵は調練で決して手を抜こうとしない。戦場で、退がろうと思った時は、敵に殺されるのか張飛に殺されるのか、ということになる。軍は、張飛の存在で、小さくてもしっかりまとまったものになっている、と言ってよかった。
 劉備は、その張飛に労いの言葉をかけたことがほとんどない。
 沛県を通る馬商人の馬を張飛が襲い、二百頭ほど奪ってきたのは、それからひと

月ほど経ってからだった。呂布軍の護衛が二十人ほど付いていたが、それも蹴散らしている。

小沛と下邳の間が、にわかに緊張した。

「兵の調練にちょうどよい、と呂布は言っているそうです。いま、呂布軍は軍制こそ整っていますが、呂布麾下を除いて、実戦の経験に乏しいのです」

応累が、下邳の様子を報告してきた。

戦を挑げて袁術軍を追い返してから、徐州内での呂布の声望はあがっていた。従う者も増え、軍勢は六万を超えたという。騎馬戦にこだわる呂布は、盛んに北方から馬を買い集めていたのだ。

「やがて、小沛に攻めてこような、応累？」

「本気で殿の首を取る気はないでしょうが、小沛から追い出してやろうというぐらいは考えていると思います」

「ならば、攻め寄せてきた騎馬隊の中央を突破して逃げるとするか。実戦の経験の乏しい騎馬隊が蹴散らされれば、呂布はまた血眼になって調練をやるだろう」

歩兵を三千率いて、まず関羽を調練に出した。全軍でぶつかることは避けようと思ったからだ。騎馬一千に歩兵一千。それが小沛の城の兵力である。

「呂布麾下の騎馬隊とは、まともにぶつからぬ。とんでもないことになりかねぬからな。不意に襲われたという恰好を作りたい」

張飛と趙雲が、敵の中央を分断し、そこを残った者が逃げる。家族は小沛に残しておこう。

残した家族に呂布が危害を加える、ということはないような気がした。狼とか虎とか言われているが、そういうところもある男だ、と劉備は思っていた。それにしても、賭けに似たところはある。

斥候は出していた。

彭城から、軍勢が出動したという知らせが入った。騎馬隊二千、歩兵三千が先鋒である。その後方に、また五千の軍がいて、呂布とその麾下の騎馬隊は、思った通りさらに後方だった。

軍監のつもりで、呂布はやってきている。新編成の騎馬隊の調練の相手とは、見くびられたものだった。関羽、張飛、趙雲を先頭に立てて闘えば、呂布自身が指揮する軍とも互角に渡り合える。

いまはその時ではなく、その場所でもないというだけのことだ。

「とにかく、兗州へ駈けこむ。そこですぐに、呂布へ書状を送る。文面は考えておけ、糜竺。張飛が頭に血を昇らせてやったことで、私はなにも知らなかったとな。

弁明すらも聞かずにいきなり攻めるのは、いままでの関係から言っても納得できぬと。小沛の家族には手出しはしないでくれ、ということも書き添えておくのだ」

「わかりました」

孫乾ほか二十名ほどの文官も、残していくことにした。それで、呂布は騙されてくれるだろう。

「呂布軍が、十里（約四キロ）に迫りました」

斥候の報告が入った。

五里に迫ったところで、すでに出してあった百名ほどの巡邏隊が、五百騎ほどに追い立てられてきた。それを収容し、一旦城門を閉ざした。騎馬隊二千が、城門から一里ほどのところに陣を組む。歩兵より騎馬が前面に出てきているところが、いかにも呂布の軍勢らしかった。

城門の上からしばらくやり取りをしたが、もとより相手に聞く気はない。

「行こうか、張飛。こちらも調練のつもりでいい。中央を突破したところで、まず歩兵の一千を逃がす。張飛と趙雲が五百騎ずつ率いて、攪乱しろ。あまり遅れるな。黒ずくめの騎馬隊とは、いずれ闘う機会もある」

関羽は、すでに兗州との境界にいるはずだ。呂布の騎馬隊が本気で追うそぶりを

見せれば、関羽が率いる三千の伏兵という流言を、応累の手の者が流す手筈にもなっている。
　城門を開けた。
　張飛と趙雲が率いる騎馬隊である。突き出した槍のように、敵の中央にむかって鋭く突き刺さっていった。大きなぶつかり合いになる前に、張飛は突破していた。反転して攻め、その間に歩兵を逃がした。劉備や糜竺の馬も、歩兵とともに駈けた。ほぼ、思い描いた通りだった。
　兗州との州境で関羽と合流したが、ほとんど兵は失っていなかった。ほどなく追いついてきた騎馬隊にも、損耗はない。
「呂布に使者を出せ。それから許都の曹操のもとには、おまえが自ら行くのだ、糜竺。惨めにはなるな。事情を説明し、しばらく兗州の隅を借りたい、と申し入れるだけでいい」
　曹操は、自分に膝を屈せよと言うだろうか、と劉備は思った。いっそのこと、先に屈してしまうべきか。
　流浪の軍のころとは、やり方を変える。すでにそう決めているのだ。ならば、曹操であろうと袁紹であろうと、何度でも膝は屈してやる。心さえ、誇りさえ屈しな

けれど、それでいい。自分が耐えることで、関羽も張飛も耐えてくれるだろう。許都へむかって進んだ。

三日で、およそ五百里（約二百キロ）。行軍の調練だと部将たちには言い、自分でもそう思いこもうとした。決して、敗軍ではない。

五日目に、先駈けをしていた糜竺が戻ってきた。曹操が、すぐにでも会いたがっているという。

軍勢の指揮は関羽に任せ、張飛、趙雲ほか二十騎ほどで、劉備は許都にむかって駈けた。

途中、田畠が拡がっていた。どれも、荒れてはいない。どこまでも続いている田畠だ。以前、このあたりは農民もいなくなっていたが、働いている者の数は多く見かけた。道も整備されている。

屯田をやっているという噂はほんとうだったのか、と劉備は思った。同じ土地でも、屯田がしっかりと固まれば、こんなことも可能になる。拠って立つ地が養えるようになるに違いない。倍以上の兵を

許都に近づくにしたがって、人はさらに多くなった。都とはこういうものだろう、と劉備は思った。曹操は帝を推戴することによって、都を作りあげることもできた

のだ。ただ、曹操の心の中で、帝の存在が絶対のものとは思えなかった。帝を、十二分に利用している。劉備には、そう見えた。

許都の城門は開いている。すでに知らされているのか、衛兵は『劉』の旗を見て直立して通した。

案内の者が駈けてきて、すぐに曹操の館に通された。

「劉備殿」

曹操だった。小柄だが、眼には威圧するような光がある。

「これは、英雄を迎えることになったな。私は嬉しい。事情はすべて、糜竺という者から聞いた。とにかく、座られよ。急ぎの行軍で、さぞかしお疲れであろう」

膝を屈しろとは言わず、曹操は劉備の手をとった。指さきにこめられた力が、微妙に劉備の心を刺した。劉備は、ただ頭を下げ、勧められた椅子に腰を降ろした。

「いつかまた、会えると思っていたぞ、劉備殿。張飛はおるが、関羽がおらぬな」

「軍勢をとりまとめております。これなる若者は趙雲と申します」

「ほう、いい眼をしておる。劉備殿は、武将に恵まれておられる」

酒が運ばれてきた。劉備の席は曹操と並んでいて、張飛にも趙雲にもそれぞれ席が与えられた。

「夏侯惇、荀彧、程昱、郭嘉、荀攸。いま許都にいる者たちだ。兗州から、予州、司州と領土も拡がってきたので、部将たちが一堂に会することも少なくなった。ここにいる者たちだけでも、お見知りおきくだされい」

ひとりひとりに、劉備は頭を下げた。

「中原の三州と言っても、しっかり固まっているのは兗州ぐらいで、予州は南から袁術の圧力を受けているし、司州は西からの侵攻で半分は戦場のようなものだ。この曹操の力は、まだまだ小さい。劉備殿のような英雄をわが陣営にお迎えできて、これほど心強いことはない」

「英雄などと、とんでもないことです。徐州を治めることもできず、小沛さえも追い出され、流浪しか道のない者です」

「なにを言われる。劉備殿は、固い意志のもとに流浪を続けておられた。それも、誰とも組もうともされずにだ。袁紹殿や袁術殿と組まれれば、いまごろは一州を領されていたであろう。私はいつも、感服して見ていた」

こんな言葉を、いつまでも聞きたくはなかった。拠って立つ土地もない軍勢として、曹操を頼ってきたのだ。

曹操は、終始上機嫌だった。幕僚たちの中では、年配の程昱がよく宴が続いた。

劉備に話しかけてきた。ひとつひとつ、劉備は丁寧に答えた。
「呂布のことは、考えている。袁術と呂布が組むと厄介なことになると思っていたが、両者の間には縁談までであるという。しかし、私もすぐに呂布と闘うというわけにはいかぬ。まずは、劉備殿と呂布の間を取りもとう。呂布も、いやとは言えまい。小沛に戻られる時は、私の兵もいくらか貸せると思う」
後ろ楯を持って、小沛の城にはいる。目論んだ通りのことを、曹操は考えてくれた。どこまで読んでいるのかは、わからない。
曹操が席を立ち、劉備も張飛や趙雲とともに、邸内の一室に案内された。
三人だけになると、劉備は床に膝をついた。
「大兄貴」
驚いて声をあげ、張飛がそばに座りこんだ。でなければ、五千もの兵を養うことはできない。しかし、口惜しさは抑えきれなかった。唇から、血が滴ってきた。
「大兄貴、曹操の力を借りなければならないことが、無念だったのですか？」
「いつか、この手で、曹操を殺す」

「それなら、俺がいまから行って、締め殺してきます」
「曹操を越える男になって、曹操を殺すのだ。あの男とともに、天を戴くことはない。それが、私にははっきりとわかる。しかし、いまは耐えよう。これまでも、耐えてきた。死ぬるまで、男の勝負は終らぬ」
「俺たちが、もっとしっかりしていれば、大兄貴にこんな思いをさせなくても済んだのだな。俺たちが、腑甲斐ないのだな」
うつむき、膝を抱えるようにして張飛が呟いた。
「殿、秋を待つと、いつも言われているではありませんか。ひとりで待たれるのではありませんぞ。われらも、ともに待ちます」
言った趙雲も、座りこんでいた。
手の甲で、劉備は唇の血を拭った。

2

荀彧が入ってきた時、曹操は新しく入れた側室に躰を揉ませていた。許都に入ってから、側室の数は増やし、三十名ほどになった。四十を過ぎても、

女を抱きたいという思いは弱まらなかった。好みの女は、いくらでも見つかるようになっている。痩せているが、乳房や尻には張りのある女。側室に入れば、着飾らせてやる。侍女も三名つけてやる。決まった額の銭も渡す。それを蓄えている女もいれば、家族に送っている女もいるようだ。

それ以上のことは、なにもしなかった。望めば、側室から出て、普通の民の暮しをすることもできた。逆に、放逐してしまう女もいた。なんであれ、ねだるようなことを言う女は追い出す。他人の悪口を言う女も同じだ。話を聞きたがってばかりいる女も三人いて、三人とも殺させた。

女から、なにかが洩れる。女が力を持つ。それは、避けた。最初の妻の悋気に苦しんだ経験が、曹操にそうさせるのかもしれない。女は、曹操の身の回りの世話をしていれば、それでいいのだ。

曹操は、躰を揉んでいた女を、手で追い払った。居室の周辺は、典韋が二十名ほどの部下と守っている。居室から出た女は、その警固の輪の外に行かなければならないことになっていた。この居室で、重要な話をすることがしばしばあるのだ。入室を許している人間は、ほんの数名だった。

「劉備のことか、荀彧？」

「御意（ぎょい）」

「おまえのことだ。いまのうちに殺しておいた方がいい、と言いに来たのであろう」

「そこまでおわかりならば」

「しかし、殺さん」

「人の下風に立つことを肯んじる、という人相ではありません」

「荀彧（じゅんいく）、天下を取るということは、ああいう男も思いのままに使いこなせるということだ。使いこなせさえすれば、国家の役に立つ。大きな力になるぞ」

「あの男さえも使いこなせてこそ、天下人ということですか」

曹操（そうそう）は躰（からだ）を起こし、荀彧と並んで立った。

「はじめて会った時から、私はあの男に言い知れぬ脅威を感じた。いずれ並び立ってくる。そんなことを思ったのかもしれぬ。しかし、あの男はそれほど大きくなってはこなかった。誰（だれ）に従うこともなく流浪（るろう）を続け、一度は手にした徐州（じょしゅう）さえ、あっさりと捨てた」

「それがいま、小沛（しょうはい）を取り戻したいと、殿に助けを求めに来ています」

「変ったのだな、あの男のやり方が。やり方が変っただけで、あの男自身が変った

わけではない。だから私はいまも、漠とした脅威をあの男から感じる」
「そうなのですか」
「おまえも、殺せと進言しに来た。なにかを感じたからであろう？」
「はい」
「そういう男を屈服させられないで、なんの天下だ。殺してしまえば、私は負けを認めたことになるのだぞ」
「やり方を変えたと言われましたが、あの男は、大きくというより巧妙になっていく、と思えます」
荀彧が笑った。
「ならば、私はさらに巧妙になろう」
「殿が、そこまでお考えなのであれば」
 曹操は、壁に眼をやった。居室の壁には、この国の大きな地図が描いてある。州境と河水（黄河）と長江が線で描かれているだけで、州都の名さえない。
「地図を見れば、袁紹が力を持っていることがよくわかる。袁紹は、私のように戦をくり返してもおらぬ。なんとなく人が集まり、これだけ大きくなってきた。まず、第一にこわい男だな」

荀彧は、黙って地図に眼を注いでいた。
「おまえは、誰がこわい?」
「地図を見ているかぎり、こわい者はおりません。私がこわいのは、結びつきです。殿は、あまり強い同盟を結ぼうとされません」
「ひとりで、大きくなろうと決めた。小さいながら、劉備もそうで、私と似ている」
「たとえば、袁紹は荊州の劉表と長く同盟を結んでいます。殿は、手を打っておられるようです。ならば、孫策と袁紹が結ぶといたしましたら?」
「それはこわい。特に呂布がな」
「たとえば、呂布と袁術が結んだといたしますと」
「これもこわい」
「一番こわい結びつきは、なんでございましょう。勿論、あり得る結びつきでなければなりません。たとえば、袁紹と袁術が結びつけば、これは最強の同盟でありましょうが、あり得るとは思えません」
「そういうことで言うと、まずは劉備と呂布かな。あの二人の気持がどこかで合う

と、とてつもないものになる、という気がする」
「まずありますまい。殿が劉備を助けられるのですから。それに、呂布には、陳宮がついております。劉備と陳宮が合うことはないと思います。つまり、すべての力は、あの二人が結びつかないように動きます」
「孫策と袁紹」
「これは、私がなんとか阻止いたします」
「ならば、二者の同盟でこわいものは、ほかにはない」
「三者では?」
「それは、いま動いておろう」
「やはり」
「袁紹は、周到な男だぞ」
 董卓の遺臣のひとりである、張済が動いている。張済だけは荊州に出てきていた。戦で死んだという情報があるが、まだ確認できず、いま五鋼の者が動いている。
「張済が荊州に出てきたのは、袁紹と結んだからだと、殿は見ておられるのですか?」

「張済ごときに、ひとりで私に刃向かうほどの実力があると思うか？」
「ならば、袁紹を中心とした、劉表と張済の同盟ですか？」
「それが、まず考えられる。たやすく考えられることとは、それほどこわくはない」
「私には、よくわかりません」
「張済は、漢中に近い土地に拠って立っていた」
「張魯、ですか？」
「益州の劉璋は、大した器量もない。感情に任せて張魯を敵に回したことでも、よくわかる。張魯と張済が結び、益州まで奪る。それを袁紹が画策しているとしたら、信仰が、戦では強い武器になることを、われらは青州黄巾軍との闘いで、骨の髄まで知らされた。ただ、袁紹に五斗米道を受け入れるほどの度量があるかどうかだ」
「そこまで、殿はお考えでございましたか」
「考え過ぎかもしれん。しかし、袁紹はそろそろ公孫瓚を潰しにかかるぞ。張済が動きはじめたのが、その証拠だ」
「最悪のことを想定いたしますと、河北四州を制した袁紹と、益州まで制した張魯と、雍州の張済と、荊州の劉表。その全部を同時に敵に回すことになるのですか？」
「どうだ、こわい話であろう」

「鳥肌が立ちました」
「まあ、張魯はどことも同盟はするまい、と私は思っているがな。宗教とは、そういうものだ。だとしたら、袁紹が張済を動かし、中原をかき回そうとしているにすぎぬ。そうやって張済を動かしておけば、じっくりと公孫瓚を攻められる」
曹操は、寝台に横たわり、一度追い出した側室を呼び戻した。このところ、頭を揉ませるとひどく心地がいい。
「心しておけ、荀彧」
荀彧が平伏し、出て行った。
「頭だ。頭を指さきで押すのだ」
腰を揉もうとした側室に、曹操は声を荒らげて言った。
張済が死んだ、ということを五鉶の者が確認してきた。それで、袁紹は動きにくくなる。ただ、甥の張繡が、その軍勢を受け継いで指揮しているらしい。
張繡を潰しておくべきか、と曹操は考えた。袁術と孫策がいるので、もともと大きくは動けない。袁術はともかく、荊州の劉表は、袁術と孫策がいるので、もともと大きくは動けない。袁術はともかく、荊州の劉表は、孫策はたえず荊州を狙うだろう。父の孫堅は、荊州での戦で命を落としているのだ。

まず、呂布の扱いだった。朝廷に上奏して、しかるべき官位が贈られるように手配するつもりだと言い、実際にそうした。朝廷は曹操の意に逆らうことはなく、帝もまた同じだった。

呂布からも、返書が来た。劉備との争いは、ちょっとした行き違いで起きたことだ、と言ってきていた。小沛で捕えた家族や文官も、危害を加えることなく保護しているようだ。そのあたりは、呂布の意外な面だった。誰もが、戦場では見せないもうひとつの顔を持っている。

小沛を劉備に返すことを、呂布は了承してきた。袁術の侵攻に備えて、曹操の軍勢が五千ほど小沛に入ることも認めた。

夏侯惇の知り人だという、陳珪と陳登父子の動きが、下邳で効果をあげはじめたということだろう。呂布は、袁術より自分と組むことを考えはじめている、と曹操は思った。

陳宮なら、まず嫌う戦略である。

呂布とは、兗州をめぐって、一年以上闘った。危うく討ち取られるところまで行ったのだ。生きているのは、運があったからだと言ってもいい。乱世とは、そんなものだった。

その呂布と、いまかたちの上だけでは結ぶ。

年が明けてすぐに、曹操は邸内の居室に劉備を呼んだ。幕僚でも、わずか数名しか入れられない居室である。
「許都に来られて、そろそろひと月というところかな、劉備殿」
「四十日は経っております」
「血を流さずに城をひとつ取り戻すには、やはり手間がかかった。小沛に戻られよ。私の兵、五千も伴われるがよい」
「ありがとうございます」
「なにも、劉備殿のためだけに、私はそうしたのではない。いずれ、呂布を討つ。その時の拠点を、いま作っておこうということだ」
「わかりました」
劉備は、顔色ひとつ変えていなかった。
「その前に、呂布の使い道はある。袁術と、闘わせるのだ。袁術は、なにを思ったのか、皇帝を僭称しはじめた。どこか、狂っているな。それでも、擁している兵は私よりずっと多い。孫策の兵を差し引いても、まだいくらか多いであろう」
「私も、袁術との戦に加わるのですか?」
「呂布が、救援を求めてくればだ。それはあるまい、と私は思っているが」

「求められたら、兵を出すことにいたします」
「そうしてくれ」
 曹操は、劉備の無表情な顔に眼をやった。なにを言っても、この男はこういう表情をしているのか。こういう表情で、乱世の波にもまれながら、耐え続けてきたのか。
 百の義勇兵を、五千の軍勢にまで育てあげた。領地に拠らずしてそれをなしたと考えると、感嘆したくもなってくる。領地に拠っていなければ、賊徒となるしかないが、逆にこの男は、徳の将軍としての声望も作りあげてきた。許都の民でさえ、劉備という将軍の名は、袁紹や袁術や呂布と並んで知っている。
「劉備殿には、すでに天下が見えてきたのかな?」
 やはり、劉備の表情は動かなかった。
「どういう意味でございましょう?」
「私には、まだ天下が見えん。私より大きな武将が、この国にはまだ何人もいる。私は中原を制しつつあるが、それは四囲に敵を増やすということにもなっている」
「それは、強き将軍の宿命でございましょう」
「ところが、劉備殿には、敵がおらぬ。袁術は、気に食わなければ誰にでも噛みつ

く男だが、呂布は私が書簡を送っただけで、劉備殿を受け入れる。私には、そういうところがないのだ」
「私と曹操殿では、持っている力が違いすぎます。較べるのさえ、おかしなことです」
「そうかな。力がすべて、という考え方もあるが、いまはまだそうではないという気もする。力のある者は、その力を使って疲弊していくようにさえ見える。もっと別ななにかが、天下取りには必要だ、と私は思いはじめているのだ」
「おっしゃる意味が、よく呑みこめません」
「力は、それを得ようと思った時に、得ればいい。劉備殿は、そう考えておられるのではないのかな。そして、私がいま欲しいのは、そういうことを考えられる人材なのだ」
「力がなく、思慮もない。ゆえに徐州を治めきれず、小沛さえも失いました」
「小沛は、すぐに取り戻したではないか。私の力を利用してだ」
「利用などと、曹操殿」
「悪い意味で言ったのではない。力を持つ者を、うまく利用する。これは、才能だ。私は、劉備殿の今度のやり方を見て、感心せずにはいられなかった。いま、返事は

聞くまい。ただ、言うだけは言っておく。私の天下取りに、劉備殿の力が欲しい」

「それは、臣従せよということですか？」

「いや、同盟しようと言っているのだ。最初の同盟が、呂布を討つことであり、袁術を討つことだ」

「身に余るお言葉です。この劉備は、まず小沛をしっかりと守り、誰であろうと曹操殿が対峙される時は、その先鋒をつとめて、御恩のいくらかでもお返しする努力をするばかりでございます」

「返事は、いま聞かぬと言った」

曹操は、壁に描いた地図の前に立った。

「この地図を見ていると、いろいろとわかってくる。のだ。その中に、劉備殿の顔はいつもあった」

「恐れ入ります」

「最初に出会ったのが、黄巾討伐の折りであったな。官兵を率いていた私が、わずかな義勇兵を率いていた劉備殿に後れをとった。あの時のことは、忘れはせぬ」

「義勇兵なるがゆえに、先頭に立っただけでございます。そのための義勇兵、と思っておりましたので」

「私の敵に回るな、劉備殿。これは、一度だけ言っておく」
頷いた劉備の眼の中に、強い光が束の間よぎったような気がした。それは、やはり自立の意志が放つ光だ、と曹操は思った。
ここで殺せば、負けを認めること。曹操自身が、荀彧にそう言ったのだ。自分の言葉が、自分を縛ってきているのかもしれない。
「行かれよ。小沛で時を待たれるがよい」
頭を下げ、劉備が退出していった。
典韋を呼びかけた言葉を、曹操は呑みこんだ。これこそが、王たる者が考えることではないのか。すべてを従わせた時に、はじめて王という名に値するのではないのか。
いつか、従わせてみせる。
曹操は、劉備のことを頭から追い払った。
居室を出ると、典韋がそばにぴたりとついてきた。
「戦だぞ、典韋。張繡を叩き潰して、袁紹の目論見をはずしてやる。それから、ゆっくり呂布を料理しよう」
「はい」
「おまえはいいな。余計なことをなにも言わん。おまえがいると思うだけで、私は

安心して眠ることができるし、戦場でも冷静でいられる。私は、優れた家臣に恵まれているが、おまえのような者を側に置いておけることが、最大の幸福なのではないか、と時々思うことがある」

典韋はうつむいていて、なにも言おうとしなかった。

「軍議だ。許都にいる諸将を呼び集めろ」

典韋の部下が、五人ほど駆け出していった。

3

岩の頂は、いっそう寒くなった。張衛にとっては、馴れたことだった。張衛は上半身裸でそこに座る。張衛にとっては、馴れたことだった。そうするのが自分の修行だと張衛は思っていた。五斗米道でそういう修行をすることはないが、そうするのが自分の修行だと張衛は思っていた。五斗米道でそういう修行をすることはない。病を治してやることもできない。それは兄の張魯とか、巫術をなすことはできない。病を治してやることもできない。それは兄の張魯とか、巫術酒（信徒の頭）たちがやればいいことだ。

生まれながらに、兄はなにかを持っていた。兄が涙を流すと、必ず雨が降ったという話を聞いたこともある。張衛がもの心ついてからも、兄が不思議なことをする

のを、しばしば眼にした。いない人間に話しかける。するとその人間が翌日に現われる。一緒にいたのに、いきなりいなくなって、三日後に山中で見つかったりもした。

教祖になるために、兄は生まれてきたのだ。信仰は、民を救う。暮しを安らかなものにする。そして信仰のためには、教祖が必要なのだ。

教祖でも、剣で斬られ、戟で突かれれば死ぬ。弟と自分の母も、首を刎ねられて死んだ。

教祖を守る人間が、必要なのだ。教祖の弟の自分は、そのために生まれてきたのだとも思える。そして、夢。多分、父が、そして間違いなく母が、抱き続けていた夢。五斗米道の国を造る夢である。

自分は、その夢のために生きられるではないか。夢を追うことが、すなわち教祖を守ることであり、五斗米道を守ることではないか。いまは、はっきりとそう思うことができた。漢中という、山に恵まれた土地がある。ここで、国を造れる。教祖を戴いた国。帝などはいらない。政事にも法にも、五斗米道の教義が貫かれれば、帝がいる国よりはるかに強固な国になる。

いま、兵は五万。その気になれば、十万近くまで増やせる。信仰で結ばれた兵だ

から、裏切りなどはない。死ぬことも恐れない。事実、漢中に侵入しようとした益州の大軍を、正面からぶつかって追い返したのだ。

また攻めてはくるだろうが、山という山には罠を仕掛けた。あまり兵を死なせることもなく、敵は潰せるはずだ。そしていずれは、益州に攻めこんでいく。益州の民の中には、五斗米道の信者が少なくない。劉璋が十五万の軍勢を擁していたとしても、いつかは勝てる。それは、母と弟たちの仇を討つことでもあった。

仇など討たなくとも、天の罰が下る、と兄は言う。その罰を実際に下すために、自分がいるのだ、と張衛は思っていた。

益州全域を五斗米道の国にする。

考えただけで、心がふるえる。雄叫びをあげたくなる。

張衛は、岩を降り、袍を着こんだ。戟や剣をよく使う者の中から、選び抜いた。兄の従者は、十騎に増やしている。

警固は、二百名に増やしている。

「仮義舎へ戻る」

南鄭にある、本営だった。南鄭郊外にある山ひとつが本山で、兄の館はそこにある。祭酒や信徒たちの義舎も、斜面に連らなって建てられている。

「袁紹から、使者が来た。この時季に、山を越えてだ。よく生きて辿り着けたものだ」

任成と白忠は、すでに来ていた。

兵がいるのが、仮義舎である。

袁紹と聞いて、二人は顔を見合わせていた。

「いつのことです?」

「きのう、到着した。これが、使者が持ってきた書簡だ」

張衛は、白絹に書かれた書簡を、卓の上に拡げた。

「つまらぬことを、言ってきたものだ」

二人が読み終えるのを待って、張衛は言った。連合の申し入れである。袁紹は河北を統一しつつあり、やがて南下するつもりだという。その時、兵を出せという、半ば命令のような書簡だった。

長安にいる張済に従えば、漢中を五斗米道の土地と認めてもいいと書いてある。

「使者は、ここへ辿りつくのに時を要した。張済は、長安から出て荊州を略奪している時に、流れ矢に当たって死んでいる。いまは、甥の張繡が軍勢を受け継いで宛県にいて、しばしば予州との境を侵しているようだ」

「それを、張衛様はどうして御存知なのですか？」

白忠が、書簡から眼をあげて言った。

「伯父上のところに、間者から報告が入った。張済は、おかしな死に方をしたらしい」

鮮広は、信徒を数人鍛えあげ、間者として雍州や荊州にやっていた。こういう知らせが入ってくるようになると、役に立つと認めざるを得なかった。雍州、荊州だけでなく、全土を覆う戦乱がどうなっているのかということも、その者たちを通して伝わってくる。

「張済といえば、李傕や郭汜などと同じ、董卓の遺臣ですね」

「気力に満ちた男ではなかったが、若い甥に引きずられていたのだという。自分で軍を掌握するために、甥の張繡が殺したという見方もできるという」

「つまり長安は、袁紹についているのですね」

「それはわからないぞ、白忠。張繡だけは曹操の敵に回っているので、そうだろうとは思う。ほかの二人が、袁紹についたらしいという動きは、いまのところないそうだ」

「われらには、無縁のことではありませんか」

任成が言った。

「無縁でいたいが、そうもいかないことも出てくるだろう。つまり、河北や中原の戦乱が終熄して、覇者がひとり立てば」

「いままで手が回らなかった益州に、軍勢を送ってくることも考えられます」

「そうだ、白忠。その時に、劉璋がどう立ち回るかだ」

「劉璋が降伏しても、漢中まで降伏したことにはならん。しかし、孤立無援にはなる」

「読めません、まだ」

「いまも劉璋が敵なのですから、孤立無援に変りはないと思いますが」

「ただ、むかい合う敵がはるかに大きなものになる。そういうことだ」

「つまり、われらはどうすればいいのですか。張繡に兵を貸して、袁紹に漢中が五斗米道の土地だと認めて貰うのですか?」

「いまの戦乱の覇者が、袁紹だとはかぎらない。誰が覇者であろうと、兵を擁した道教を認めることはない、という気はする。太平道の叛乱を、どうしても思い浮べてしまうであろうしな」

「降伏すれば、どうなります?」

任成（じんせい）は、深いところまで考えられないようだった。張衛（ちょうえい）と白忠（はくちゅう）の話に耳を傾け、時々質問を挟むだけだ。

「おそらく、五斗米道（ごとべいどう）が禁じられるだろう」

「そんなことは、考えられません。戦（いくさ）をするために、われわれは兵になっています」

「そして死ぬ。皆殺しにかかってくるだろう。いいか、任成。その時の敵は、劉璋（しょう）の比ではないのだ。数倍、数十倍の敵と闘わなければならないことになる」

兵でない者たちも、信仰を禁じられるということになれば、闘います」

任成がうつむいた。

「袁紹（えんしょう）の書簡が、われわれに自分のことを考え直す機会を与えてくれた」

「教祖のお考えは？」

「山を動かれぬであろう。実はまだ、兄上にはお知らせしていない。劉璋の軍が攻め寄せてきた時も、ただ祈るとだけ言われた。確かにわかっていることは、われらの手で兄上をお守りしなければならない、ということだ」

「漢中（かんちゅう）の守りを、もっと強固にしたらどうでしょうか。山々は、みんな砦（とりで）のようなものです」

「劉璋になら、それで充分通用する。ほとんど、戦らしい戦をしたことがない男で

あるしな。激しい戦を勝ち抜いてきた覇者に、それが通じるとは思えない」
「劉璋が、益州に入って来ようとする者と闘ったら？」
「劉璋は、闘うかもしれんと私も思う。しかし、劉璋の闘いと、われらの闘いは違う。負けても、降伏するという道が劉璋にはある」
「たとともに闘っても、劉璋だけが降伏することもある、と言われているのですね、張衛様は？」
「そうだ、任成」
「お考えを、聞かせてください、張衛様。きのう使者が来て、それからずっと考えておられたのでしょう。そして、考えがまとまったから、私と任成を呼ばれたのでしょう？」
白忠が、じっと張衛を見つめてきた。
仮義舎には、三人以外に誰もいない。衛兵も遠ざけてある。
「私が考えたことを言う。結論ではない。二人も、それぞれ考えてくれ。最後は、伯父上も交えて話し合い、兄上に報告するのはそれからにしようと思う」
張衛は、しばらく眼を閉じていた。夢。母が抱いた夢。いまは、自分のものとなった夢。間違ってはいない。夢が、むこうから近づいてきた、と思えばいいのだ。

「劉璋と敵対したがゆえに、われらは漢中を固めることになった。敵が、劉璋だけだと思ったからだ。兵を増やした。山を、砦にしようともしている」

張衛は眼を開き、二人の顔を見つめた。

「当面の敵が劉璋であることは、いまも変りがない。漢中を固めるのは、それでいい」

二人はなにも言わず、黙って聞いている。二人とも、信徒だ。張衛がなにを言おうと、最後には兄に従う。ただ、兄は自分に任せると言うだろう、と張衛は思った。

「漢中を固めるだけでは、いずれ来る滅びを待つことになると思った。それを避けるためには、われらがもっと大きくなるしかない。漢中の固めを完璧なものにしたら、劉璋を攻めるのだ。益州全体を、五斗米道の土地にするのだ。益州が五斗米道一色でまとまれば、誰も手を出せぬほど、大きく強くなれる。私は、そうなった時のことを考えてみた。三十万の兵を揃えることができる。攻めこまれたら、信徒も闘う。そして、益州全体が、山に守られてもいる。そういうところを、あえて侵そうとする者がいるだろうか。益州を五斗米道の国にするというのは、母上の悲願でもあった」

張衛は、一度大きく息を吐いた。

「そうなのだ。益州を、ひとつの国にしてしまうのだ。そこまでわれらが強くなれば、誰も手は出さない。だから私は、漢中を固めるのがいいと思う。劉璋ならば、勝てる。覇者として益州に入ってきた者には、勝つのは難しい」

張衛様が考えられたのは、劉璋との戦ということですね」

「おまえたちも、考えてくれ。袁紹の使者には、五斗米道は、漢中で静かに暮せば満足だ、という返書を渡しておく。覇業のために出兵することなど、考えたこともないとな」

「わかりました」

白忠が言った。任成は、まだすべてが呑みこめない、という表情をしている。

「明後日、伯父上も交えてもう一度話し合いたい」

それだけ言うと、張衛は腰をあげた。

館は南鄭の中にあった。広壮な館など、南鄭だけでなく、漢中にはない。普通の家と義舎ばかりである。張衛の館も、普通の家よりはちょっと広く、門の脇に廐があるぐらいである。張衛の世話をする信徒が五人いて、庭の隅に義舎を作って住んでいる。館には、いつも女がひとりいた。妻帯は許されていて、兄にも妻や子がい

るが、館にいるのは張衛の妻ではなかった。一年か一年半おきに、入れ替るのである。

五斗米道は、現世をどう生きるかというための信仰だった。度が過ぎなければ、愉しむものは愉しんでいいのだ。浮屠（仏教）のように、死後の安楽を願ったりはしない。

「さきほどから、鍛冶屋たちが待っております」

館に入ると、女が言った。この女は当たりで、気立ても躰もよかった。抱かれたいという女が漢中には多くいた。張衛は自分で選ばないことにしている。兄のまわりにいる祭酒たちが、選んで送ってくるのだ。それを受け入れているかぎり、祭酒たちも無理に妻帯しろとは言わない。

入口の脇の部屋で、六人の鍛冶屋が待っていた。

「戟を一万、刀を一万、斧を一万。できるだけ早く用意して貰いたい」

「それは、一軒で五千のものを作るということになりますが」

「大変なのはわかっているが、教母を殺した劉璋が、五斗米道に対する攻撃をくり返してくる。漢中だけは、どうしてもわれらの手で守らなければならん。そのためには、武器がもっと必要なのだ。教母の次に教祖が殺されるということになれば、

五斗米道はそこで消えてしまう」

鍛冶屋たちの顔色が変った。みんな信者である。信仰のために、ふだんでは出せない力も出す。領主が、無理に駆り出して作らせるのとはわけが違うのだ。

「頼む。兵たちも苦しい思いをしているのだ」

「わかりました」

ひとりが言うと、六人とも頭を下げた。

弓と矢、楯、縄などを、それぞれを生業にしている者たちに頼んである。

鍛冶屋たちが帰ると、張衛は居室に籠って図面を描きはじめた。

それはいいが、砦から砦への連絡は、山であるがゆえに、人を走らせると時がかかりすぎる。通信に工夫をこらせば、山の砦はさらに効果的なものになるのだ。

狼煙は、当てにならない。漢中は、雨と霧が多い。音には、谺というものがあって、間違えやすい。

夜は、火による通信がいいのか。明るい時は、どうするのか。

そういうことを考えていると、張衛は充実していた。余計なことが、まったく頭に浮かばなくなる。火による通信の設備は、なんとか作れそうだった。ある方向にだけ見える火。それで、敵に悟られずに通信することも可能になる。

女が、湯を運んできた。茶は飲まない。兄が湯しか飲まないので、漢中の民はみんなそうするようになった。
「ひとりにしておいてくれ」
張衛は、女に言った。名は、知らない。はじめから、訊かないようにしていた。子を産んだ女もいるが、それは張衛の子ではなく、五斗米道の子として義舎で育てられる。

二日経った。

仮義舎に、四人が集まった。

「張繡が、曹操に降伏したそうだ。ならばなぜ、予州を侵すようなことをしたのか、という気がするがな。曹操は、十万近い大軍を繰り出したらしい。自ら指揮をしてだ。五日前のことだ」

「伯父上は、どうしてそんなことをもう御存知なのですか？」

張衛が訊くと、鮮広は竹簡（竹に書かれた書簡）を卓に出した。

「長安への山越えを、二日でなせる者が数人いる。中原には、五斗米道の信者をかなりの数放ってある。教母に申しつけられて、私は戦乱の行方をたえず正確に追ってきた。山に隔てられていても、情勢は摑んでおかなければならない、というのが

教母のお考えであった。いまの教祖は、そちらについては無関心でおられるが、その代りに張衛がいて、そちらを担っている。私は、いいかたちになっていると思う。その代りに張衛がいて、そちらを担っているのだからな。教母は、前の教祖が亡くなられてから、ひとりで無理をなされすぎた」

母がどういう無理をしたのか、張衛は考えかけてやめた。老いた大男だった劉焉と、小柄で娘のように若くしか見えなかった母の、異様な交合。いつまでも、劉焉の呻き声だけが聞え続けていたという閨房。そんなものが浮かんでくるだけなのだ。

「概要は、先日伯父上にも申しあげました。袁紹から兵を出せという使いが来るようでは、漢中も乱世からは孤絶されて無縁とは申せなくなりました」

「そうだな。私も、まったくそうだと思った」

「われらが、今後どうして行くべきかです。白忠と任成にも、私の考えはすでに述べてあります」

「益州全域を、五斗米道の国にする。そのために、劉璋を討つ。漢中だけを守るだけでも、いまはいいのです。たとえば袁紹が、たとえば曹操が、この乱世の覇者となり、数十万の軍勢で漢中を攻めてくれば、どうなります」

「それも、わかっている。曹操は、わずか数万で、百万の青州黄巾軍を降伏させた。考えながら、私はしばしばそのことを思い出していた」

任成は、劉璋を攻めるべきだという意見を述べ、白忠はこの会議の決定に従いたいと言った。

「意見を聞くのを、大隊長たちまで下げてみてはどうだ?」

鮮広が言った。五万の兵を指揮するのは、大隊長十名に、その下にいる隊長百名である。行動をする時の最小の単位が、五十名だった。任成と白忠は、大隊長を五名ずつ下に置いている。

「恐らくは、決定に従うという意見しか出て参りますまい。五斗米道軍は、各地の将軍の軍勢とはまるで違います。それより、伯父上はどう考えられているのです?」

「国が欲しい。五斗米道の国が。これは前の教祖と、何度も話し合ったことであった。心が焼けるような思いで、国が欲しいと思った。しかし、われらは太平道の蜂起と、その圧殺されていくさまを、あまりにつぶさに見過ぎもした」

「太平道の蜂起が潰滅するのを見たがゆえに、教母は益州という地を選ばれたのではないのですか、伯父上。太平道は全国に方(教区)を作りましたが、五斗米道は漢中に集まっております。益州以外の豪族は、無縁のこととして眼をつぶることも

「わかっている。おまえの言うことは、すべてわかっている。しかし、戦だ」
 鮮広は、やはり老いた。髪も髭もわずかの間に白くなったのかもしれない。責める気はなかった。鮮広の思いは、母に通じていたのか。ひどくつらい時を、過さなければならなかった。それでも、母は五斗米道に殉じたのか。五斗米道の国という夢が、二人の間でどういう言葉で語られたのか。
「伯父上、戦はすでにはじまっています。われらが攻めようと守ろうと、劉璋は必ず兵を送ってきます」
「戦はすでにはじまっています」
 鮮広は、眼を閉じていた。そうすると、さらに老人の顔になった。剣を使わせたら、十人があっという間に斬り伏せられた、というような時があったのだとは、その顔からは想像できない。
 鮮広が眼を開け、笑い声をあげた。
「老いたのかな、私も。張衛が言う通り、戦はすでにはじまっている」
「では？」
「劉璋を攻めようではないか。ただし、漢中の守りをさらに固めてからだ」

「何年かかるか、果して劉璋を潰せるのか、それはわかりません。しかし、やってみるしかないことだと思います」
「決まりだ、張衛。教祖には、おまえと私で話しに行こう」
「わかりました」
　守るだけの戦と、攻めを考える戦では、まるで気持が違ってくる。ただ、攻めるのはまだ先だ。それまでに、どれだけの力をつけていられるかだ、と張衛は思った。

4

　もの音で顔をあげかかった曹操の首に、鄒氏の腕がからみついてきた。
　淯水の陣の本営にある、曹操の居室である。鄒氏は死んだ張済の妻で、降伏した張繡が人質として差し出してきたのだった。ひと眼見て、曹操は気に入った。抱いてみて、さらに気に入った。肌理の細かい白い肌が、抱いていると紅潮してくる。顔だけではなく、首筋から胸もとにまで、それは拡がる。同時に、曹操の躯を、不思議な快感が包みこんだ。かつて経験したことのない、宙に放り出されるような、不安の入り混じった快感だった。

この女体は。曹操は心の中で何度も呟いた。女は、数知れず抱いてきた。いままでに、こんな躰を持った女をひとりだけ知っていた。鄒氏は、まずその容貌で曹操を魅きつけた。憂いのある眼差しだった。声もよかった。衣類を剥ぎ取る間、じっと躰を固くして耐えていた。敵の大将だった男の妻。犯すのは、勝利の喜びでもあった。それだけなら、二、三度でやめただろう。

戦をせずに、相手を降伏させることができた。それは大きなことだ。張繍は帰順を誓ってきているから、兵力は損耗どころか、かなり大きくふくれあがった。その上に、この女体である。

しばらくは溺れてもいい、と曹操は自分に言い聞かせた。思うさま女体を愉しんで、許都に連れ帰った時は、側室に加えればいいだけのことだった。

張繍の軍勢は三万ほどで、それは意外な多さだった。側室に加えられたのだろう。袁紹から、ひそかに援助を受けていた。だから、それほどの兵を揃えられたのだろう。袁紹から、あっさり自分に乗り替えるというのが、またいい。信用しきってはいないが、大将を選ぶ眼を持った男だ、と曹操は思っていた。

淯水のあたりは、土地が豊かだった。宛城に軍勢を置いて、屯田ができるだろう。

それで、荊州の劉表の鼻面に常時剣先を突きつけてやれることになる。

滞陣は八日に及んでいたが、それは屯田の土地を決めたり、地形を調べさせたりしていたからだ。十万を率いてきた。一万を宛城に残し、周辺の兵を集めた上で、配置を決めればいい。張繡の軍勢は、一度許都へ連れ帰り、能力を見きわめさせて駐屯し、本万にはなる。張繡の主力は、いま済水のほとりでひとかたまりになって駐屯し、本営の近くには張繡麾下がわずか二千ほどいるだけだった。

また、もの音がした。人の叫びも聞えた。鄒氏が、曹操の躰の下で喘ぎはじめている。窓からの光が寝台に差しこみ、白い鄒氏の躰が、なにか別のもののように見えていた。はじめは、明るい場所での交合を恥らっていたが、いまはむしろ明るい方が昂ぶるようだった。曹操も、明るい場所での交合を望んだ。肌が紅潮していくさまが、実に鮮やかに見てとれるからだ。

また、叫び声が聞えた。陣屋のすぐそばだった。なぜ典韋が注意しないのだ、と曹操は腹を立てかけていた。鄒氏を抱く時は、誰も近づけるなと命じてある。

「どこの軍だ？」

誰何する声が聞えた。それが、喊声と重なり合った。とっさに、曹操は上体を起こし、寝台のそばの剣に手をのばした。火も出たようだった。

「殿、お逃げください。張繡の軍です」
「馬鹿な」
 降伏しているのだぞ、という言葉を、曹操は呑みこんだ。裸のまま寝台に座り、曹操を見つめている鄒氏の口もとに、嘲るような笑みが浮かんでいたのだ。
「殿、急いでください」
 曹操は、慌てて衣服をつけた。鄒氏を睨みつけ、一瞬そう思った。それよりも、自己嫌悪の方が大きかった。自分としたことが。
「殿、敵はそこまで」
「典韋」
 曹操は叫んだが、典韋は姿を現わさなかった。警固の者が、四人入ってきた。部屋を出ると、煙が流れこんできている。曹操だ、と叫ぶ声がはっきりと聞えた。警固の者たちが、矢が豪雨のように襲いかかってきた。厩にむかって駈けた。警固の者は二百名である。そのうちの数十人が、厩を守っていた。長子の曹昂が駈けてきた。甥の曹安民も一緒だった。

「父上、早く馬を」
　曹昂が叫ぶ。しかし、容易には厩へ近づけない。警固の者も、三人四人と、矢に射立てられて倒れていく。
「殿、厩へ」
　大音声が聞えた。典韋だった。上半身は裸で、いくつか傷を受けている。戟は、いつもの八十斤（約十八キロ）のものではなく、雑兵が使う粗末なものだった。片手に一本ずつそれを持ち、敵を突き倒しながら、典韋は駈け寄ってきた。唸るように荒い息をしている。
「ここは、私が。殿も御曹子も、早く厩へ。とにかく、済水にむかって駈けてください。済水を渡ると、青州兵の陣です」
　その間も、典韋は戟を振り回し続けていた。
　曹操は、ようやく厩へ辿り着いた。絶影。影をも追えぬという駿馬で、わざわざ西域から取り寄せたものだ。
　絶影に跨ると、これで大丈夫だという気分に、曹操はなった。しかし矢は、厩にも届いている。敵兵が襲ってこないのは、典韋が食い止めているからだろう。
　陣屋が燃えあがっていた。炎を突っ切るようにして、その脇を駈け抜けた。曹昂

と曹安民は付いてきている。しかし、警固の兵はいなかった。敵を食いとめるだけで、精一杯なのか。どこも、大混乱になっている。その中を駈け抜けた。味方であろうと、前にいる者は絶影が蹴倒した。

清水にむかった。

百騎ばかりが、追いすがってくる。いつの間にか、曹安民の姿はなくなっていた。そばを駈けていた曹昂も、少しずつ遅れている。

躰に、衝撃が走った。全身だ、と思った。次に、それが肩から全身に拡がったことがわかった。矢が当たったのだろう。ここで死ぬのか。駈けながら、曹操は考えていた。こんなところで死んで、いままでの闘いはなんだったというのだ。

絶影にも、矢が一本当たっていた。それでも、絶影は清水にむかって駈け続けている。

嗤っている袁紹。胸を反らしている張繡。顔が浮かんでくる。口もとだけで笑っていた、裸の鄒氏。くそっ、と曹操は叫んだ。その瞬間、躰が宙に浮いていた。地面に叩きつけられた時、絶影が倒れたのだということを、ようやく曹操は理解した。

とっさに、跳ね起きていた。剣を構える。騎馬。曹昂だった。

「父上、馬を」

曹昂が、叫びながら馬を降りた。
「借りるぞ」
言って、曹操は曹昂の馬に跨り、激しく馬腹を蹴った。ひとしきり駈けたところで、ようやく陽の光を照り返した、清水が見えてきた。馬腹を蹴り続けた。清水が見えてきた。馬は、清水に飛びこんだ。むこう岸が近づいた時、ようやく曹操は自分を取り戻した。
不意に、曹操はどうしようもない恐怖に襲われた。
「殿、追ってくる者たちは？」
于禁だった。両手を腰に当てて、水際に立っている。
「敵だ、張繡の降伏は、偽りだぞ」
「それは一大事。とにかく、わが軍の中へ」
生き延びた。そう思った時、曹操ははじめて曹昂のことを思い出した。
馬を降りた。地面に座りこんだ。多分、曹昂は生きていないだろう。自分が生きているのさえ、曹操は不思議だと思った。
于禁の軍が、水際に展開していた。曹操は、それだけを考えていた。追ってきた者たちは、自分のせいで、曹昂を死なせた。戦らしい気配はなかった。

110

「胡床(折り畳みの椅子)を持て」

幕舎に連れていかれそうになり、曹操は言った。

「殿、傷を負っておいてです」

「浅傷じゃ。それより、張繡の本隊はどこにいる?」

「対岸の五里(約二キロ)ほど上流にいたはずですが」

そのあたりで、喊声が聞えていた。曹操の本営があったあたりは、煙こそあがっているが、もう闘いの気配はなかった。

夏侯惇の軍勢が来た。

曹操の周囲に、三重に兵が配置される。張繡の軍が、こちらへむかってきているようだった。水際に展開していた于禁が、渡渉と叫んでいるのが聞えた。濡れた躰に、袍が何重にも着せかけられた。躰がふるえているのに、曹操ははじめて気づいた。寒い。骨まで冷えているような気がする。篝用の薪が、両側と後ろで燃やされた。

渡渉した于禁の軍が、対岸で隊列を整えていた。張繡の本隊。駈けてきている。それを追うような恰好で、曹操の軍も三万ほどがまとまり、追ってきているようだ。于禁の軍が、夏侯惇が、張繡の渡渉に備えて、水際に弓手を三段に構えさせていた。

駈けはじめる。挟撃というかたちになった。張繡の軍が、次第に淯水から離れていった。
「殿、もう大丈夫でございます。敵は敗走をはじめました。于禁の軍が先頭になって、追撃しております。なにとぞ、幕舎で傷のお手当てを」
両脇から支えられ、曹操は立ちあがって幕舎に入った。傷は、肩と尻にあった。ともに矢傷だが、どこかで無意識に引き抜いたのか、矢は残っていない。
曹操の幕舎だが、中は暖められていた。ほかの武将たちのものより、ふたまわり大きい。寝台もある。曹操はそこで新しい鎧を着こんだ。傷が痛んでいて、それがかえって曹操を冷静にしていた。
「曹昂と曹安民は、戻らぬか?」
「夏侯惇はうつむいている。
「典韋と、その部下は?」
「手負った者が、四人ほど」
二百人のうち、四人だけが生き残ったということなのか。
夕刻になって、追撃中だった于禁も戻ってきた。二十里(約八キロ)ほど追ったが、そこで張繡の軍は完全に敗走したのだという。張繡は見つけられなかったらし

い。
「諸将を集めよ。夜襲に備えて、対岸にも兵を散開させておけ」
　降伏を、信用しすぎた。闘う前から帰順の意志を示した敵だったので、武器も取りあげず、ひとまとめにして駐屯させた。そこからの脱走者が出はじめているというので、張繡の二千の麾下に、監視のためにやや自由に動くことを許した。それで、張繡は、曹操の本営から二里（約八百メートル）ほどのところにいたのだ。
　諸将に、状況を報告させた。
　奇襲というかたちだったので、損害はかなり受けていた。綿密に計画されていた、としか考えられなかった。まず、淯水のほとりに駐屯していた張繡の本隊で、いざこざが起きている。兵糧の配給かなにかについてである。二、三十人が打ち殺されているという状態だったので、曹操軍が制止に入った。それが取り囲まれ、あっという間に殲滅された。その時、脱走兵を追うという名目で、本営の近くにいた張繡の麾下が動きはじめていたのだ。あとは、混乱だった。
「戟の使い方を教えていた？」
　生き残った警固の者に、典韋がどこにいたか訊いたら、そういう答が返ってきた。
　胡車児という、張繡麾下の戟の名手も、さすがに八十斤（約十八キロ）の戟は扱

えず、ほんとうに振り回せるのかと、典韋に訊いてきたのだという。一度だけ、典韋は片手でそれを振り回してみせた。すると胡車児は、跪いて教えを乞うたのだ。
本営の曹操の居室に気配が伝わるのを憚って、陽の光が心に隙を与えたところに行ったりしたらしい。夜間の典韋の警固は厳しいものだったが、陽の光が心に隙を与えたところに行ったのかもしれない。
ちょうど、鄒氏を呼んでいた時でもあった。
「とりあえず、敵は追い散らしております。敗戦とは言えません」
夏侯惇がとりなすように言い、曹操は頷いた。
大敗だ、と曹操は心の中では思っていた。一騎だけで、なんとか淯水にまで辿り着けた。そのためには曹安民を死なせ、息子の曹昂まで死なせた。曹昂の馬を奪うようにして、曹操は逃げたのだ。
曹昂は、天下を狙える器ではなかった。曹操はそう思った。だからあそこでは、自分が助かるべきだったのだ。そう自分に思いこませなければ、叫び声をあげてしまいそうだった。
全員の心に、隙があった。屯田の調査をするために、曹操の軍は淯水に沿って長く二十里ほどにものびていた。戦をしなくても済んだ、という安堵感に似たものは、まいな持っていただろう。曹操も、宛城に誰かを駐屯させ、荊州の劉表を

どう押さえるかという、ずっと先のことしか考えていなかった。

そして、鄒氏だった。人質の女を、総大将が昼日中に、居室に引きこんで抱いていたのだ。およそ、戦陣の空気からはかけ離れたものでしかなかった。

「戦は終った。撤収する」

短く、曹操は言った。諸将が、一斉に立ちあがった。みんな一刻も早く、この地を立ち去りたいのだ、と曹操は思った。

輜重の半分以上は焼かれていた。

「旗本の二千騎だけで、私は許都へ先行する。撤収の総指揮は、夏侯惇」

夜明けに撤収と伝え、曹操は腰をあげた。

許都まで、駈け通した。

館の居室でひとりになると、曹操はすぐに眠ろうと思った。眠れはしなかった。寝台を転げ回り、床を這い、何度も拳を壁に打ちつけた。

十日後には、全軍の撤収が終っていた。

「負ける時は、派手にお負けになりますな、殿。いや、いかにも殿らしい」

居室に戻ると、めずらしく石岐がひとりでいた。典韋の代りの警固は、許褚に命じてある。許褚の警固のやり方は、典韋よりも徹底していた。石岐は、一度許褚に

会わせてあるはずだ。
「ぶざまな負け方であったぞ、石岐（せき）。大将の資格などないな、私には」
「なんの、殿を見直しました。これからは、丞相（じょうしょう）（最高行政長官、首相）と呼びます。
ほかの方々にも、そう呼ばせるのですな」
「なにを、馬鹿なことを」
「いや、こういう時に開き直るのが、権力者というものでございます」
曹操（そうそう）は、横をむいた。
「張繡（ちょうしゅう）という男は、どうでございましたか、丞相?」
「しぶとい」
丞相と呼ばれても、いやな気はしなかった。実際には、丞相である。誰も、そう呼ばなかっただけのことだ。殿。そう呼ばせていた。丞相と較（くら）べると、ひどく私的な感じがする。
「自分の女を使って、丞相をたぶらかすのですからな。なかなかのしたたかさです」
「自分の女ではない。張済（ちょうせい）の妻だ」
「張済が、なぜ死んだと思われます?」

「そうなのか？」
 張繡は、叔父を殺して、鄒氏を自分の女にしたということなのか。そして、その女を使って曹操を罠に嵌めた。鄒氏にそれをさせるだけのなにかを、張繡は持っているのだ、と曹操ははじめて思った。
「袁紹から餌を貰っていると思ったが」
「まあ、餌は貰っているでありましょうが」
「今度から、劉表と組んでくるな」
「張繡は、戦はうまくないと見ました。現に、丞相を討ちもらし、追撃をかけられてかなり兵を失ったそうではありませんか」
「謀略に長じている、ということかな」
「むしろ、そちらで生きた方がいい、という気がいたします。油断をなさると、また負けますぞ、丞相」
「もう、負けぬ。一度負けた相手に、また負けられるか」
「ならば、よろしいのですが」
 石岐は、負け戦をからかいに来ただけではなさそうだった。石岐がなにか言いはじめるのを、曹操は黙って待った。

「漢中のことでございます」
「張魯か」
「袁紹が、書簡を送ったようです。丞相は、張魯、いや弟の張衛の方ですな。歯牙にもかけなかったようでございますが。五斗米道をどうされるお積りです?」
「潰す」
「ほう」
「いつかはだ。いまはまだ、私の力は弱すぎる」
「なぜです。黄巾の中黄太乙(太平道の神)はお認めになった。浮屠(仏教)も、お認めくだされています」
「民の信仰としてだ」
「五斗米道は違うと?」
「権力者のための信仰だ。民が信心しているのは構わぬが、その信仰による結束を、権力を持った者が利用する、という気がする」
「誰でございます」
「劉焉には、確かにそういうところがあっただろう。いまは、誰かな。劉璋は、教母の首を刎ねることで、五斗米道を敵としてしまったようだが」

利用するとしたら、張魯の弟の張衛だろう。曹操には、五斗米道がこの国に馴染むとは思えなかった。

「張魯を盟主として立ててはいたしますが、張衛は野望を隠しきれておりません。さきごろ、劉璋の軍が攻めたのを追い返しましたが、陣形を組んでのまともな戦でございました」

「陣形を？」

「それも、劉璋軍より見事な陣形です」

「漢中は山が守ってくれるところだ。その山を使わずにか」

「信仰による結束を、権力者が利用する。丞相は、見るべきものは見ておられます。青州黄巾との苦しい戦が、無駄ではありませんでしたな」

「浮屠を信仰するおまえが、五斗米道を否定するのか。同じ信仰であろう」

「御意。ただし、浮屠はいつも安らかなる死を願っております。道教、特に五斗米道は、安らかなる生を求めているのです。そこに、権力がつけこむ余地があるわけでございます。私は、五斗米道が衰える方法に動こうと思いますが、構いませぬか？」

「劉璋を助けるということか？」

「劉璋は、なんの関係もございません。そちらは、丞相がおやりになればよいこと。私は、張魯という男の方を」
「暗殺か?」
そういうやり方が、曹操は好きではなかった。ただ、効果的だと認めざるを得ない面もある。自分がそう考えるなら、敵もそう考えるのが当然で、だから暗殺に対する警戒は怠っていない。特に、許褚には強くそれを申しつけてある。張繡の奇襲も、ある意味では暗殺を狙ったと言ってもいい。
「浮屠の信者は、暗殺などなしませぬぞ、丞相。私は、張魯を少しずつ普通の人間に戻そうと思っています。教祖が普通の人間になってしまえば、五斗米道は自然に衰えます。もっとも、何年かかるかはわかりませんが」
「そういうことならば、好きにやれ」
「殿も、丞相を名乗られることによって、内側を固められるのですな。負けた時にやるには、適当なことです。必ずなさなければならないことのひとつでもあります」
石岐は無表情である。
負けたのだな、と曹操は改めて思った。

見つかった曹昂の屍体は、首を落とされていた。そして典韋は、全身に二十数本の矢を突き立てて針鼠のようになり、突き傷、切り傷は数えきれないほどだった。それでも、典韋は眼を見開いていた。

曹安民は、斬り刻まれていた。

眼を閉じた。その間に、石岐の姿は消えていた。

5

劉表は、襄陽の館で待っていた。

曹操軍に追われた張繡が落ちてくるのを、迎えようとしているところだった。落ちてくると言っても、傷は曹操の方が深かっただろう。もうひと息のところで、曹操を討ちもらした。敵が立ち直ってしまえば、兵力の勝負になる。早々に切りあげて、襄陽にむかったというところだった。

張繡は、長安から荊州に入ってきた張済に従っていた。張済ならばただの荒武者と劉表は思っていたが、その張済は略奪中に不可解な死を遂げ、張済軍は即座に甥の張繡が掌握し、曹操とぶつかったのだった。

すべて、袁紹が描いた絵図である。

劉表は、荊州牧に袁紹から推され、その時必然的に同盟を結ぶことになった。その同盟は、もともと南陽郡にいた袁術を敵として結ばれたものだったが、袁術が寿春に去ってからは、曹操を敵と想定したものに変質してきていた。

張済の荊州侵入も、秘かに劉表が許可を与えていたのである。

張繡が、張済に代わっただけのことだった。

劉表にとって、袁紹との同盟は是非とも必要なものだった。西は益州とを隔てる高山地帯で防備に問題はなかったが、揚州北部には袁術がいる。最近では、江東に孫策が出てきて、荊州は危ういのである。孫策とは、同盟の結びようもなかった。孫策の父孫堅を殺したのは劉表麾下の黄祖の軍だ。ともに天を戴きはせぬ、と孫策は思っているだろう。

孫策を押さえるためには、動けなかった。江夏郡を中心とした州境に、兵力を集中させざるを得ないのだ。すると、北の曹操に対して守りが甘くなる。張済の軍を闘わせ、劉表が後方から援けるという、袁紹が描いた絵図は、劉表にとっては渡りに舟だった。

荊州は、中原以北の戦乱の波を、それほど被らずに済んできた。戦がないというのは、蓄えが増えるということでもある。劉表は、いまの荊州だけを守っていたか

った。そして、天下は袁紹が取ればいいのだ。すぐにそうなるだろうと読んでいたが、思いのほか曹操が大きくなってきた。そして袁紹は、北の公孫瓚にいまだてこずっている。公孫瓚を倒せば、河北四州は袁紹のものとなり、天下の形勢は決するだろう。あと一年か二年。その間曹操を南から牽制していれば、袁紹の時代へと時は動く。

「到着されました」

従者が知らせにきた。

張繡の軍は樊城のそばに駐屯していて、襄陽の館にやってきたのは、張繡麾下三百ほどと、張済未亡人が乗った輿車だけである。

劉表は、客殿で一行を迎えた。

曹操は、張済未亡人の鄒氏に迷い、油断したところを張繡の軍に襲われたのだという。確かに、吸い寄せられそうな色香を漂わせていた。これで閨房の技に長じていれば、と劉表は思った。自分でも、若ければ手を出そうとしたかもしれない。それも、老境に入ったから見えることだ。曹操は、まだ壮年である。

張繡は、どこといって特徴のない男だった。眼は暗く、劉表は好ましいとは感じなかった。いろいろ人を見てきたが、信義には欠ける、という眼だった。張繡が叔

父の張済を殺したのではないかという噂も、あながち見当ははずれていない気がする。
「長安から宛県、宛県から襄陽と、長い旅でしたな」
劉表が言うと、鄒氏は白い歯を見せてほほえんだ。劉表は、また吸い寄せられそうな気分に襲われた。
「旅の疲れを、落とされるとよい」
ようやく言い、侍女たちを呼んだ。鄒氏が立ちあがり、優雅に頭を下げた。肌の白い女だ、と劉表は思った。
「さて、曹操軍だが、張繡殿」
「申し訳ございません。荊州の一部を、曹操に奪られることになりました」
言ったのは張繡ではなく、賈詡と名乗った参謀の方だった。曹操ののどもとに剣を突きつけるところまでは行ったのですが」
「いまひとつ、われらの力が足りませんでした」
曹操は、負けたと言っても、宛城に一万の軍を残して許都に帰った。その軍は駐屯しているというかたちで、いつでも戦に出られるし、撤収もできるという構えである。
ただ、曹操軍は、荊州北部に、点をひとつ確保しているにすぎない、とも言

えた。
「まあ、地の利はこちらにある。じっくりと宛城を締めあげようではないか。張繡殿は、ここのそばの樊城にとりあえず軍を入れられるとよい」
「いや」
張繡が口を開いた。
「できれば、穣県を貸していただけませんか、劉表殿。樊城では、劉表殿と私がひとつになって、宛県を眺めているというにすぎないと思うのです」
「しかし、穣県では、宛県に対する前衛となりますぞ、張繡殿」
「望むところです。われらは、曹操を南から攻めるために、長安から出てきたので す。前衛は、われらの軍がつとめます」
「そうか。ならば、穣県に兵糧を運びこませましょう」
袁紹との間に、なにか申し合わせがあるのかもしれない、と劉表は思った。ずっと同盟を結んできたが、決して袁紹に気を許してはこなかった。
「曹操軍はやはり精鋭ですが、またすぐに大軍を出すというわけには参りますまい」

賈詡である。才気走ったところのある男だった。

「まず、宛城近辺を掃討します。宛城だけを孤立させるのです。とにかく宛城を守る曹洪は、周辺をてなずけようとするでありましょうから」
「孤立させるのが上策だ、と私も思う。兵をぶつからせるという戦では、万全を期してもなにが起きるかわからぬ」
「後詰は、劉表殿にお願いしてよろしいのでしょうな」
「後詰などと。宛県を孤立させるところまではお任せするが、それから先は、ともに攻めようではないか。特に曹操が再び大軍を出してきた時は、私も後詰などとは言ってはおれぬ」
「わかりました。とにかく、穣県に兵を入れさせていただきます。ほぼ三万。武器などは、お願いしなければならなくなるかもしれません」
「それは任せられよ。荊州には、それほど大きな戦がなかった。武器倉には、眠っているものが多くある」

酒を運ばせた。
張繡は嫌いではなさそうだったが、賈詡はあまり飲まなかった。酒の席で、なにかを見誤るということもなかった。劉表は酒好きだが、酒に吞まれたことはなさそうだった。
「ところで、袁術が皇帝を僭称しはじめましたな、張繡殿。同じ袁家といっても、

「袁紹殿とは大違いだ」

「この乱世で、皇帝を僭称する馬鹿さ加減が、袁術にはわかっていないのでしょう。儀礼から乗り物まで、すべて皇帝のものと同じにしているというではありませんか。いくら、勢力が伸びたとはいえ」

「孫策が力をつけてきておりますのでな」

自分はこれでも苦しいのだ、と張繡に言外に伝えたつもりだった。

「孫策ごときは、まだ若造です。袁術の威を借りて江東に力をのばしたと言っても、袁術が潰れればひとりで立ってもおられますまい。長沙太守であった孫堅の息子であるがゆえに、袁術も気ままを許しておられるのでしょう」

冗談を言っているのかと、劉表は張繡の顔を見つめた。本気でそう言っているとしか劉表には思えなかった。張繡は、袁術と孫策の関係がどうなっているのかさえ、正確には把握していないのかもしれない。

長安の近辺は豪族が多い。強力な者がひとりか二人いるというのではなく、小粒な将軍が何人もいるという恰好なのだ。小粒同士で、組んだり離れたりしながら、隙を見ては潰し合っている。さらに西方の涼州になれば、中央の戦乱からは遠かった。

「とにかく、速やかに曹操を潰すことでしょう。それで、乱世は終熄にむかいます」

それは、劉表も同じ意見だった。袁紹と曹操を較べれば、袁紹はどっしりと腰を据えて、天下が自然にひとつになってくるのを、待っているように思える。天下という意識は当然あるにしても、無理をしてそれを取りに行こうとはしていない。いずれは、天下は自分でまとまる、という自信があるのだろう。

曹操は、とにかく動きすぎる。走り、跳ね回り、なんとか天下に手をかけようとしている。だから、時々大敗するのだ。いまのところなんとか命は助かっているが、いつ死ぬかわからない綱渡りをいまも続けている。

「袁紹殿が、幽州の公孫瓚を討たれれば、それで大勢は決します、劉表殿。袁紹殿が反転して曹操を攻められる。われらがその背後から曹操を討つ。つまり幽州さえ片がつけば、曹操はひとたまりもないということです」

「徐州に、呂布がいる。さきごろは、曹操と和睦したという噂もある」

「呂布は袁術とむかい合っています。徐州だけの力では、袁術と対抗するのは容易ではありますまい」

賈詡が言った。かたちとして見れば確かにそうだが、戦は外から見ただけでは判

天下がどう動くというような話ではなく、小さな戦の話になった。それについては、張繡も賈詡も、なかなかのものだった。つまり、一軍を率いてひとつの場所の奪い合いをする。そういう戦なら、得意としているのだ。部将として力を発揮する男たちだろう。命令された戦なら、多分かなりの力を出す。

劉表は、いくらかほっとしていた。降伏を偽装するようなことはできても、袁紹と組んで自分をひっかけるような真似はできはしないだろう。やろうとしたところで、この二人が相手なら見抜ける。

「穰城には、いつむかわれる、張繡殿？」

「賈詡が主力を率いて、明日。むこうの状態が整ったら、明後日、麾下の者どもとともに私が叔母上をお連れするつもりです」

「張済殿の奥方は、戦で御主人を喪くされ、さぞ悲しんでおられましょう。好きなだけ、襄陽でゆっくりしていただきたい」

「ありがとうございます。ただ、叔母も私が早く曹操を討つことを願っております。

それに、幕僚たちと離れ難いという思いもあるようで」
「穣城は荒れた城。奥方の館を整えるまで、せめてあと一日は出発をのばされよ。それならば、御不自由されないだけのものを、この襄陽でも用意できる」
「そうですか。ならば、お言葉に甘えましょう。到着次第、賈詡が城の固めに入るはずですから」
　劉表は頷いた。
「私はすでに老齢でありましてな。戦となると、なかなかつらい。一日馬に乗っていると、立てなくなるほどです。張繡殿に来ていただいて、これほど心強いことはない」
「戦は、若い者に任されればよいのです、劉表殿。知恵は足りなくても、力はあり余っております」
　張繡が声をあげて笑った。
　それから三日、張繡と鄒氏は襄陽にいた。女が不自由しないものも、侍女に命じて届けさせた。ほかに、絹や身を飾るものも用意した。
　出発の時、鄒氏は劉表のところへ挨拶に来た。劉表は、また吸い寄せられるような気分に襲われた。美人というだけではないのだ。自分の気分を抑えて鄒氏を眺め

ながら、劉表はそう考えた。妖婦というのが、これだろう。こういう女には、近づかない方が無難なのだ。気づかぬうちに、いつの間にか溺れている。そして、曹操のような目に遭ったりするのだ。
「すこやかで、いつまでも美しくおられよ。時には、この老人の眼を慰めにもみえられるとよい」
 別れ際に、劉表はそう言い、鄒氏の手をとった。握り返してくる力に、微妙な強弱があり、劉表をそそっているとさえ感じられた。
「出ていってくれたか」
 一行が城門から消えると、劉表は低く呟いた。
 この三日、鄒氏の様子を、手の者に調べさせた。金で、間諜などを引き受ける者である。毎日報告をさせたが、鄒氏の居室は、夜になると淫靡な匂いに満ち溢れていた。張繡がやってきて、抱くのである。ひと晩の交合が、三度に及んでいた。あらゆる痴態を、鄒氏の手が、口が、導き出していく。張繡はふるえ、呻き声をあげ、最後には泣きはじめるのだという。交合と交合の合間に、鄒氏は張繡の耳もとで囁く。曹操を討て。曹操を討て。曹操を討て。曹操を討て。そうすれば、袁紹は兗州、予州を与えてくれるだろう。曹操を討つことによって、袁紹の下で大将軍となれる。人民がこ

ぞってひれ伏す、栄華がそこにある。
それは甘く、執拗な囁きで、痴呆のようになった張繡の、耳にではなく肌に吸いこまれていくようだという。

劉表自身のことも、囁かれていた。老人で、気力がなく、戦の経験すらも少ない。それでも、兵を擁している。その兵を、うまく使ってやればいいのだ。曹操を討ったあとは、無能な息子たちともども、殺してしまえばいい。荊州の土地は、袁紹に献上せよ。

ほかにも、決して、自分からなにかを欲しいと言ってはならない。とにかく張繡がそばにいる時は、子供を励ますような囁きから、聞くに耐えないような卑猥な囁きまで、鄒氏は倦むことなく囁き続けている。

老境に入っていてよかった、と劉表は思った。多分、張繡は自分の意志で、の張済を殺したのではあるまい。鄒氏の囁きがあったに違いないのだ。曹操に偽装の降伏をし、色香に迷わせて討とうとしたのも、やはり鄒氏の意志だろう。

女が、大人しやかなものだと、この歳になればいくらなんでも思ってはいない。しかし鄒氏の婉然とした笑みには、そんな女がいるのではないか、という錯覚を感じさせるようなものさえある。若いころなら、虜にされていただろう。

これからも警戒は怠れないが、張繡は自分にとってそれほど危険な武将というわ

けではない、ということだけはわかった。あとは、うまく扱えばいいのだ。兵糧や武器は、充分に穣城に運びこんであである。なにかあれば、兵だけは出してやった方がいいだろう。
 劉表はただの老いぼれである。鄒氏に囁かれた張繡の頭には、そのことが刻みこまれているだろう。老齢であることを、これからいくらかは利用できそうだった。
 荊州には、大きな戦乱がなかった。いまは、十万以上の軍がいる。かつて荊州牧になったばかりのころは、自軍は一万で、各郡の兵を寄せ集めて、ようやく三万を超えるほどだった。それでも、飛ぶ鳥を落とす勢いだった長沙太守の孫堅を、ここで破ったのである。
 自分の力があったから、荊州には大きな戦乱が起きなかったのだ、と劉表は思った。

原野駈ける生きもの

1

　汗をかいていた。
　呂布だけでなく、赤兎も汗にまみれ、赤い毛並が血を流したようにさえ見えた。
　風が心地よい。赤兎も、気持よさそうに駈けていた。麾下の三百五十騎も、ぴったりと付いてくる。動きはよかった。
　自分の麾下だけを連れた調練が、呂布は好きだった。三百数十騎を、もとの五百まで増やしたいと思った。しかし、八千の騎馬隊の中に、麾下に入れるほどの力量を持つ者は、十数名しかいなかった。それで、三百五十とした。力の劣る者を加えれば、全体の力も落ちる。
　黒ずくめの兵装の三百五十の麾下は、その気になれば、三千の騎馬隊を打ち破れ

るはずだ。それほどの精鋭として、鍛えあげてある。とにかく、呂布の躰のように動くのだ。

自分が、巨大なけものになったような気さえしてくる。

それに較べると、八千の騎馬隊は、数が多いというだけで、懦弱だった。小沛の劉備を攻めた。

音をあげて謝罪すればいいという程度の気持に攻めさせてみたのだ。劉備の騎馬隊は、見事にその八千の中央を突破し、歩兵が動く暇も与えず、許都の曹操のもとに駈けこんだ。

やがて曹操から仲介が入り、劉備はまた小沛の城に戻った。敵対していた曹操と、一応和睦したかたちになり、官位のようなものも貰った。それはいいことだと陳珪は言ったが、陳宮は面白くなさそうだった。

どうでもよかった。曹操と闘ったのは昔で、その敵と結ぶこともまた乱世なのだ。

天下を取れる軍勢。それを考えると、徐州五万の軍勢は、はなはだもの足りなかった。五万で十五万を破れる。それぐらいの精鋭でなくて、天下などと口に出せるのか。

呂布は毎日、兵の調練に明け暮れた。調練の途中で死んでいく者も多く、すでに五百近くになっている。その半分は耐えきれずに死に、残りは呂布が打ち殺した。弱い兵まで、戦場には連れていかない方がいいのだ。調練であろうと、生き残るた

めの闘いだということを、兵の間にも徹底させた。以前より、いくらかやかましにはなっている。それでも、麾下の騎馬隊とは較べようもなかった。
 海西まで駈けると、兵を止めた。野営である。
 兵たちはみな、まず馬の世話からはじめる。呂布も同じで、ここの海が、呂布は好きだった。赤兎は荒々しいだけでなく、威厳に似たものさえ漂わせはじめていた。海水で赤兎を洗ってやる。赤兎は、ほかの馬は決して入ろうとしない。赤兎が海にいる間は、ほかの馬は決して入ろうとしない。
 洗った馬は、藁できれいに拭いてやる。赤兎だけは、豚の毛の硬いところを集めたもので、搔くように拭く。それは、胡郎の役目にしていた。胡郎は汗をかきながら、長い時間赤兎の躰を擦っている。
 二カ所で、食事のための火が燃やされる。海西の城郭では、肉以外に海の魚も買えた。兵たちは、海西へ来た時は、好んで魚を食う。呂布も、焼いた魚が嫌いではなかった。
 八千の騎馬隊の調練は、一応は終っている。それでも、劉備の騎馬隊と同数でぶつかって、勝てるとは呂布は思っていなかった。さらに厳しい調練をくり返すと、死者が五百人ぐらいでは済まなくなる。

それに、もはや実戦で鍛える段階に入っていた。劉備の一千の騎馬隊が強いのは、実戦を重ねているからだ。呂布の麾下も、実戦では劣らない。麾下の騎馬隊だけで、劉備の一千騎を蹴散らす自信が、呂布にはあった。しかし、それにはあまり意味がない。八千騎の騎馬隊が力をつけないことには、大きな戦は闘えないのだ。

胡郎が、両手に糞を持ってやってきた。赤兎の糞である。野営の時は、必ず赤兎の糞を調べる。馬の異状を見つけるのはそれが一番いい方法だが、赤兎がおかしくなったことはなかった。

「おまえは、自分の馬の世話もしているのだろうな？」

赤兎の糞に指で触れ、異状がないことを確かめながら、呂布は言った。

「はい、殿。ですが、赤兎を擦る豚の毛は使っていません」

「当たり前だ」

「私の馬は、気持がむらなところがありますが、よく世話をしてやると、走ってくれます。赤兎ほどではないにしても、どの馬より速いと思います」

確かに、胡郎は行軍の調練には楽々と付いてきた。馬の扱いはできても、気持では読めない者もいる。胡郎は、天性のものを持っていた。

「鎧を磨いておけ。戟は俺が磨く」

海西(かいせい)まで来ると、三日ほどは野営を続ける。その間も、八千騎の調練は部将たちがやっているはずだ。

「この間の人、現われませんね」

成玄固(せいげんこ)のことを、胡郎(ころう)は言っているようだった。劉備軍の部将だから、いまは小沛(しょうはい)にいるのだろう。

ああいう男がいるのも、劉備軍の強さになっている。騎馬隊は、馬の扱いだけでなく、馬が持っている力が大事なのだ。成玄固のような男が、馬の強さを引き出す。食事の仕度ができたと、係の者が知らせに来た。食事は、平時は五人ほどで作る。その係は、一日ずつ替った。つまり、全員が食事を作る。

麾下(きか)の兵たちが、うるさく喋ることはまったくなかった。あと一、二歩で死という限界までの調練を、毎日のようにくり返しているのだ。言葉以上にわかるものが、眼の色や仕草にある。交わされる言葉は、いつも極端に少なかった。

呂布は胡床(折り畳みの椅子)に腰を降ろし、串に刺して焼いた魚を手にとった。河や湖の魚より、ずっと身が締まっている。骨も硬い。

魚の食い方は、海西で育った胡郎が一番うまかった。口から出す骨に、身はまったく付いていない。骨を口の中に突き立てることもない。胡郎が出した骨を、わざ

わざ見に来る者もいた。

海西で野営を続ける時は、武器の使い方の調練をすることが多い。全員が、戟である。二番目の武器は、得手なものを選んでいいようになっている。胡郎は、しきりに剣の稽古をしていた。馬上で使う剣と、地に足をつけて使う剣は違う。馬上では、あまり突いたりせず、斬る方がいいのだ。

呂布の方天戟を、まともに扱える者はいなかった。それは呂布ほどに扱えないということで、普通の兵が普通の戟を扱うよりはみんなずっとうまい。単騎の時、五騎で組んだ時、百騎の時、それぞれに戟の使い方は違った。その使い方を、みんな躰で覚えていた。

夜になって、呂布は時々ひとりで幕舎から出て、海辺を歩くことがあった。月の出た夜など、意外なほど明るい。波は、大抵夜の方が静かだ。砂を踏む音。それがはっきりと聞える。なにかを思い出させるような音だ。波打際を歩き、同じ道筋で戻ってくる。

瑶のことは、思い出すまいと決めていた。死んだ者と、会えることはないのだ。自分が死んでも、会えはしない。死ねば土に戻るだけで、死んだあとにも世界があるというのは、生きている者の勝手な思いこみだ、と呂布は考えていた。

夜中に一度歩くと、不思議によく眠れた。海西で野営する時だけでなく、原野で野営する時も、呂布はよく歩く。

下邳からの伝令と出会ったのは、戻る途中だった。五列の縦隊が、駈けながら入れ替る。端の列にいた者が、ひとつずつ内側に入っていって、反対側の端に出る。行軍中も、そういう訓練はしていた。横の者と位置を入れ替える時、戟をどう扱うか。そういう細かいところが、戦場では大事なことなのだ。一瞬の動きの遅れが、死を招くのはめずらしくなかった。

「ほう、袁術が出兵の準備をしているのか。それで、相手は劉備か？」

「いえ、十五万の大軍でありますから、下邳城を落とし、徐州を制圧しようという姿勢に見えます。速やかに戻られるようにという、陳宮殿の伝言です」

「俺を討つだと。袁術も、前後の見境がつかなくなっているのだな。皇帝などと勝手に称しているのを見れば、それも当たり前か」

呂布は、いくらか行軍を速めた。それでも、伝令の兵の馬が付いてこられないほどだった。

下邳に到着した。

陳宮が、役所の建物から飛び出してきた。呂布の館は、そこからすぐである。

「殿、速やかに軍議を?」
「館に戻って、着替えてくる」
「なにを悠長な。袁術が大軍を集め、今日にも出動しようというのですぞ」
「まだ出動してもいないのだろう。慌てるな、陳宮。そんなに急いでも、敵が現われるまでやることはなにもないのだ」
 呂布は、館へ戻った。
 黒い鎧を脱ぎ、袍を着こんだ。袍は、派手なものが多かった。帯も派手で、その時に被る冠も派手だった。
「庭に、小さな犬がいたようだが」
 呂布の身繕いを手伝う李姫に言った。李姫は、よく呂布の世話をした。しかし、瑶とはどこか違う。瑶は、これほど細々とは動かなかった。そのくせ、呂布が気になるところはどこにもなかったのだ。李姫は、細々と動きすぎるのかもしれない。それで、大きなところがどこか欠ける。袍の皺など、着ているうちに消えてしまうものだ。李姫が気にしすぎるので、呂布もつい気にしてしまう。
「俺は、飼うなら大きな犬がいい」
「小沛の、劉備様からの贈物でございます」

「劉備のやつ、つまらぬことを。俺が犬を好きだとでも思っているのか」
「いえ、私にお贈りくださったものです。殿には、立派な剣をひと振り」
「そんなもの、使えるか。剣は、手に馴染んでいなければならん」
一度攻めてから、劉備と会ってはいない。小沛に戻ってきた時も、孫乾という文官に挨拶の書簡を持たせてきただけだ。
「おまえは、その犬を飼いたいのか?」
「とても、かわいいのです。まだ仔犬でございます」
「大きくなるのか?」
「さあ、どうでございましょう」
「大きくならなかったら、食うぞ」
「そんな」
「不作で糧食がないところでは、人が人を食っている。犬ぐらい、食われて当たり前ではないか」
「大きくなれば、よろしいのですか」
「冗談だ。おまえの犬を食らったところで、腹の足しにもならん」
州の役所まで、歩くことにした。赤兎は、もう鞍をはずし、胡郎が世話をはじめ

ている。匂いでも移るのか、ほかの馬に乗ることに、赤兎はひどく敏感だった。そういう時に乗っても、決して動こうとしなかった。当たり前だ、と呂布は思っている。呂布以外の人間を赤兎が乗せたら、やはり自分も怒るだろう。

最初の軍議は、役所の方で開いた。本営と営舎は別に設けられている。州の役所は民政のためのもので、役所の方で開いた。

「袁術軍は、十五万には達しそうです。思いきった大軍を出し、徐州をひと呑みにしようと考えているとしか思えません」

陳宮が言った。多分、間者を寿春に潜りこませているのだろう。そういうやり方が、呂布は好きではない。というより、関心がなかった。

「騎馬一万五千を擁した、壮大な大軍です」

「だから?」

「いま手を打てば、間に合うと思うのですが」

陳宮は、曹操と闘うべきで、袁術と闘うべきではない、という意見だった。だから娘の縁談についても、乗り気になりかけていたところがある。ただ、袁術の尊大すぎる人格に、危惧も抱いていた。

それに対し、陳珪は息子の陳登とともに、曹操と組もうという意見だった。袁術

は、徐州を欲しがっているというのだ。まず劉備を討ち、孤立したところで呂布を討つ。そういう戦略に乗せられてはならぬと、強硬に主張していた。

呂布はどちらにも乗らず、袁術の劉備攻めの仲裁に入った。

その後、劉備との間にいざこざが起き、呂布は小沛に軍を出した。こちらの騎馬隊を見事に突破して、劉備は曹操のもとへ逃げた。ちょっとした謝罪で許そうと思っていた呂布には、計算外のことだった。ただ、しばらくして、朝廷の仲裁が入った。それは曹操の仲裁ということだった。勅定があるだけ呂布には受けやすかった。

劉備は、小沛に戻っている。袁術に備えるという恰好だった。抜け目のない男だ。小沛にひとりでいたのに、戻った時は曹操という後ろ楯を持っていた。

会議では、陳宮の意見が弱くなっていた。袁術が皇帝であると僭称しはじめ、それが反撥を買ったのである。不忠の臣。陳珪が袁術をそう呼ぶと、陳宮も黙らざるを得ないようだった。

五月には、持ちこまれていた縁談を、呂布の方から破談にした。放っておけば、袁術は揚州に小王国を作るのかもしれない。しかし、なにか違っていた。袁術にはなにも見えていない、としか思えなかったのだ。破談に、呂布は合意し、その時に、

久しぶりに娘にも会った。
娘は、泣いていた。どうしていいかわからず、泣くなと言っただけで、呂布は娘の居室を出た。
破談に対する袁術の怒りは、相当大きなものだったのだろう。徐州に出兵するという。馬鹿なことだ、と呂布は思った。皇帝を僭称するなら、揚州を固めればいいのだ。孫策を押さえたかたちで揚州を漢王室から独立させれば、その小王国は潰れない。孫策が反撥しているというが、それなら孫策から押さえればいい。
「なにを考えているのかな、袁術は」
「それは、徐州を欲しいということでございます、殿」
「そんなことを言っているのではない、陳宮」
「破談が、やはり袁術を動かしました」
「俺とやり合えば、袁術は滅びる。俺はそのことを言っているのだ」
「しかし、徐州は全軍を集めても五万。曹操殿に、膝を屈しますか?」
「膝を屈するとは、おかしな言い方ではないか、陳宮殿。殿は、曹操殿の求めに応じて、劉備が小沛へ戻ることを許された。それは同盟と同じだ。援兵を依頼するこ

「援兵など、いらん」

陳珪が言った。陳登も頷いている。

「しかし、殿」

「黙れ、陳珪。この俺に、人に助けられて戦をしろと言うのか」

呂布が睨みつけると、陳珪は蒼ざめてうつむいた。

曹操とは、闘った。兗州をめぐって、一年も闘った。戦で負けたから、陳宮は兗州を捨てざるを得なかったのだと、いまも自分を苛み続けている。

自分が、調達すべき兵糧を調達できなかったから、兗州を捨てていないようだ。

兵糧も戦のうちだ、と呂布は思っていた。それを、うまく陳宮に伝えられない。慰めているわけでなくても、慰められていると感じて、陳宮は傷つくだろう。陳珪、陳登、おまえたちは、州内の民を落ち着かせろ。おかしな噂が流れて民が逃げるようなことがあれば、その責めは負ってもらう」

「諸将を集めろ。戦の相談に、部将がいなくて話になるか。陳宮、おまえは兵糧を万全にしておくのだ」

三人が頭を下げた。

呂布は、役所を出た。

赤兎がいないので、興車を用意してあった。こういうもの好きではない。董卓も、こういうものに乗りはじめた。
呂布は、無視して館の方へ歩きはじめた。二十人ばかりの従者が、慌ててついてくる。武人は馬だ。でなければ、おのが脚で歩く。言ったところで、はじまらなかった。
館の庭で、仔犬がまだ駈け回っていた。
呂布は足を止め、仔犬の方を見た。人がいるのが嬉しいのか、そばに寄ってくる。犬の首を、呂布は摑みあげた。太い脚をしている。大きくなりそうだ。それに、しっかりした眼差しだった。
李姫が、慌てて館から出てきた。
「名は？」
「胡桃と名付けました。眼がとても胡桃に似ていましたので」
「おかしな名だ。甘やかさずに、かわいがってやれ。犬は人に従うものだ。それをわからせればいい」
「では、お屋敷に置いてもよろしいのですね」
黙って、呂布は仔犬を李姫の胸に押しつけた。

夜中になって、陳宮がひとりで館にやってきた。こういうところなくなっている。呂布は、酒を命じた。
「申しあげておかねばならぬことがございます、殿」
「めずらしいな」
「実は、孫策にひそかに使者をやりました。連合して、袁術を攻められないかという打診です」
孫策は、袁術が皇帝を僭称してから、反撥を強めているといいます」
孫策と組んで、袁術を潰す。それから、揚州を賭けて孫策と闘う。自分ならそうすると、呂布が思い描いていることでもあった。
「十日ほど前に、返書は届いております」
「なんと言ってきた？」
「組めぬと。こちらが裏切った場合、孫策は江東で孤立します。荊州の劉表を、父の仇としているのですから、両面から敵を受けることになる、と考えたようです」
「それなら、それでいい。しかし陳宮、おまえは袁術と結ぼうという意見だったのではないのか？」
「一時は、そう考えました。しかし、袁術が皇帝を僭称いたしましたので、殿が組

まれても、皇帝の下ということにしかなりません」
「わかった」
　孫策が組まないと言うのなら、それはそれで仕方がなかった。もともと、人と組んでやる戦など、自分の性には合っていない。
「曹操とは、どうしても組みたくないようだな、陳宮？」
「曹操を倒すところから、私は殿に天下取りをはじめていただきたい、と思いました。しかし、最後は、殿がお決めになることです」
「俺の本心は、誰とも組みたくない、ということだ。それが、俺の戦だと思っている。ただ、徐州軍五万を抱えている。二千、三千を率いていたころと、同じというわけにはいくまい」
「組むとしたら、誰と組みたいと思われますか？」
「劉備だな」
「それでは、格が下がりすぎます」
「劉備の、どこが？」
「格の問題など、どうでもよい。組むとしたら、という話であろう」
「わからぬ。ただ、徐州を二つに分け、俺が南へ、劉備が北へ力をのばす。それは、

うまくいきそうな気がする。ただ、劉備は俺と組もうとはするまい。誰とも組まない男だろうと思っていたが、曹操の力を借り、組んだ。てやってくれと曹操が言ってきた時、なぜ劉備が頼んでこないのだ、と思ったものだった。

「同盟などよい。兵糧は充分なのか、陳宮？」

「はい、それだけは」

「ならば、戦は俺がやろう。おまえが民政をやり、兵糧も集め、謀略もやる。そして俺が戦をやる。はじめから、そういう約束だったではないか」

「謀略の力が及ばなかった、と思います。それで、袁術という大敵を迎えることになりました。実に十五万と予測されます」

「すべてに力が及ぶ者など、いるものか。俺は、そう思うぞ」

陳宮は、大きな館を構えるでもなく、質素に暮し、早朝から夜まで役所で仕事をこなしている。それで、力が及ばなかったとしても、自分を責めるべきではないのだ。常々呂布はそう思っていたが、うまく言ってやれなかった。

「飲め。たまには酔ってみろ」

呂布は酒を突き出し、それだけ言った。

2

三十万、と称していた。

いままでの出兵とは、いささか規模が違うことだけは確かだ。

「本気だな、袁術は。今度は兵糧だけでなく、三万で出兵せよとまで言ってきた」

孫策は、そばに立っている太史慈に呟くように言った。

「どうなさるお積りです?」

「みなの意見を聞いて決めなければなるまいが、無論兵は出さん。どういう理由で出さないかを、相談するということだ」

「南がまだ不穏だというのは、通りますまいな、もう」

「そう思う」

周瑜を、予章郡にやっていた。荊州の長沙、江夏の二郡を奪り、建業から巴丘というところまで、そこから劉表を攻めようという戦略の拠点作りである。船を試し、水軍を調練しながらだ。およそ二千里(約八百キロ)の水路を、周瑜が開いた。その水路が物流の幹線になれば、揚州は一変する。頼める相手は、周瑜しかいな

かったのだ。

しかし、こういう大事を決する時に、周瑜がいないというのは、やはり孫策にとっては痛かった。書簡のやり取りをするにしても、なにしろ二千里の彼方である。

「とにかく、集められる諸将は集めよう。明後日には、参集できるようにしておいてくれ」

「殿は？」

「江都のあたりまで、行ってみる。気晴しの早駈けだと言っておいてくれ」

「私が、お供を」

「そうだな。では会議の準備は、張昭に整えさせろ」

建業から二百里（約八十キロ）ほど東へ行くと、海辺だった。そこは長江が海に注いでいるところで、深く陸に食いこんだ湾になっていた。周辺は、渺茫とした湿地である。

孫策は、そこが好きだった。途中に駅舎があって馬を替えられるので、半日で駈けることができる。

太史慈のほか、十騎ほどの供だった。思い立ったらどこにでも行ってしまうというのは、いい加減にすぐに出発した。

やめにしてくれと、程普や韓当などの古い部将にはうるさく言われている。

その日の夕刻には、江都にいた。小さな城で、守兵は二百ほどである。ふらりと孫策がやってくるのには、馴れていた。

夕食に、海の魚と貝を出してくれた。

「太史慈、俺は駈けながら考えた」

「いつも駈けながらでございますな、殿は」

「たまには、腰を据えて考えろ、と太史慈は言っているのかもしれない。

「袁術と、絶縁する」

「やはり、そうなさいますか」

「袁術が、集めた兵を徐州ではなくこちらへむけてきたとしても、凌ぎきる自信はある。兵糧や武器も、各地に蓄えてある」

「こちらに兵をむけるなどということは、恐らくいたしますまい」

「もしもの場合も考えて、言っている。袁術が、皇帝と称しはじめたのがいい機会だ」

「守るに値しない男になった、と私も思っております。殿のなされるべきことはいろいろありますが、いつ袁術と手を切るかというのが一番の問題だ、と周瑜殿も申

されておりました」
「いつだ？」
「予章郡へむかわれる直前です。さすがに、見るところは見ておられると思いました」
「太史慈、おまえは周瑜より、九つばかり年長になるのではなかったか？」
周瑜は二十三歳で、孫策と同年だった。孫軍の部将として、ひとりだけ異様に若い。
「年齢より、器量でございましょう。武人としては孫家随一だと、私は思っております」
「みんな、おまえのように思ってくれればいいのだが」
「これから、戦が多くなりましょう。殿がしっかりしておられれば、部将の器量も全軍に知れわたります。いまお嘆きになることはありますまい」
孫策は、北へ攻めのぼるのではなく、南から迂回するようにして荆州を窺い、長沙、江夏の二郡に攻め入りたいと思っていた。当然、荆州では黄祖を出してくる。長沙、江夏の二郡を制すれば、荆州全域を狙うの父と、最後に闘った相手だった。長沙、江夏の二郡を制すれば、荆州全域を狙うのも不可能ではない。

孫策が心の中に描いているその戦略を、なにも言わなくてもわかっているのは、周瑜だけだろう。だからこそ、孫策は周瑜を予章郡にやり、巴丘に拠点を作らせようとしているのだ。

会稽を制圧してから、孫家の領地は飛躍的に拡がった。そこをうまく治めるためには、力だけでなく、豪族たちの協力が必要だった。そのため、孫家の会議には、豪族も含めると、三十名近くが集まってくる。

会議で、孫策はしばしば癇癪を起こした。どうでもいいことが、いつまでも論じられ、それを止めるための癇癪だった。豪族のひとりを斬り殺したことがあるので、孫策の癇癪が弾けると、みんな沈黙する。ただ、それまでに、言いたいことは言わせなければならないのだ。

十六歳になって会議に加わるようにさせた弟の孫権の方が、ずっと辛抱強かった。民政については、孫策より詳しいと言っていいほどになっている。

「人材はいる。兵も精強になりつつある。いつまでも、袁術ごときの部将と見られたくはない」

「私は、これ以上はなにも申しあげません。殿をお守りするためにいるのですから」

「そうか」
　袁術の息のかかった豪族は、当然反対するだろう。ただ、何人もいるとは思えない。その者たちを斬る、ということはしたくなかった。
　その夜は、遅くまで太史慈と酒を飲み、翌早朝には、もう馬に乗っていた。
　館に戻ったのは、午過ぎである。
　居室に、孫権を呼んだ。
「袁術が、兵を集めている。徐州を攻めるのだそうだ。わが家にも、出兵の強い要請が来た。三万で出兵せよということだ」
「出兵なさるのですか、兄上？」
　孫権は、大柄で鼻梁がしっかりしていて、眼が碧い。髪の色も茶色だった。孫策を見つめる碧い眼が、何度か瞬いた。
「会議で、どう決まるかだ」
「私は、兵を出すべきではない、と思います」
「ほう、おまえにしては、はっきりした意見ではないか」
　孫権は、頰を紅潮させてうつむいた。
「出兵すべきかどうかということについて、俺はあまり深く考えなかった。出兵な

ど、する気もないからだ。俺が考えたのは、また南方が不穏だと、適当な理由を申し立てて、兵糧だけ送って誤魔化すか、ということだ」
孫策は、言葉を切った。孫権は、碧い眼を見開いて、次の言葉を待っていた。
「それとも、ここで袁術と絶縁するかだ」
「絶縁」
「袁術はまだ大きい。今回も、三十万と号してはいるが、十五、六万の兵は集まるだろう、と俺は見ている。絶縁すれば、その袁術を敵に回す。袁術に攻められれば、われらはわれらだけで闘うしかない。西へ行けば劉表がいて、われらを潰そうとするだろう。東は海しかない」
「兄上は、自信をお持ちなのでしょう。袁術と闘っても、負けるとは思っておられないのでしょう？」
「わからん。しかし、江東に孫家あり、と俺はもう叫びたい」
「相手が誰であろうと、闘う時は闘えばいいと思います。兄上は、いままでそうされてきたのではないのですか？」
「俺は、袁術のもとで、三年も苦い思いをしてきた。袁術の狡さもこわさも、よく知っている。それでも、俺は袁術と絶縁し、江東に孫家ありと、力のかぎり叫びた

い。その結果戦になれば、勝敗はわからなくとも、闘う。闘って、闘い抜く」
「私も、兄上と闘います」
「まだ、戦になるかどうかは、わからん。ただ、覚悟を決めた。それを、おまえにだけは伝えておきたかった。それから、周瑜には書簡を送る。あとは母上に申しあげ、明日の会議に臨む」
「わかりました。母上はお許しくださるでしょうし、周瑜殿は必ずわかってくださいます」
「用事は、それだけだ、権」
「兄上」
「なんだ」
「私は兄上が好きです。いい兄上を持てて、幸福だと思います」
「なにを言い出す。弟は弟らしく、兄の尻についてこい」
　孫策は孫権に笑みを投げかけた。言って、孫策が予想したほどもめなかった。会議は、めずらしく、張昭が弁舌を振ったのである。孫堅は、漢王室再興のために兵を挙げ、闘いの中で死んだ。そういう意味のことから、語りはじめた。いわば、孫家は

忠義の家である。それに較べ、袁術は代々漢王室の恩を受けながら、自ら皇帝と称し、王室を顧ることさえしない。これは、反逆と言っていい行為である。あの逆賊の董卓でさえ、自ら帝と称すことはなかった。孫家が、なぜここで逆臣袁術に兵を貸さなければならないのか。

張昭の弁舌に、居並ぶ諸侯はみな沈黙していた。張昭が、流れるように語るのを聞くのは、孫策もはじめてだった。

兵ひとり、米ひと粒さえ、逆臣には貸せない。それ以外に、孫家が取るべき道がどこにある。

喋り終えた張昭が席に戻っても、水を打ったように誰もなにも言わなかった。しばらくして、韓当が賛同の意見を述べた。それからは、次々に袁術と手を切るべきだと言う者が続出した。

「みんなの考えはわかった」

孫策は、さらに意見を述べようとする者を制し、一座を見回した。結論が出るまで、口を開かない。そういうやり方をとってきた。結論を出してもいい、と判断したのだ。

「袁術と、絶縁する」

静かに、孫策は言った。
「これまで送っていた兵糧も、もう送らぬ。逆臣に送るひと粒の米もない」
言葉は、私の心を動かした。まさしく、袁術は逆臣以外のなにものでもない」張昭の
ついに、あの袁術から独立したのだ、と孫策は思った。
夢にまで見てきたことだった。決めてしまうと、当たり前のことだという気しかしなくなった。この孫家が、他家の下風に立っていいはずはないのだ。
「絶縁状は、張昭が認めろ。戦の準備は怠りなくしておく。部将の配置は、軍議で決める。絶縁は決定したことであり、これより先、異議を挟むことは許さぬ」
孫権が、じっと自分に眼を注いでいるのを、孫策は感じていた。
あえて、そちらを見ようとはしなかった。

3

十五万の大軍が寿春を発した、という知らせが入った。
こちらは全軍を集結させ、五万である。五万いれば充分だ、と呂布は思った。
大敵とむかい合うのは、久しぶりである。呂布の血は熱くなっていた。やはり、

戦だった。戦にさえ出れば、自分が腐っていると思わなくても済むのだ。
曹操は勿論、劉備にも援兵の依頼はしなかった。
二人きりになった時、陳宮が言った。
「十五万です、殿。私には、たやすく勝てるとは思えませんが」
「またおまえの悪い癖だ。戦を、数で判断しようとする」
「それは、いつも殿に言われていることですが」
「わかっていても、心配になる。それが、文官の習性なのかもしれない。勝ってみせれば、陳宮も安心するだろう」
「袁術と対峙している時、後方を曹操に衝かれることは、まずあるまい。曹操も袁術に潰されてほしいであろうしな」
「後方の心配より、袁術軍です。声望を落としつつあるので、せいぜい十万と私は見ていたのですが。名門の力というのは、やはりすごいものです」
陳宮の放っている間者からは、次々に報告が入っているようだった。呂布は、ほとんどそれに関心を持たなかった。名門の力がどれほどのものか、見せて貰おうではないか、という気持があるだけだ。
「なあ、陳宮。俺たちは兗州を奪り損なってから、流浪を続けてきた。また流浪に戻

ったとしても、ほんとうはなにも失ってはいないのだ。そう自分に言い聞かせて、開き直れ」

「わかりました」

「おまえは、いつも言葉でわかる。男というのは、肚の底でわかるものだ」

すでに、麾下の兵には待機を命じてあった。五人の将軍が率いる軍も、下邳城外に集結している。あとは、斥候を出して、敵の陣立てを知ればいいだけのことだった。

「陳宮、おまえは下邳城に残れ。五百の兵をつけておく」

「私は、殿と」

「必要ない。おまえの役目があろう。それを果すことで、この戦は勝てる。ここまできて、余計な心配はするな」

「そうですな。殿と話をしていると、大丈夫だという気持になってきます」

「俺の騎馬隊」

呂布は呟いた。

「無敵だ。無敵であるべきなのだ」

高順が入ってきた。

陳宮とは、あまりうまくいっていない。意見が対立することが多いのだ。ただ、高順は根っからの軍人だった。思っていることは、呂布にもはっきり言う。それを不快に感じたことはなかった。
「騎馬八千、歩兵四万。輜重は、御指示通りできるだけ少なくしました。あとは、殿がどの位置を進まれるかということです」
「先発、騎馬隊四千。次が五段に分け、歩兵四段の中央に、騎馬隊四千。それでよい」
「で、殿は？」
「先発の騎馬隊の、先頭を行く」
「それは、まるで先鋒ではございませんか。全軍の大将の位置ではありません」
「高順、おまえは中央の騎馬隊を率いよ。四段の歩兵には、それぞれ部将をつける」
「私と殿の位置が、逆だと思います」
「敵が十万以下ならば、俺もそうする。十五万なのだ。大事なのは、大将が死ぬ気になれるかどうかだ。兵法にとらわれて、つまらぬ陣立てはやりたくない。俺が先頭でいいのだ。全軍に、そう伝えろ。最初の斥候が戻ってきた段階で、また報告に

「高順」
「殿」
「おまえも軍人だろう」
「わかりました。私が、主力をお預かりします。そして、渾身の戦をいたします」
呂布は頷いた。
高順が、頭を下げて出ていった。
「軍人同士の話というのは、どこか私の理解を超えています。それでよろしいのだろうとは思いますが、ふと寂しくなることも事実です」
「高順は、いい軍人だ。だから、文官とは対立する。俺は、そう思う。文官が扱いやすい軍人が、優れているはずはない」
「心しておきます」

城内は、もう静かだった。麾下の兵以外は、すでに城外で行軍の陣を組み終えているはずだ。呂布は、陳宮を伴って、城門の楼に登った。五万の軍勢。干戈が光を浴び、晴れた日の海面のように見えた。気に満ちていて、乱れはない。呂布はそう思った。
最初の斥候が戻ってきたようだ。高順が、一騎で城門に駈けこんでくる。

「敵は、七路に分かれて徐州に侵入しております」
高順が、七路を書きこんだ地図を拡げた。さすがに、隙はない。堂々たるものだった。七路の後衛として紀霊の軍がいて、袁術麾下の三万はその前だった。
「皇帝の進軍というわけか。絵に描いたとはこのことだな」
「どうされます」
「進発しよう。各軍の部将を、まず集めろ」
高順が城門の下に声をかけ、しばらくすると二騎、三騎と城に駈けこんできた。呂布は楼から降り、城壁で待った。待つ間に、作戦は決めていた。
部将たちが集まってくる。
「張遼。おまえの五十騎と歩兵一万は、たえず正面の敵に当たれ。といって、無理に押す必要はない。ただ正面から矛先をそらすな。じっくり構えてよい」
「正面というと、街道筋の張勲の軍でございますな」
「二万で、さらにその後ろに袁術の三万がいる。敵の横に拡がった陣立てで、最も厚いところだ。つまり、ここを破れるかどうかで、勝敗は決する」
「わかりました」
高順と張遼は、部将の中では一番ましだった。決断が早い。動きも果敢だ。

「どうせ、側面から張遼を排除しようとしてくる。その時、張遼は右、第二段の一万は左を防げ。正面が空く。わかるな、高順」

「四千騎で、槍のごとく敵を貫いてみせます」

「その後ろの、歩兵第四段、第五段の二万は、高順が突き破った正面を、そのまま押せ。二万で正面を押し、一万ずつで左右を防ぐ。高順の騎馬隊は、突っ切ったらすぐに横にそれろ。敵の騎馬隊が出てくる前にな」

「殿は?」

「俺の騎馬隊は、おまえたちが戦をはじめる前に、張勲の軍を一度突っ切っておく。しかし、大きくは崩せぬ。さらに先に、袁術の本隊がいるからな。俺の騎馬隊は真直ぐそちらへむかう。高順の四千騎は、千騎ずつに分かれ、横槍を入れようとする敵の騎馬隊に当たれ。正面から張勲を破った二万は、そのまま前進して、袁術の本隊に当たれ。そこが勝負どころだ。張勲の軍は、二度騎馬隊に突っ切られている。すぐに崩れるはずだ」

「左右の二万は、そのまま防御ですか?」

「敵の押しが強ければ、小さく固まって防げ。それほど押してこないようなら、袁術の側面に回れ。日ごろの調練の苦しさを思い出せ。この日のための苦しみだった

と、進発の前に兵に語ってやれ」
部将たちが一斉に声をあげ、散っていった。
「方天戟」
呂布が言うと、黒く塗った方天戟を従者が差し出してきた。城壁の下には、胡郎がすでに赤兎を曳き出してきていた。麾下の三百五十騎が、赤兎に跨る。黒い方天戟を横に構え、呂布は進みはじめた。黒きけもの。思うさまに駈け回れる荒野を、ひとつのけもののように動きはじめる。
久しぶりに与えてやれる。
戦だぞ。呂布は、赤兎の腹を挟んだ脚で、そう伝えた。

静かだった。赤兎が、いくらか脚を速めた。赤兎は、荒い息を吐いている。
全軍が、黒いけものを見つめていた。
四千の騎馬隊が、後方に続いてくる。
斥候が、次々に駈け戻ってきた。
張勲の軍二万は、十里（約四キロ）先。横に長い方陣を敷いて、こちらを待つ構えだ。さらにその十里先に、袁術の本営。張勲の陣の左右の軍は、やや突出してきている。さらにその左右は、もっと前へ出てくるだろう。つまり、巨大な袋の中に、

呂布の軍は突っこんでいく恰好になる。敵も斥候を出している。袁術は、こちらの陣立てを見て、嗤っているかもしれない。自ら包囲される。そうとしか見えないはずだ。包囲の輪を縮めれば、呂布の陣は自滅するしかなかった。

しかし、袁術軍は、一枚岩なのか。七路の一軍だけでも動かなければ、包囲は破綻する。水が漏れるように、そこからこちらの兵は脱出し、敵の背後を衝くことができる。

敵が、速やかに包囲の態勢を取れるかどうかだった。

呂布は、前進を続けた。すでに、全軍が動きはじめている。陽の光。眩しいほどだった。

原野は、緑に包まれている。

見えてきた。張勲の陣。両翼に騎馬隊を置き、歩兵は弓を構えている。

片手をあげ、呂布は軍を止めた。ようやく、矢が届くほどの距離だ。ぱらぱらと射かけてきたが、すでに力はなかった。後方の四千騎を、二つに分けた。二百歩ほど突出しているのが、呂布の黒いけものだ。『呂』の旗。敵は明らかに、呂布が先頭にいることに戸惑っていた。

赤兎の躰にも、熱い血が脈打っているのが、はっきり全身に、血が漲ってきた。

とわかった。
　黒色の方天戟を右手で差しあげ、天にむかって呂布は雄叫びをあげた。両軍とも、しんとした。矢さえ飛んでこなくなった。合図。二手に分かれた騎馬隊が、突っこんでいく。無数の矢が飛びはじめた。その矢が届くあたりで、騎馬隊は反転し、呂布の後方に回った。両翼の騎馬隊は、弓を頼んでいるのか、動こうとしない。
　呂布は、方天戟を横に構えた。赤兎が、一度棹立ちになる。駈け出した。一騎で突っこんでくる。そう見えただろう。呂布の真後ろに、麾下の兵が続いている。一列の縦隊である。それが、矢を防ぐには一番いい。飛んでくる矢を、呂布は軽々とかわした。かわせないものは、戟で払い落とした。二射目には、赤兎は敵の中に躍りこんでいた。首が、五つ六つ飛んだ。悲鳴があがる。赤兎は進み続ける。遮ろうとする者はいなかった。赤兎の行くところ、道が開けていく。麾下も、続いていた。
　最後尾まで敵中に食いこんだ時、三百五十騎は、瞬間、横に拡がった。その空隙に、四千騎が縦列で突っこんでくる。
　方天戟で敵を払いながら、呂布は進み続けるのだ。まず、麾下の兵が敵の陣を抜けた。四千の騎馬隊も、緩めないかぎり、赤兎は進み続ける。麾下は一兵も失わず、騎馬隊も損害は

わずかだった。

袁術の本隊と、張勲の軍の間に入りこんだことになる。張勲が反転してくれれば、挟撃を受けるかたちになるが、張勲は反転できない。排除しようと側面から軍が出てくるはずだ。それを排除しないかぎり、張勲は反転できない。排除の一万がむき合っているはずだ。張遼は右、第二段の一万は左。そして高順が再び騎馬隊で、張勲の軍を二つに割る。そこに、第四段、第五段もかかる。

完璧なはずだ。袁術の本隊は、まず自分が突き崩せばいい。

呂布は、麾下を小さくまとめて両脇に配し、後方から四千騎を八列の縦隊で進ませた。『呂』の旗。風に靡く。相変らず、光は眩しいほどだ。ゆっくりと進やがて、高順の騎馬隊が敵を突き破ってくる。飾り立てた陣である。全体に、金色に見えた。前方に、陣が見えてきた。

も、すべて金糸で縫い取りがしてあるようだ。黒色の方天戟を横に構え、後ろに『呂』の旗をまだ、赤兎の腹は締めなかった。

つかせ、赤兎に歩調は任せていた。

「みんなよく見ておけ。あれが皇帝の陣だ。すぐに踏み潰す。二度とは拝めないものだぞ」

方天戟を、少し動かした。赤兎の歩調が、やや速くなった。弓手が前に出ている、という陣形でないのは見えてきた。袁術の位置は、多分中央だろう。金箔を塗った大傘で、陽を避けさせている。陣形そのものは、堅固に見えた。

騎馬隊が、味方のものではないということに、前衛の兵が気づきはじめたようだ。呂布は、袁術のいる方向に、方天戟を突きつけた。そのまま、しばらく進んだ。赤兎の腹。締めつける。一度首を下げると、赤兎は全力で駈けはじめた。麾下の三百五十騎は、赤兎についてはこれないだろう。後方の騎馬隊は、さらに遅れるはずだ。

赤兎と二人。そう思った。皇帝と称する男を、ふるえあがらせてやろうではないか。

呂布は声をあげた。一度、二度。敵の前衛とぶつかった。戟のひと振りで、七、八人は倒れた。袁術の旗。金色の傘。血が飛んだ。陣形が、少しずつ崩れていく。寄せる波のように、背後から圧力が来ていた。麾下の兵は、すぐ後ろにいる。さらに、騎馬隊も突っこんできているのだ。赤兎が、遮ろうとした四、五人の兵を蹴倒した。陣は緩やかな斜面に組まれていて、袁術はこちらを見降ろす

ような恰好になっている。そちらに、方天戟をむけた。動くなよ呟くように言った。動かずに、そこで待っていろよ。進む。前衛はとうに破り、四段目までいま破ろうとしている。あと四段。傘が、大きく動いた。袁術。はっきりと見えた。立ちあがり、顔を強張らせている。陣が動く。いや、崩れはじめる。踏ん張れ。呂布は、敵を叱咤するような気持で、戟を使った。あと二段。そこまで破れば、陣が崩れても、逃げる袁術に追いつける。首を飛ばしてやれる。

しかし、一度崩れた陣形が、立ち直ることはなかった。正面の二万の歩兵だけでなく、両翼からも歩兵が攻めあげてきているのだ。呂布は、舌打ちをした。戟を突き出したまま斜面を駈けあがり、袁術を追おうとした。五十騎ほどが遮ってくる。叫び声をあげ、呂布はそのうちの三十騎ほどを突き落とし、払い落とした。二十騎が逃げる。すでに、袁術の姿はなかった。

斜面の上まで駈けあがる。駈け去っていく、数千の騎馬隊が見えた。袁術とその旗本だろう。すでに遠い。間には、敗走する歩兵、騎兵が数万いた。

背後に、麾下は揃っていた。高順が駈けてくる。

「追撃に移ります、殿」

「いいだろう。州の境まで、討てるだけ討て。この原野の緑を、赤く染めてやれ」

高順が駆け出していく。騎馬隊八千が追撃に移ったが、呂布は麾下を動かさなかった。もう戦ではない。ただの人殺しだ。『呂』の旗を立てたまま、丘の頂から追撃を見守っただけだ。

土煙も、やがて遠くなった。

袁術は、陣を飾っていたほとんどのものを、捨てて逃走していた。たわけた夢のかけらである。面白いものは下邳に持ち帰らせた。

「袁術は討ち洩らしましたが、二度と立ちあがれないほどの打撃を与えたと思います。七路のうち、二路にははじめから戦意がなく、すぐに降伏しました。武器などの捕獲は厖大な数にのぼります。馬も、およそ二千頭ほどは、手に入れました」

「もうよい」

下邳に戻っても、呂布は高順の報告を最後まで聞かなかった。あんな男に勝って、自慢になるか。そう思っただけである。

4

出兵の準備は整っていた。

袁術が呂布を攻めて、完膚なきまでに打ち破られたのは六月だった。その時から曹操は出兵を考え、ひと月前から準備させた。

清水での大敗は、息子と甥が討たれ、自分があと少しで討たれるところだった、ということだった。それで、曹操は自ら心に大敗と銘記したのだ。

実際は、それほど兵を失ったわけではない。すぐにも出兵できる余裕はあったが、民政を整えるいい機会でもあったのだ。

息子が討たれたのは、自分が馬を奪ったからだ、という消し難い思いはあった。曹昂は天下を狙う器ではなかった、と何度も言い聞かせても、息子の馬に乗った自分を、しばしば夢に見た。

それは、誰にも喋れない。自らの恥すらも語ってきた夏侯惇にも、言えなかった。張繡の躰を八ツ裂きにするしかないのか。しばしばそう思った。父を殺されて、徐州を強引に攻めた時の失敗を、そういう時は思い出すようにした。

屯田が、思いのほかうまくいっている。兵屯だけでなく、民屯も増えてきていて、曹操軍の兵糧は潤沢だった。

それでも、曹操は九月まで出兵をためらっていた。

「なにを気にされているのです、丞相？」

夏侯惇は、出兵したがっていた。ここで袁術を完全に潰してしまえば、背後の脅威がひとつ消える。ついでに荊州に攻めこみ、劉表と張繡を討てば、後方をあまり気にせずに袁紹と対峙できる。
「袁術を潰すと、孫策が大きくなります。孫策と袁紹が結んだら、そちらの方が厄介だと考えておられるのですか？」
そんなことは、袁術が消えてみなければわかりはしない。潰せる者は、潰せる時にそうしておいた方がいい。
曹操が気にしているのは、呂布のことだった。いまは、一応和睦した関係になっている。その呂布が、さらに力をつければ、これは厄介だった。いつ、呂布を消すか。呂布は、同盟を嫌う男だ。しかし、いま総力で攻めれば、多分劉表と結ぶだろう。先に劉表を叩けば、その間に呂布が力をつける。その暇も与えないほど速やかに、劉表を討てるのか。
「袁紹と公孫瓚が、本格的に闘いはじめました。袁紹軍の半数以上は、北に当たっています。袁術と劉表を潰す、いい機会だと思うのですが」
「それは、私も考えている」
「まさか、呂布があれほどの勝ちを収める、とは思ってもいませんでした。それも

袁術は、総力を挙げて徐州を奪ろうとしたのだろう。しかし、戦闘の様子を聞くと、激戦というわけではなかった。呂布が、軽く打ち破ってしまった、という感じなのだ。

あの、騎馬隊だった。黒ずくめの、一頭のけもののような騎馬隊。思い出すと、抑えようとしても、恐怖が湧いてくる。

呂布自身が先頭を駈け、あの騎馬隊で袁術軍を二つに割ったのだという。まともに呂布とは闘えぬ。曹操は、そう思っていた。兗州の奪回では、最後はうまく兵糧で攻めた。しかし、いまの徐州には、その手は通用しないだろう。呂布を殺したくない、という思いも、曹操にはあった。自分の騎馬隊を呂布に任せれば、袁紹など敵ではない。

あの劉備さえ、自分に援助を求めてきた。いまは、曹操軍の客将と言っていい。

そういうかたちで、呂布もとりこめないのか。

袁術との戦のあと、徐州はみな呂布に靡いているという。陳宮がいるので、民政も安定しはじめていた。もう少し領地に力がつけば、呂布は間違いなく外に兵を出すはずだ。呂布のことだから、どこに兵をむけるのかは、皆目読めない。

「丞相に味方しておりますぞ」

五鯛の者の報告では、呂布は一万に増えた騎馬隊の調練に明け暮れているという。民政に関しては、着実に整っていた。呂布が有力な豪族のほとんどをまとめて斬り、そのあとを陳宮が丁寧に手当てをして、いまは豪族が幅を利かすということはなくなっている。そこさえうまくやれば、領地には力がつく。徐州は、十万以上の兵を養える土地になるだろう。
「呂布を、どう思う、夏侯惇？」
「とんでもない男ではあります。しかし、ああいう男には、弱いところもあるのです」
「弱いところか。どこだ？」
「機敏に兵を動かします。用兵の巧みさでは、群を抜いているでありましょう。しかも、兵は精強このうえなく、まともな戦で勝てる者はあるまいと思えます」
「兗州を奪回する時、私は最後は兵糧で勝負した。まともにぶつかって、勝てるとは思えなかったからだ。しかし、いまの呂布とは、兵糧では闘えまい。陳宮が、下邳城をはじめ、州内の城に相当の兵糧を蓄えているそうだ」
「陳珪、陳登父子がおります。呂布のような男は、最後まであの二人を疑いますまい。まさしく、そういうところが呂布の弱点です」

「内応で崩す。それを狙うにしても、あの軍では隙がないな。隙がなければ、内応したい者がいても、できぬものだ」
「そこでございましょう。私も考えてみますが、丞相もお考えください」
「どこかに、呂布を押しこんで囲む。それも考えてみたが、兵糧があるので籠られても困る」
野戦で、まず破るのが先だった。それがどれほど難しいかは、袁術の大敗が証明している。
「呂布は、天下を狙っているのだろうか。夏侯惇？」
「陳宮がおりますのでな。呂布は、恬淡とした男ですが、戦にだけはこだわりを持っております」
「黒ずくめのあの騎馬隊の姿が、私には忘れられぬ。思い出しただけでも、躰がふるえる。おまえにだから、言えることだが」
「私もです、丞相」
「まあ、呂布はいまのところ敵ではない。この機に、袁術を討っておくべきかな。そのまま東に兵をむけ、張繡と劉表もできることなら討ちたい」
 言って、曹操は鄒氏の白い裸体を生々しく思い浮かべた。あれほどの愉悦を、女

体は男に与えるものなのか。許都に戻ってから、十数人の女を曹操は抱いてみたが、どれもそれほど変りはせず、鄒氏との交合ほどの快感は得られなかった。肌の白い女。曹操はいま、女を集める係の者に、そう命じている。

五錮の者に探らせたところでは、鄒氏は張済の妻ではなく、甥の張繡の女と言った方がよかった。張繡が鄒氏を奪うために張済を殺したことも、充分に考えられた。

ただ、そこにあるのは、張繡の意志だけではなかっただろう。鄒氏もまた、ただ荒々しいだけの張済を捨て、張繡を選んだのではないか。

抱く前に斬ることだ。曹操はそう思った。どれほどの愉悦であろうと、自分を失うほどのものなら、この世から消してしまうべきなのだ。覇業に、愉悦などは必要ではない。

「二日後に出動するぞ、夏侯惇。袁術は皇帝と称している。帝を推戴する私には、討つべき大義名分はある」

「承知いたしました」

「軍勢は十万。敵は袁術だけでなく、劉表や張繡も同じである。それを忘れぬよう」

「この戦、袁術はまず敵ではありません」

「できれば、どちらかは潰したい」
「袁術は、間違いなく」
「どうかな」
「とにかく、諸将に出動を伝えます」
　曹操は頷き、側室のひとりを呼んだ。頭を揉ませるためである。特に、耳の上を指さきで強く押すと、どこからか痛みが抜けていくという感じになる。
　大敗した袁術は、兵力十万という袁術も途絶えているはずだ。孫策が絶縁状を送ったという情報もあるから、南からの兵糧も途絶えているはずだ。そういう苦しさの中で、袁術は果してまともにぶつかってくるか。荊州に入り、張繡と劉表を討つ余裕がなくなる。
　張繡を討つ方法は、なにかありそうな気がした。ただ守りだけに心を砕いているても、時がかかりすぎる。城に籠るという戦法を採れば、潰すには潰せいが難敵である。他国へ攻め入ることを考えず、ただ守りだけに心を砕いているらだ。
　しかし、曹操の眼は、実は呂布にむいていた。大きくなりすぎると、厄介である。
　しかし、呂布とまともにやり合って、勝てるのか。袁術との戦を見ると、呂布の騎馬隊はいっそうその精強さを増しているとしか思えなかった。

もう一度呂布に負けると、立ち直れないかもしれないという気が、曹操はしていた。戦場では、呂布は一直線に自分の首だけを狙って来るだろう。呂布との勝負は、ほかの戦での勝負とは違い、首が飛ぶかどうかだと思わざるを得なかった。

二日後に、曹操は十万を率いて許都を出発した。

まずは、寿春である。

十万を、二段に分けた。第一段は、夏侯惇である。第二段は、曹操自らが指揮をした。

寿春に百里（約四十キロ）ほどのところで、袁術の本隊が逃亡して淮水を渡った、という知らせが入った。本隊はもとより、蓄えられていた財宝なども、すべて運んで逃げたという。

翌日には、袁術軍の前衛とぶつかった。総大将が逃げている軍である。夏侯惇がちょっと押すと、総崩れになり、寿春へ逃げこんだ。曹操は速やかに兵を進め、寿春を包囲した。城内の敵はおよそ三万。しっかりと門を閉ざして、出てこようとしない。

袁術のいない寿春を、いくら囲んでもそれほど意味はなかった。速やかに落とせば、淮水を渡って袁壊されたとなれば、袁術の力はさらに弱まる。

術を追撃することも、不可能ではない。

しかし、城は強固だった。ひと月ほど囲み、しばしば隙を狙っての攻略を試みたが、うまくいかなかった。十万がひと月滞陣すると、兵糧の補給に問題が出てくる。

攻城の失敗は、大抵そこである。

「自分で、罠に嵌ったようなものかな」

曹操は苦笑した。攻囲をはじめてしまった以上、落とさなければ負けだという考えもできる。

ここは力で押すしかない、とひと月を過ぎると曹操は考えはじめた。すでに兵糧が不足しはじめている。城中の敵も、同じようなものだろう。

「夏侯惇、城壁にむかって石と土を積み、兵が駈け登れるようにする。それを、一日でやるのだ」

「矢による犠牲が出ます」

「楯を連らねよ。敵の矢は尽きかけているはず。力で押して、敵が押し返してこないようなら、勝ちだ」

「わかりました」

「私が、先頭で土を運ぼう。兵たちには、それを見せてやる。それで意気があが

「丞相が、そこまでやられることは」

「いや、いくら敵が参りかけているとはいえ、力押しをするかぎりは、必ず決めたいし、犠牲も少なくしたい。そのためには、味方の兵の意気があがることだ」

翌日、土を運びはじめた。その中のひとりが曹操自身だと知って、兵たちの意気はいやがうえにもあがった。すでに、気だけで城内の敵を圧倒しはじめている。

曹操はわざとらしい芝居をする、と言う人間も出てくるだろう。それは、気になはならなかった。ほんとうに勝ちたくて、自分は土を運んでいるのだ、と曹操は思った。

兵が駆け登るための道が、すぐにできあがった。問題は、そこでの敵の防御だが、矢を放つ者がいたぐらいで、抵抗らしい抵抗はなかった。三万がそこから侵入して城内を制圧し、曹操は全軍を率いて開かれた門から入った。

捕えた袁術の部将は広場に引き出し、首を刎ねて晒した。袁術が建てた宮殿や、朝廷を連想させる建物などは、すべて取り壊した。

すぐに兵をまとめ、許都にむかった。しかし、帰還はしなかった。途中で兵糧の補給を受け、そのまま荊州に攻めこんだ。

張繡の軍が、方々に散って、予州を侵しては略奪をなす、という状態だったので

ある。宛県の曹洪だけでは押さえきれず、孤立した恰好になっていた。
曹操は本営を舞陰に置き、夏侯淵、曹仁、于禁らに一万数千の兵を与え、各地の張繡軍を撃破させた。まとまっているところを、撃ち破る。すると敵は散り、また張繡軍を撃破させた。夏侯淵、曹仁、于禁らは、本営で劉表の援兵に備えた。
劉表は、三、四万の軍に出動の準備をさせていたようだが、ついに出てこなかった。そのくり返しだった。曹操と夏侯惇は、本営で劉表の援兵に備えた。

残された方法は、張繡の本営である穣城を囲むことだけだった。それは張繡の思う壺で、その時こそ劉表も兵を出して曹操の背後を衝こうとしてくるはずだ。張繡の思う壺に嵌ってやるのは、まだ早かった。それに、寒い季節になってくる。張繡軍を叩くだけ叩くと、曹操は許都に帰還した。春まで、兵を休ませようと思った。

夏侯淵、郭嘉、于禁の三将に荀攸を加え、曹操は連日会議を開いた。呂布とどう闘うか。会議は、すべてその一点だけだった。
呂布とのぶつかり合いは、それほど遠くない。呂布の声望は高く、時をかければ、それだや、あまり遠くにしてはならないのだ。呂布の声望は高く、時をかければ、それだけ大きくなるのは眼に見えていた。

ただ、呂布との闘い方が決まっても、それに合わせた兵の調練をしなければならない。三将のもとに、それぞれ二万。六万を、呂布戦の主力とした。今度は、呂布には負けられない。呂布に負けるようだと、覇業もそこで頓挫する。
「天下には、人が多いな、荀攸。私など、まだ豆粒のような存在だ、という気さえしてくる」
「それは、大事な思いでございます、丞相。しかしまた、われに並ぶ者なし、という気概ももう一方ではお持ちになるべきです」
荀攸を会議に加えたのは、呂布との負け戦を知らないからだった。呂布と聞くと、まず恐怖がこみあげる。それは曹操自身の恐怖感で充分だった。
「夏が過ぎてからかな、呂布との戦は」
呂布にも弱点はあるはずだ。夏侯惇はそう言っていた。一番強い部分が、また最大の弱点になることもある。曹操が、戦で学んできたことだった。

5

　河北は、豊かな土地だった。人も多い。
　その中でも、冀州は最も豊かだった。そこに拠ったのは、間違いではなかった。いずれ董卓を凌ぐ勢力をと思ったのだが、その董卓はあっさり呂布に殺された。
　天下は袁紹のものだ、と人はこぞって言う。袁紹自身も、そう思っていた。青州を平定し、幷州を併せ、河水（黄河）から北で残るのは、幽州一州となっている。河北四州を統一した時が、天下に号令を下す時だ、と袁紹は思っている。
　その幽州も、ほぼ攻略の目処はついてきた。
　無理な戦は、避けてきた。
　幽州の公孫瓚も、その気になって全軍で攻めれば、もっと早く潰せたはずだった。ただそれをやると、こちらも手負いになるのは見えていた。じっくりと、躰から少しずつ血を抜くように、公孫瓚を締めあげてきた。もう少しである。
　董卓が呂布に殺された時、天下は自分のものになるはずだった。ほかに人はいなかったのだ。曹操と袁術が自分を支持すれば、この国がこれほど乱れることはなか

った。特に、袁術は弟である。西園八校尉（近衛師団長）のころから、なにくれとなく面倒を看てきた。それがはじめ荊州南陽郡に拠り、やがて寿春に移り、自分を姿の子と蔑み、あろうことか皇帝とまで称しはじめた。

同じ西園八校尉だった曹操が自分を支持しなくても、袁術が兄弟二人で袁家の王朝を作ろうと考えれば、やはりこの国はたやすく統一できたのだ。袁家一門の力は全土に及んでいて、わずか五千で出発した曹操など、部将のひとりにすぎなかったはずだ。

曹操をこれだけ大きくしたのも、やはり自分と袁術が対立したからだと思えた。袁術のことを考えると、はらわたが煮える。洛陽にいたころの袁術は、どちらかというと大人しく、自分の背に隠れているようなところがあった。南と北からこの国を統一していけば、それでいいと思った。

洛陽を出てからの袁術の心に、なにが起きたのかはわからない。ことあるごとに、姿の子と自分を蔑み、兵までむけてきた。

その袁術も、呂布ごときに打ち破られ、曹操に攻められて逃げ惑ったという。曹操が力をのばし、自分と対立するようになったのは、青州黄巾軍を兗州の戦で

降してからだ、と袁紹は思っていた。まだ、曹操と本格的なぶつかり合いはやっていない。お互いに避けていて、河水を境にその領分を守っている。
　ただ、手は打っていた。荊州の劉表とは同盟していて、はじめは袁術を、いまは曹操を南から牽制させている。長安を中心に散らばった群雄の中からも、張済を選び出し、曹操の背後で動き回らせた。張済に殺させた。いまは張繡が、ほぼ袁紹が思い描いた通りの動きをしている。
　張繡を長安から引き離したのも、張済があまり使いものにならないので、甥の張済に殺させたのも、すべて鄒氏の仕事だった。張繡に殺させた女を、袁紹は洛陽から連れ出してきていた後宮で、幼いころから媚術を教えこまれた女を、袁紹は洛陽から連れ出してきたのである。
　間者としての訓練を施したのは、田豊である。まるで宦官のようなやり方が、袁紹は嫌いだった。それでも、確かに田豊が言った通りの効果はあがっている。鄒氏の両親と弟は、鄴にいた。天下を平定したのちは、弟を高官に取り立てるという約束があるが、それは反故にしようと袁紹は思っていた。
　間者は、こういう乱世では必要だった。金でかなりの人数を雇っている。卑しいと思ってしまうのだ。宦官が嫌だったが、その感情と似ているのかもしれない。袁紹は、そういう人種に、どうしても嫌悪感を覚えてしまうのだ。

兵数は、二十五万に達していた。領内から無理な徴兵はしていない。袁紹という名を慕って、それだけの兵が集まっていると言ってもよかった。幽州を併せれば、三十二、三万にはなり、だから大事だった。徴兵を厳しくすれば、四十万は軽く超える。

幽州攻めは、公孫瓚だけ潰せばいい。時をかけてもいい。幽州をほぼ無傷で手に入れれば、曹操も自分と競うのを諦めるかもしれない。

長安には手をのばしていたし、遠く涼州の情勢にも眼を配っている。益州は広いが、漢中さえ扼すれば、それほどの難敵とも思えない。いずれ、長安の群雄の誰かに、漢中を攻めさせることは考えていたが、認める気はなかった。漢中には五斗米道がはびこっていて、一応袁紹は使者などを出していた。宗教も、嫌いである。

公孫瓚に時間をかけているが、同時にほかの地方への工作もしているうちと同時に、この国の大部分が自分に靡いてくるはずだった。いま、曹操が帝を擁して勝手放題をやっているが、すでに帝がいないに等しいことは、この国の誰もが知っている。

袁家の王室を作る以上、漢王室は無用だった。

公孫瓚軍には騎兵が多く、それをやっているのは、十万の軍勢で文醜が当たっていた。公孫瓚には騎兵が多く、それを押さえるのは、騎馬戦に長じた文醜が適任だった。公孫瓚は、冀州との境界にある易城を本拠としているが、ここ数年で、次第に孤立を深めていた。

ただ、北方の異民族との関係が深く、軍馬の調達はうまくいっているようだった。青州や幷州には、息子たちを配してある。文官たちはそれに異を唱えたが、袁紹は耳を貸さなかった。最後は、血の結束である。それが、強い力になるはずだ。
「易城は、いつ攻められますか、殿？」
月に一度の会議には、文官も含めると四十名ほどが出てくる。半年ほど前から、田豊と沮授が、易城攻めを主張していた。まだ早い、と袁紹は思っていたが、言いたいことは言わせた。
「曹操が力をつけています」
その曹操は、危うく張繡に討たれそうになったばかりだった。張繡も自分が動かしているではないか、と袁紹は言われるたびに思った。それに、曹操軍は連戦である。兵は疲労し尽しているはずだ。
「江東の孫策と結ぶ方法はないのか、沮授？」
「いまのところ、孫策はどことも結ぶ気はないようです。それほどの脅威もないのでしょう」
「曹操と結んだりはするまいな。ともに袁術を敵としている」
「それも、調べたかぎりではありません」

孫策と結ぶことには、無理があった。袁紹の長い同盟者である荊州の劉表を、父の仇としているからだ。孫策が大きくなれば、荊州を攻めることも考えられる。
劉表との同盟はそれとして、孫策とはまた別の結び方をするというのも、不可能ではないはずだ、と袁紹は思っていた。そういう仕事が、文官の任ではないかという気持がある。劉表の手前があるなら、袁紹には内密という恰好にして、田豊か沮授が秘かに誼を通じてもいいのだ。
それも試みてはいる、と田豊は言ったが、袁紹は不満だった。小覇王などと呼ばれているが、孫策はまだ二十歳をいくつか過ぎた若造なのだ。
袁紹には、ひとつ考えなければならないことがあった。
幷州黒山の張燕である。賊徒を領内に飼っている、という恰好だった。何度か討伐しようとしたが、果していない。幷州は山深い土地であり、討伐軍を出すたびに、山中に逃げられるのだ。
帰順させようともしてみたが、度重なる討伐で、恨みが深いものになっていた。
張燕の扱い方は間違えた、と袁紹は思っていた。はじめから、討伐ではなく帰順させる方法を探るべきだった。黒山に対して割いている兵は二万で、それは無駄に近いものなのだ。

いまは、討伐しか方法がなかった。平地におびき出して討て、と二万を指揮している部将には命じてあるが、張燕もたやすく挑発には乗ってこないようだ。

これも、時をかけるしかなかった。

全国の情勢を見るかぎり、あと十年でこの国を統一できるだろう、と袁紹は思っていた。つまり自分は、袁家の王朝の始祖となるのだ。

幽州を降ろしたあと、厄介なのは曹操だろうが、兵力には大きな差が出てくる。宦官の家系に生まれ育った者に、たとえ兵力が劣ったとしても、自分が負けるとは袁紹は考えていなかった。

「兵の調練は、うまくいっています」

顔良がやってきて、報告をする。顔良は、騎馬隊も二万にまで増やしていますが、時々袁紹の居室を訪れては、そういう報告を入れてきた。調練は、顔良に任せれば間違いはない、と袁紹は思っていた。

ただ、顔良の濁声には、やはり馴染めなかった。どうしても、董卓を思い出す。董卓は死んだのだが、それでも顔良の声は不快だった。別に董卓を思い出さなくても、耳に快い声ではないのだ、と最近は思っている。

自分の声の不快さに、顔良はまったく気づいていないようだった。袁紹も、不快

だと口に出して言ったことはない。
　秋の終りに、黒山の賊徒が動きはじめた。収穫の略奪が目的であることは、眼に見えていた。三千、四千の集団が、六つほど動いている。賊も、冬の仕度をしなければならないということだろう。頭目の張燕が、どの集団を率いているかは、はっきりしなかった。
　兵を鍛えるいい機会だ、と袁紹は思った。以前は西園八校尉で、練兵はほとんど日課のようなものだったと言っていい。冀州に拠るようになってから、そちらの方は顔良に任せることが多くなった。
　だから、自分を鍛え直すことになるのかもしれない。
　袁紹の一日は、文官の民政についての報告を聞くことからはじまる。次には処罰などをし、それぞれの部将からの報告も個別に受ける。そうやって、領地のことを把握した。余った時間は、箏曲を聴いて過すことが多かった。妾は二十名余いるが、女体に溺れることはない。宴も、好きではなかった。
　箏曲を聴きながら、天下のことを考えることはある。なぜ、人は争ってばかりいるのか。この争いの中で、自分はどうしていればいいのか。河北四州を領したら、次には全国の統一である。潰すべきなのは誰か。臣従させるべきなのは誰か。

いまの領地を、そのまま全国に拡げたとしても、やることは同じだった。民政をなし、軍の掌握をする。自分は王になるのかもしれない。いまの自分の仕事をすることになるものが、丞相（首相）をつとめるものが、できるかぎり、流す血を少なくしながら、この国を統一していく。そのためには謀略はためらわずに行う。人の血は、国の血だと思っていた。血を失うのは、国が力を失うことなのだ。

戦を嫌う武人、と人に言われていることは知っている。それでいい、と袁紹は思っていた。戦とは、国の血を失う行為なのだ。だから、公孫瓚とも、血で血を洗う戦はやらない。徐々に締めあげていって、最後に殺す人数は、できるだけ少なくすればいいのだ。

箏の巧みな者は、妾の中に六人、ほかに箏だけを弾くものが四人いた。箏も、ものによって微妙に音が違う。人と箏にも相性があり、誰にどの箏を弾かせるかと、考えるのも愉しみのひとつだった。

「顔良、わしが騎馬隊五千を率いて、賊徒の討伐に出よう。ほかに、一万の兵をつけた部将が三人。わが兵の実戦も、時には見ておきたい」

「それは、よろしゅうございます。やがて、殿が直々に北へむかわなければならな

「死に兵の用意はあるのか？」
「はい、流浪の農民を二千ほど。一応は、兵として整っていると思います」
袁紹は、戦では囮を使うことが多かった。そうすることで、全体の犠牲を少なくできる。特に、耕地を捨てた農民は、生かしておいても仕方がないというところがある。
「よし、死に兵に、年貢の兵糧を守らせているというかたちを作れ。土の山を築き、表面にだけ兵糧の袋を置くのだ。それを、逆茂木で囲え」
「なるほど。それで賊徒は集まって攻めて参りますな」
「二千の死に兵の、千五百が討たれた段階で、まず騎兵が攻める。それから歩兵で囲み、矢で射殺せ」
半分以上の守兵を殺せば、兵糧はすぐ手が届くところにある、と思う。その段階で退くことなど、無理な話なのだ。そこを囲んで討つ。難しい戦ではなかった。うまくすれば、張燕を捕えられるかもしれない。そうすれば、積年の病弊をひとつ除くことができる。
ただ、それほど張燕も甘くはないだろう。ここまで、生き延びてきている男なの

だ。それならそれでいい。国がひとつになった時、賊徒の生きる場所はなくなる。
　袁紹には、国全体が見えていた。誰もが、幽州をいつ併せるかということを考えている。幽州を併せ、河北四州を制してしまえば、自分の力は絶対なのだ。その時、曹操はあえて自分に敵対しようとするだろうか。あの男ならば、するかもしれない。その時は、潰すしかなかった。
　曹操との戦が、多分一番血が流れるはずだった。それも、生みの苦しみ。新しい国になるためには、それぐらいの苦しみは必要と言える。
　二日で出動の準備が整った。
　さらに、五日待った。死に兵二千が守っている兵糧を、賊徒も襲う準備をしなければならないだろう。賊徒が、一カ所に集結しつつある、という斥候の報告が入ってきた。
　出動である。
　久々に、『袁』の旗が掲げられた。
　袁紹は、左右を旗本に守られ、五千の騎馬隊を率いて駈けはじめた。大きな戦には、なろうはずもない。せいぜい、賊徒の一万も殺すぐらいのことだろう。それでも、原野を駈ける袁紹の胸では、血が快く騒いでいた。

追撃はわれにあり

1

 小沛(しょうはい)の城には、一万の軍勢がいた。半分は、曹操から借りた兵である。兵が多い間に、劉備(りゅうび)は城の防備を強化した。城壁を高くし、楼塔(ろうとう)をいくつも建て、堀も二重にした。曹操の兵を使うことができたので、民を労働に駆り出すことはなかった。

 武器も、整(ととの)えた。無論、兵の調練も怠(おこた)らなかった。
 その間に、袁術(えんじゅつ)が皇帝を僭称(せんしょう)しはじめた。曹操は、荊州(けい)に侵入し、さらに州境から許都を窺(うかが)う張繡(ちょうしゅう)を攻め、予想外の大敗を喫(きつ)した。その大敗を雪(そそ)ぐべく、秋になると再び荊州に張繡を攻めた。
 劉備が唸(うな)ったのは、袁術と呂布(りょふ)の戦(いくさ)だった。呂布の兵力は、袁術の三分の一に過

ぎなかった。しかし激戦にすらならず、呂布はたやすく袁術を破り、完膚なきまでにその軍を叩いた。

劉備は袁術と、手合わせをしたことが、一度あった。正しい陣形を組んで攻め寄せるという戦だから、小勢を動き回らせて攪乱することはできた。しかしそれは攪乱だけで、破るためにはまともにぶつからなければならない。それは無理だ、と劉備は思っていた。ところが呂布は、大軍に正面から突っこみ、押しまくって袁術を敗退させたのだ。

騎馬隊の、恐るべき力を見せつけた戦だった。

呂布に徐州を譲った時、いずれ破綻すると劉備は読んでいた。戦では勝っても、民政の方から崩れていくはずだった。しかし、陳宮という能吏がいた。それは、劉備にとっては計算外のことだった。しかも戦における呂布の鮮やかすぎる勝利は、その声望を高め、いまも下邳には人が集まり続けている。

「殿が言われることはごもっともですが、呂布が強くなればなるほど、曹操はそれを潰さずにはいられないでしょう。なにも、われらに不利に動いているばかりとは言えません」

劉備が、戦略について話し合うのは、大抵糜竺とだった。関羽、張飛、趙雲は、

やはり戦の人である。どこを捜してもこれほどの武将は見つからないが、その力の半分も使いこなしていない、と劉備は思っていた。
「孫乾殿の手腕があって、沛県の民政は実にうまく回っています。軍には、三人の将軍がいますし。兵数が少ないことなど、いま嘆いてはなりません、殿」
「呂布が曹操に勝つというのも、あり得るのではあるまいか、糜竺」
「確かに、戦でございますからな」
「呂布が下邳に流れてきた時は、ただの流浪の軍であった。いまの呂布を見ていると、乱世では力がすべてだとも思える」
「殿は、それを最後の手段になさろうと考えておいでです。勝負はまだ先のこと。あまり焦られぬことです」
「わかっている。しかし、豪勇無比の将軍が三名もいるのに、その力さえ使う機会がない。あの三人には、悪いことをしていると思う」
「関羽殿も張飛殿も、殿の義弟でございましょう。趙雲殿は、流浪の末、やはり殿を主と仰ごうと決めたお方。不遇をともにできなくて、なんの主従でありますのか。なんの義兄弟でありますのか」
「私が不遇を嘆くのは、あの三人がそう思ってくれるからこそだ」

「ならば三人は、家臣冥利に尽きるというものです」
　年が明けたころから、曹操の呂布に対する態度が、微妙に変化してきている。許都に来て、帝に挨拶するように、という申し入れもあったようだ。呂布は官位を貰っているから、当然と言ってしまえば当然だが、曹操が挨拶に来いと言っているとしか、誰も取らない。
　陳宮が、うまく捌いているようだ。そういうことだけでなく、徐州の民政に関して陳宮には隙がなく、そちらから呂布が崩れていくとは思えなかった。
　呂布を挑発せよ、という命令にも似た書簡が曹操から届いたのは、三月ごろだった。
　劉備は、よく沛県の中を歩き回った。民と接するためである。それを曹操はよく知っていて、歩き回る範囲を下邳に近づけろと言ってきたのだ。
　歩き回る時は、いつも関羽と張飛が一緒だった。民は、劉備を慕っている。そういう顔を、民には見せ続けてきた。
「どうやら、曹操殿は本気で呂布との戦を考えはじめられたようだな」
「それならそれで、よいではありませんか、兄上」
「そうです。小兄貴の言う通りです。呂布は、大兄貴から徐州を奪ったのですか

「わざと、奪わせた。それは、おまえたちも知っているだろう。徐州の民政が、呂布でうまくいくとは思えなかったからだ。しかし、意外にうまく運んでしまった」

「曹操と呂布の間に挟まれていたら、いつまでもわれらは大きくなれませんぞ、兄上。むしろ、流浪の軍でいた方がいいぐらいです」

「五千の兵だ、関羽。二千そこそこで、賊徒を相手にしていたころとは違う」

「それも、わかって言っています。闘うなら、やはり曹操ではなく、呂布でしょう」

劉備も、そう思っていた。

むこうから農民の一団がやってきて、三人に道をあけた。劉備にむかっては、親しげに挨拶をする。ただ、張飛はこわがられていた。賊を五人ばかり、農民の前で殴り殺したことがあるからだ。

劉備軍は、張飛がいるからこわい。そう思われていた。五人の賊を打ち殺せと命じたのは、劉備である。

「呂布軍の支配地にも、時々出かけていくことにしようか。民政はうまく運んでいるといっても、税の取り立ては厳しい。農民たちが黙しているのは、恐怖からだ」

「施米のようなことを、少しやってみましょう。それを呂布軍の兵が咎めたら、打ち払えばいい」

「そこまでやるのは、時機を見てだ。下手をすると、われらだけで呂布軍と闘わなければならなくなる」

「袁術軍を破った呂布の戦、見事なものでした。援兵の要請が来ると思っていたのに、それも来ませんでした」

思い出したように、関羽が言う。

関羽も張飛も、ああいう戦をしたがっているだろう。ただ、いまは周囲がみんな強すぎる。

流浪の軍であったころは、この二人は思うさまに暴れられた。この二人がいるだけで、算を乱して逃げはじめた賊徒さえいたのだ。いまは、しばらく耐える時だ。そう思っても、二人にはずっと耐え続けさせてきたという思いが募る。

「曹操には、勝算はあるのでしょうか、大兄貴？」

「多分な。曹操殿とは、そういう人だ。果敢だが、あらゆることを考え尽してもおられる。われらも、うっかり乗れば、それこそ前衛で潰されるための軍になってしまう」

「去年、張繡にひどい負け方をしたばかりですぞ、大兄貴」
「それが、曹操という人なのだ、張飛。周到なようでいて、どこか抜けることがある。それを、私は妙な大きさと感じてしまう」
「許都へ落ちのびて曹操に会ったあと、いつかあの男を殺すと大兄貴は言われた」
「まことか、張飛？」
「ああ、大兄貴は、泣きながらそう言われたのだ、小兄貴。曹操に頼らなければならなかったのが、大兄貴はそれほどやしかったのだ」
「曹操殿だけではないぞ、二人とも。漢王室を潰そうとする者は、みんな殺していかねばならぬ。われらは、そのための軍なのだ」
　沛県だけを回るのに、それほどの時はかからなかった。
　劉備は、曹操と呂布の戦の行方を考えながら、馬を進めた。呂布は、あの時と較べる曹操軍も、やはり袁術と同じく十五万というところか。騎馬隊も一万騎になり、一万は増えている。
　兵数、兵の精強さ。そういうものの勝負なのか。それとも、乱世で生き残ろうという執念の勝負なのか。このまま呂布が大きくなれば、やはり曹操と敵対することになるだろう。十万の兵を呂布が擁したら、曹操にも袁紹にも、勝目はないかもし

れない。

　やはり、いまだ。そう考えて、曹操は賭けに出たのだろうか。果敢である。自分にできない賭けを何度かやり、それに勝って曹操はいま巨人として立っていると、劉備は思った。その強さは、どこから来るのか。天下を取りたいという、野心だけなのか。

　負けを、ものともしない。それだけでも、驚嘆に値した。戦につぐ戦。あの小柄な躰のどこに、それほどの気力がひそんでいるのか。

「冷えてきたな、張飛」
「寒いのですか、大兄貴？」
「いささかな。おまえの鼻は動かぬか？」
「え、鼻？」
「この先に、村がある。酒の匂いでもしないかと思ってな」
「これはめずらしい。兄上が酒を御所望ですか。張飛、先に駈けて、酒のある家を捜しておけ。おまえなら、確かに鼻で嗅ぎ当てられる」
「鼻とは、そういうことか。任せておいてくれ、小兄貴」
　張飛が、駈け去っていった。

村へ入ると、張飛が一軒の家の門から、手招きをしていた。
「酒と、それからわずかですが豚の肉があるそうです」
「そうか。銭はきちんと払うのだ」
「わかっています。大兄貴の顔は潰せません。先に銭を出して頼みました」
「ありがたいな。雪にでもなりそうな空模様だ」
主人が出てきて、挨拶をした。質素だが、貧しい家とも見えなかった。通された部屋で、火を囲んだ。すぐに酒と煮た豚の肉が出された。
「はじめて会った時は、張飛には髭も生えていませんでした。それが、この虎髭です」
「こうして、兄弟三人だけで、ゆっくりと酒を飲むのは、何年ぶりだろうか。小沛か、それ
「久しぶりだな」
杯を口に運び、ひと息で飲み干し、劉備は眼を閉じた。
張飛も、もう三十を過ぎた。思い返すと、信じられない時の速さだった。
「二人とも、妻帯した方がよいかな。馴染みの女はいるのであろう」
「とも下邳にいるのか？」
「馴染みの女などと、そんな。俺も小兄貴も、そこで出会った女で、間に合わせて

「ほんとうに、そうか?」

関羽の方を見て言うと、慌てて首を横に振った。

「おまえたちの妻となる女は、私にとっては妹だ。必ず会わせるのだぞ」

「わかっています、大兄貴。それより酒を」

張飛が、強引にまぜ返す。劉備は、笑い声をあげた。束の間。そう思う。笑いながら酒を酌み交わしていられる時が、これからもそうあるとは思えない。

「おお、兄上。雪になってきたようです」

しばらく、三人で黙って外を眺めていた。

白い花びらが舞っている。そう見えた。

2

胡桃が、見ていた。

見ているだけで、厩へ入ってくることはできないのだ。一度、入ろうとした。赤兎の気に、弾き飛ばされた。蹴られるまでもなく、足を踏み入れた瞬間に動けなく

なり、ようやく這い出すと、尻尾を股に挟んで庭の中を駈け回った。

それ以来、呂布が厩にいる時は、胡桃は遠くから見ているだけである。思った通り、大きな犬に育った。李姫になついているが、呂布もこわがらない。ほかの人間には敵意を示して、唸り声をあげたりするのに、滅多に会わない呂布を見かけると、尻尾を振って駈け寄ってくる。

「赤兎、あの犬は、おまえがこわいらしい。おまえの放つ気が、わかるのだ。駄犬ならば、のこのこおまえのそばまで来て、蹴飛ばされるだけだろう」

赤兎に語りかける。赤兎は、わずかに耳を動かすだけだ。

「ただこわがられる。俺にもわかる。俺が、そうだからだ」

豚の毛で毎日磨いているので、赤兎の毛並はきれいである。赤い毛並は、増々深みを帯びてきている。首筋に触れても、すぐに毀れてしまうような気がして、はっとするほどだ。

いまだに、どんな馬よりも、速く長く駈けることができる。呂布がなにをしたがっているか。その意志の読み方も、ずっと速くなった。ほとんど、同じ心を持っているのではないか、と思うほどだった。

それでも、赤兎は老いていた。赤兎と呂布だけは、それを知っている。

死ねば、赤兎も土に還る。それはそれで、戦場を駈け回るより楽なことなのかもしれない、とも思う。母は、土に還った。瑤も、土に還っている。長い間自分とともに闘ってきた、麾下の兵の多くも、すでに土に還っている。
「胡桃は、まだ若いのだ。ただおまえの気に圧倒されている。そのうち厩に入っていきて、おまえの脚を咬もうなどと考えるかもしれん。それも、若さだな」
 呂布が笑うと、赤兎はまた耳を動かした。
 胡桃を呼ぶと、李姫の声が庭から聞えている。
 胡桃は、厩にちょっと心を残す仕草を見せながら、駈け去っていった。不意に、厩の中が静かになったような気がした。赤兎の眼が、じっと呂布を見ている。
「俺は、いい友を持った」
 赤兎の首が、ちょっと動いた。呂布は、豚の毛で赤兎の首を擦りはじめた。
「幸福なのだ、おまえのような友を持てた俺は。友など持てぬまま、死んでいくやつはいくらでもいる」
 赤兎と語り合っている時は、心はいつも穏やかだった。いまは、そうだ。瑤が死ぬ時は、どうしていいかわからず、悲しみをただ赤兎にぶっつけた。淋しさに耐え

られない時は、いつも赤兎がいると思った。
「殿、お帰りでしたか」
　胡郎が、息を切らせて厩へ駈けこんできた。呂布の館の、従者が住む一室で、胡郎は暮していた。麾下の兵は営舎で、胡郎もそこで暮したがったが、許していない。役所に出かける時は、朝から夜まで戻れないことがある。赤兎の相手に、胡郎は必要なのだ。
「陳宮様が、御客人を伴ってこられました」
「ほう、誰だ?」
「小沛の、劉備様とおっしゃるお方です」
「なに、劉備だと」
　呂布は、赤兎の首を二、三度叩いて、厩を出た。
　劉備は、客殿には通らず、庭にいた。李姫と陳宮の三人で、立ち話をしている。
　胡桃が、劉備から贈られた犬であったことを、呂布は思い出した。
「めずらしいな、劉備殿」
「久しく、お目にかかっておりませんでしたので」
「犬も、大きくなった」

「まこと、歳月は速いものです」
「小沛を攻めたのが、ついこの間だったような気がする」
「呂布殿が、戟を射当てられたのも」
呂布は、耳の大きなこの男が、もともと嫌いではなかった。そういうところが、自分にはまったくない、と呂布は思っている。茫洋としていて、摑みどころがない。そういうこの男が、もともと嫌いではなかった。それも自分にはないものだった。
不貞不貞しさが時々見えて、かっとすることがあるが、それも自分にはないものだった。
「小沛に軍をむけた時、わが騎馬隊を見事に二つに割って見せてくれた。あの時先頭にいた張飛は？」
「張飛も関羽も、小沛です。毎日、練兵に精を出しております」
「その練兵で、あの騎馬隊を育てあげたのか。あれほどたやすく、二つに割られるとは、想像もしていなかった」
「たやすくなどと。われらも、生き延びなければなりません。ただ必死に駈けた、ということですよ。それに、呂布殿の麾下は、かなり遠くでありましたし」
胡桃が、足にまとわりついてきた。呂布の後ろに控えるように立っていた李姫が、叱る声をあげた。

「呂布殿は、犬がお嫌いでしたか?」
「いや。胡桃はいい犬だ」
「それはよかった。嫌いなものを贈ってしまったのでは、贈物の意味がない」
「ところで劉備殿、俺になにか?」
「ちょっと話がしてみたい。そう思ったのですよ。海西のあたりに、よく海を見に行くのです。そのついでに寄らせていただきました」
 劉備は、十名ほどの供でやってきているようだった。関羽や張飛や趙雲という部将は連れていない。ただの従者だけで、それは害意のないことをこちらに伝えようとしている、というふうにも見えた。
「酒の用意をさせよう。入られよ」
 劉備は肩を並べて館に入ってきた。客殿では、並んだ席に劉備を座らせた。すぐに酒肴が運ばれてくる。
 二人だけで話がしたいという気配を劉備が示していたので、陳宮は客殿に入れなかった。黙って最初の一杯を干し、呂布は劉備の杯に酒を注いだ。
「話とは?」
「先年の、袁術との戦は、見事な勝利でございましたな」

「袁術が弱かったというだけのことだと思っている。弱いので、早々に逃げた」
「なるほど。追撃しても追いつかないほど、早々に逃げてしまったということですな」
劉備は、じっと呂布を見つめている。その眼差しに、呂布は軽い苛立ちに似たものを感じた。酒を勧める。劉備は、ほほえんでそれを受けた。
「袁術は、皇帝と称しておりました」
「馬鹿な男だ。それで、徐州で心を寄せていた人間からも、見放された」
「皇帝と称したがために」
「そうだ。逆臣というやつが顔を出す。おかしなものだ」
「呂布殿は、袁術を逆臣と思われたのですか。それで、討たなければならないと徐州に攻めてきた。それに腹を立てただけだ。袁術であろうと曹操であろうと、逆臣などという言葉に、徐州に攻めこんでくれば、これを討つ。それだけのことだ。逆臣などという言葉に、惑わされようとは思わんな」
「それでは、袁術は逆臣ではないと？」

「逆臣と言えば、いまの世ではみんなが逆臣であろう。漢王室などないも同然で、帝を擁しているのは曹操ですら、ただ自分のために利用しているだけだ」
 実際に、呂布はそう思っていた。ただちょっと目立ってしまった者や、負けた者が、逆臣と言われるだけだ。
 逆臣の董卓を討った、とよく言われる。確かに、勅命によって討つと董卓には言ったが、それは王允が詔書を持っていたからだ。そんなものがなくても、董卓は殺した。
「呂布殿は、自分も逆臣だと思われているのですか?」
「曹操や袁術や袁紹が逆臣である、という程度には、俺も逆臣だろう。しかし、そんなことはどうでもいいな。忠臣と呼ばれるやつらはいるのか。そいつらは、どこでなにをしている?」
「漢王室の復興を願っておりましょう」
「願っただけで、なにができるのだ、劉備殿。俺は五原の田舎者だ。そんな俺にも、王室などない方がいいとわかる。あれば誰かに利用される。そういうものにしか過ぎないではないか」
「国の秩序は、帝を中心にして定まってくるのですよ。そういう中心が、国という

ものには必要なのです。国は、ただ国だというだけでは存在できない。秩序というものが必要で、しかもそれが時と場合によって変るものではなく、永久不変の秩序です。それが、帝を中心に置くということなのです。帝が力を持つわけではない。しかし、秩序の中心として、いつも民の心の拠りどころになるということなのです」
 劉備は、膝を乗り出していた。この男は、こういう喋り方をすることもあるのだ、と呂布は思った。
 帝の臣になれ、と劉備は勧めにきたのか。それは、いまは曹操の臣になれということと同じではないのか。
「国に、帝はいらぬな、やはり。俺は、そう思う。もし必要なら、最後に勝ち残った者が、帝になればいい」
「それでは、また国が乱れる。覇者は、永久に覇者ではないのです」
「まさか。曹操殿も、帝の臣です。私が言っているのは、覇者が帝の最高の臣になればいいということです。ただ、覇者は覇者であり、決して秩序の中心ではなく、民の心の拠りどころでもない。覇者であろうと、国の秩序の中心である帝には、決

して触れることは許されない。　乱世をまとめて、そういう国を作っていく覇者が、いまこそ必要なのです」
「難しい話だな。陳宮は、国は民だという。俺にも、それはわかる。しかし、漢王室四百年の間に、帝は民になにをした。苦しめただけではないのか？」
「この国に、帝がどうあるべきかという考えがなかったからです。しかし、四百年続いた血なのです。それが五百年になれば、高貴で冒し難いものになり、千年続けば神聖なものになる。帝の血を、そうやって純粋なものにしていく、いまは絶好の機会なのですよ」
　純粋な血。つまりそれは、帝を人ではない別なものにしていくということなのか。
　劉備という男が、苦しい闘いをしている理由が、ぼんやりとだが呂布にはわかるような気がした。手柄は、いくつも立てたはずだ。それでも、いつまでも流浪の軍であり続け、やっと手に入れた徐州の地も、あっさりと呂布に譲った。譲られたのだということが、いまははっきりわかる。
　誰とも同盟せず、ことさら兵を増やそうともせず、ただ黙々と闘い続けた。それは、心に描き続けた帝の存在のための闘いだった、ということになるのか。
　呂布は、自分を見つめる劉備の眼から、視線をそらした。

「馬がいて、戟があり、鎧を着て、敵と打ち合う。それが戦のすべてだ、と俺は思っている。そこで、俺は生きている。だから、戦をするのだ、劉備殿。それではいかんと言うのだろうが、俺には陳宮がいる。戦の意味は、陳宮が考えてくれる。国は民。その考えが、すべてのものに貫かれていれば、俺はそれでいい」
「しかし、呂布殿」
「もうよせ、劉備殿。俺はただの軍人なのだ。志のない戦に、なんの意味がある、と考えていればいい」
「戦には、志というものがいるのだ、呂布殿。ひとりであろうと、数千、数万の兵を率いていようと、軍人である俺は、変らない」
「つまり、その志を、陳宮が考えてくれる、と俺は言っているのだ。軍人は、兵を精強にし、その場の戦をどう闘うかだけを、考えていればいい」
 熱い心がある。それは、呂布にも伝わってきた。俺の血が熱くなるのは、戦に出る時だけだとも、呂布は思った。
「飲め、劉備殿」
「呂布殿、私は」
「もうやめよう。そういう志の話なら、曹操にすればいいだろう。帝を擁しているのは、やつではないか」

劉備がうつむき、しばらくじっとしていた。再び顔をあげた劉備の眼から、強い光は消えていた。柔和な、徳の将軍と呼ばれる顔が、そこにあった。
　しばらく、生まれた土地の話などを、お互いにした。漢王室に連らなる者だというが、かつて織っていた筵のことなどを、柔和な表情のまま語った。嫌いな男ではない。しかし、それだけだった。
　劉備が去ると、陳宮が客殿に駈けこんできた。
「曹操の使者だったのですか、劉備は?」
「いや、俺に志とやらを説きに来ただけだ。おかしな男だ。志は、俺の代りにおまえが持っている、と伝えておいた」
「ほかには?」
「とりたてて言うほどのことは、なにもなかった」
「劉備が説いた志というのは?」
「帝を国の中心に据えた国を作ろう、というようなことだった。帝の話なら、帝を擁している曹操に聞いて貰えと言った」
「曹操の意を受けていたのでしょうか?」
「わからん。俺には、どうでもいい話だった。もういいぞ、陳宮。俺は、しばらく

「李姫と過したい」
「わかりました」
「北から、八百頭の馬を買い入れる話は、どうなった?」
「まだ、返事が参っておりません」
「急げ。俺は、騎馬隊をもっと増やしたい」
　頭を下げ、陳宮が出ていった。
　騎馬隊を、一万五千に増やす。馬も、徐州産の駄馬ではなく、できれば匈奴の馬を揃えたい。いま考えているのは、それだけだった。李姫もやってくる。広大な庭に出ると、気配を察したのか、胡桃が飛んできた。種類を変えながら、秋の終りまで庭だった。春になると、方々で花が咲く。それは種類を変えながら、秋の終りまで続く。
　李姫は花が好きだった。その香りや、眼に映る色が好きなのだという。瑶も、花が好きだった。だから長安の館には、花壇をいくつも作らせた。瑶は喜んだが、ほんとうに好きなのは、野辺の名もない花だということも、呂布は知っていた。
　歳月とは、こわいものだった。

瑶のことが忘れられるわけがない、と思っていたのに、時々、思い出しもしない自分を発見して、驚くことがある。死ぬとはそういうことでもあるのか、とよく考えた。瑶の眼差し、声、触れた肌の感じ。思い出そうとすれば、いまでも鮮やかに蘇える。

しかし、あまり思い出そうとはしなくなっていた。

代りに、李姫の若い躰に溺れた。若いから美しい、とは思わなかった。瑶と抱き合っている時の、満ち足りた思いもなかった。眼を閉じて水の中に入っていくように、ただ溺れた。そうしていると、やがて不思議な浮游感に包まれるのだ。

それで、面倒なことはしばらく忘れていられた。

自分が包まれている感覚がなんなのか、ということについて、呂布は深くは考えなかった。これも女。そう思うだけである。

「劉備様は、徳の将軍と呼ばれている方だそうですが、ほんとうにお優しい方なのですね。入ってくるなり、胡桃を抱きしめておいででした」

「俺など、非道の将軍かな」

「殿は、当代一の勇将と呼ばれております。私は、殿も優しい方だと思うのですが」

柔和さの裏に隠された、劉備のもうひとつの顔。呂布は、それを見たと思ってい

た。不快な顔ではない。それでも、劉備がなぜ自分にその顔を見せたのか、呂布には理解できなかった。

「胡桃は、誰にでもなつくのか？」

「あまり、吠えなくなりました。館に、人の出入りが多いからでございましょう。でも、兵がいきなり入ってきたりすると、吠えるのですよ。徳の将軍が贈ってくださった犬ですから、鎧や戟などは嫌いなのかもしれません」

「俺は、吠えられたことはない」

「それは、殿が御主人様だということを、ちゃんと知っているからですわ」

「そんなものもあるのか、犬は」

「賢いところもあるのですよ。胡桃と戯れる李姫の姿を見て、呂布は思った。美しい、美しい女なのだろうか。徐州一の美女を陳宮が捜したのだ、という話も聞いた。殿の赤兎ほどではないにしても」

と人に言われたことはある。その容姿に心を揺さぶられたことはない。

しかし呂布は、殿の赤兎ほどではないにしても美しい女なのだろうか。

「寝室へ行くぞ、李姫」

呂布が言うと、さらに戯れようとする胡桃を制し、李姫は先に立って歩きはじめた。

3

　小沛へ戻ると、劉備はすぐに曹操に書簡を送った。
朝廷に臣従するというかたちで、曹操の命令を聞くように呂布を説得したが、失
敗したという内容である。
　竹簡に筆を走らせている時に、糜竺が劉備の居室に飛びこんできた。
「下邳へ行かれ、呂布に会われたというのは、まことでございますか。曹操に疑わ
れます」
「まあ、待て、糜竺」
　劉備は竹簡を認め終えるまで糜竺を待たせ、読んで聞かせた。
「なるほど。それならば、余計なことをしたと曹操は思うだけかもしれません」
「下邳にも、曹操の間者はいるだろう。私と呂布が会ったことは、すぐに曹操の耳
に入る。こうやって手を打っておけば、いくらか曹操の疑心を薄めることにはなる
だろう」
「それでも、やはり危険なことでした。曹操に疑われることもありますが、呂布が

「殿を捕えて殺そうと思ったとしても、不思議はなかったのですよ」

呂布は、そういうことはするまい、と私はほぼ確信していた。義理の仲とはいえ、二人も親を殺した男だと誰もが思うが、と言われているような男ではないのだ。

「絶対にない、とは言いきれないことです」

麋竺の眼は、まだ劉備を責め続けている。

麋竺を座らせた。卓上に、地図を拡げる。

「曹操が、呂布討伐に動く前に、私はちょっとした賭けをしたかった」

「そんな、つまらぬことを。呂布と会うことに、どれほど意味があるというのです。呂布に贈った犬の頭を撫でてきた、と従者たちは申しておりましたぞ」

「呂布とも、会った」

「だから、そんなことに意味が」

「呂布と連合できないか、その可能性にちょっと賭けてみたのだ」

「連合？」

小刻みに動いていた、麋竺の膝の動きが止まった。

「私はこのところ、毎日この地図を見ていた。いいか、麋竺、いま袁術は動けん。そして荊州には張繡という男がやってきて、曹操と敵対しはじめた。私が呂布と結

び、なおかつ張繡とも結べば、荊州の劉表も出てくる。それで、曹操に勝てる。そう思わぬか、襲肅？」
「確かに、許都は両面から敵を受けることになります。しかし、呂布は勝利者としては危険すぎます。まだ曹操の方がましだと考えて、一旦は許都へ落ちたのではありませんか」
「だから、勝利で呂布を誘いはしなかった」
「では、どういう話を？」
「漢王室を復興したい、という思いを呂布にぶっつけてみた。呂布にはなにかがある。私には、そう思えてならんのだ」
「結果は、駄目だったのですね？」
「呂布は、真剣に話は聞いてくれたと思う。ただ、あの男は根っからの軍人なのだ。戦は自分がやり、その意味は陳宮が考えてくれると言った。私は、感心した。あの男と、もっと早く会っていれば、と思った。意味は別の人間が考える。そう割り切れれば、いっそすがすがしい。軍人は、そうであるべきなのではなかろうか、と私は思った。そして、あの男を説得するのを諦めた」
「そうでしたか」

麋竺が、指さきで地図をなぞった。
「漢王室を復興したいというわれらの思いは、徐州のあたりだった。
っているのだろうか、麋竺？」
「少なくとも、曹操の心を動かすことはありますまい。いまの帝の扱い方を見ていれば。われらの志を、呂布に語ろうとされた殿のお気持は、痛いほどわかります」
「われらが、心に秘めていればいいことだな。そして、われらの手で、漢王室を復興すればいいのだ」
「軍人は戦をやるだけだ、と呂布は言ったのですか」
「その呂布が、丁原を殺し、董卓を殺したのがなぜなのか、私にはわからなかった。しかし、人は変る。いま呂布はそう思っている、としか言いようがないな」
「ちょっと賭けてみたくなった、と殿が言われた意味が、私にもようやくわかりました。もっと早く呂布に会っていれば、と思われたことも含めてです」
「陳宮に、われらの志を語ろうという気にはならなかった。語っていい人間だと、陳宮のことは思えなかったのだ」
「関羽、張飛、趙雲の三将も、殿が呂布に会いにいかれたことを知って、心配しております。実は、私は彼らにここへ押しやられたようなものなのです。私が、彼ら

「あの三人にも、呂布と似たところはあるのだ、糜竺」
「わかっております」
「とにかく、私はまた考えさせられることになった。特に、軍人のありようについてだ」
「曹操には、早く書簡を届けられた方がよろしいでしょう。疑心に駆られて、またなにか言ってくるでしょうが」
「その答も出ている」
「曹操とぶつかって、呂布は勝てますか?」
「どうであろう。曹操は袁術とは違う。そこを、しっかり考えるかどうかであろう」
「戦のきっかけは、われらが作ることになりましょうな」
「たやすいことだ。わずか五百でいい。呂布の領地を侵せば、必ず小沛を攻めてくる。なぜなら、呂布は軍人だからだ」
 劉備は、従者を呼んで、至急書簡を許都に届けるように命じた。
「李姫という、呂布の妾にも会ってきた」

「噂通りの、美形でございましたか?」
「あれほどの女、そうは見つかるまい。しかし、呂布は溺れてはいない。少なくとも、李姫の言葉で惑わされるということは、まずあるまいな」
「やっと、安心いたしました。殿が冷静でおられるということがわかって」
 麋竺の膝が、また小刻みに動きはじめていた。
 曹操からの使者として、程昱が小沛にやってきたのは、それからしばらくしてからだった。
 書簡でなにか言ってくるだけでなく、明らかに曹操は劉備の様子を探らせようとしていた。
 程昱は老齢で、皺の間に眼が隠れてしまったような男だった。ただ、明晰さは失っていない。最初の挨拶で、それがわかった。小沛の防備の強化も、すでに見抜いていた。
「小沛に劉備様を戻すのは、いずれ呂布を討つためだ、と丞相は耳打ちされていたはずですが」
 客殿でむかい合うと、前置きもなく程昱が言った。そばにいるのは、麋竺と関羽の二人である。皺の間の眼が、時々きらりと光った。

「およそ、強い敵とまともにぶつかることと申せましょう。しかし、ぶつからねばならぬ時もあります。それは、あらゆる方法が断たれた時です」
「呂布を朝廷に臣従させるというのも、試みるべきひとつの方法とは言われるのですな?」
「その通り。呂布は、数倍の袁術の大軍を、たやすく騎馬で打ち破り、二度と立ちあがれぬほどに叩いてしまえる男です。まさに、当代の豪傑と申せましょう」
「虎は、囲いに入れてから殺せ、と言われるのですな、劉備様は」
「囲いに入れたものを、わざわざ殺すこともないでしょう」
「虎は飼い馴らせぬ、と丞相は考えておられます」
「まこと、呂布と話をしてみて、私もそう思いました。朝廷に臣従というかたちをとれば、呂布も受け入れやすかろう、と私は考えたのですが」
 程昱は、表情も変えず、じっと劉備を見つめていた。さすがに曹操で、こちらが測りにくいと思ってしまうような者を、使者に立てている。
「次に、私はなにをなすべきであろうな、程昱殿?」
「さて、いずれ呂布を討つためには、少しずつ和議を崩していくという方法ですかな」

「できませんな、それは」
「なぜでございましょう、劉備様?」
「ここに、わが軍の虎と申してもよい男がおります。勇将として世に名の高い、関羽殿。丞相も、いつも言っておられます。お二人の名は、しばしば丞相の口にのぼります」
「当然。勇将として世に名の高い、関羽殿。関羽殿、張飛殿を従えておられるからです。お二人の名は、しばしば丞相の口にのぼります」
「この関羽が沛県の主だったとして、鼠が駈け回っては逃げるように、沛県を荒らされたら、どうするでありましょうか」
「鼠の巣を、叩きます」
すかさず、関羽が言った。
程昱は眼を閉じたようだが、皺に隠れてよく見えなかった。皺としみが覆った手の甲が、二、三度、別の動物のように動いた。
「軍人の発想とは、そういうものです。そして、呂布は軍人の中の軍人。駈け引きもなにもありません」
「呂布を戦場に引っ張り出すのは、たやすいことだ、と劉備様は言われるのですね」

「明日にでも、この小沛に軍をむけさせられます」
「わかりました」
皺の中で、また程昱の眼が光った。
「劉備様が、直接呂布に会いに行かれた理由も、わかるような気がいたします」
「戦場の駆け引きは別として、陰謀にも似た駆け引きは、まず真の軍人には通じますまい。うっかりそんなことをして、攻められるのはまたこの私なのです。私とて、無駄に命を捨てたくはありません」
「夏に入ってからですかな、丞相が呂布に兵をむけられるのは」
「そのころ、呂布に小沛を攻めさせましょう。できれば、ここを支えきって、曹操殿の御到着を待ちます。ただし、たかが五、六万の徐州軍を討つのだ、とは思わないことです。呂布ほどに手強い相手は、いまこの国にはおりますまい」
「丞相も、呂布戦については、心を砕いておられます。全兵力を傾注できる状況を、まず作ろうとされるでしょう」
 まず、荊州の劉表と張繡を叩き、間違っても呂布と対峙している時に、許都を衝かれたり、挟撃を受けたりすることは避けようと考えているのだろう。呂布戦の前に、荊州で戦がある。それに自分が駆り出されることはなさそうだ、と劉備は思った。

「劉備様は、朝廷への忠義心の篤いお方ですな。漢王室に連らなるお方というだけでなく。決して主を持とうとはされぬのも、帝の臣という思いがおありだからでしょう」

「忠義以外に、取柄のない男なのですよ、私は」

さらになにかを探ってでもいこうとするように、受け答えの半分を、劉備は糜竺に任せた。程昱は執拗に王室への忠義心は当然である、ということを、劉備も糜竺も隠さなかった。漢王室に対する忠義心と朝廷の話題を続けた。それについては、曹操も責めることはできないはずだ。

「夏と申しましたな、程昱は」

三人だけになると、関羽が口を開いた。

「もう一度、荊州にいる張繡を攻めるつもりなのでしょうが、その戦は速戦では片付かぬと私は見ています」

「どういう戦になる、と思われます、関羽殿は?」

「穣城の攻囲でしょう。荊州で起きることに、劉表が黙っているとは思えません。というより、この二人は同盟しているわけで、すると劉表の同盟者も、立場上なにか動きを見せないわけにはいかなくなります」

「袁紹が、動くか」
「あるいは、動くふりをするか」
「いずれにしても、曹操は許都に帰らざるを得ません」
状況のすべてを、曹操は把握しているはずだ。それでも、あえて荊州を攻めるのは、それなりの勝算があるからなのか。
小沛は、まだ寒さの中にあった。
劉備の兵五千と、曹操から借りた兵が五千。自分の兵を増やす機会ではあるが、それは自重しようと劉備は思った。

4

穣城の攻囲は、ひと月に及んだ。
六万の軍である。夏侯淵、郭嘉、于禁の軍は伴っていない。この三人は、許都を守るという名目で残したが、実は城外の原野で、調練に調練を重ねている。
できれば張繡を討っておきたかったが、二度ほどぶつかり合うと、もう城に籠って出てこなくなった。城の守りは堅い。力押しをすれば犠牲が大きくなるし、奇策

を用いようとすると、必ず劉表の軍が背後で動き回った。つまりは、じっと囲んで、城内の兵糧が尽きるのを待つしかないのである。

張繡は、なかなか腰の据わった戦ぶりをした。袁紹も、厄介な男を送りこんできたものだ、と曹操は思った。それほど戦の経験も積んでいない若造なのに、ひと月囲んでも、揺らぐ気配は見せない。城と外部との通信は遮断しているが、なにかあれば劉表の軍が助けると、信じて疑っていないようだった。

鄒氏も、城内である。夜ごと、張繡があの躰を貪っていると考えると、歳甲斐もなく腹が立ってくる。

ああいう妖婦は、捕えたら顔も見ずに首を刎ねさせてしまうべきだ、と曹操は思った。

見きわめておかなければならないのは、袁紹の動きだった。曹操が許都をあけている間に、幽州の公孫瓚を攻めるという気配はなかった。幽州は、文醜が率いる軍が、じわじわと攻め続けていた。すでに公孫瓚の力は、易の北、数都に及んでいるだけである。

劉表との同盟に考慮して、こちらが荊州にいる間は、鄴を動かないのだろう。動くとすれば、許都を衝く構えを見せるぐらいだ。

「ほう、張衛が漢中から攻めて出たか」

五鋼の者が、益州の情勢の報告に来た。劉璋は、しばしば漢中に兵を出していたが、ことごとく山中で打ち破られ、敗走していた。それでも懲りずに漢中を攻め続けるのは、益州の中に、これといった敵がいないからだ。漢中さえ制してしまえば、益州は山に囲まれたひとつの国になる。逆に、漢中に五斗米道がいれば、いつ長安や中原の軍を引き入れるかわからない、という不安があるのだろう。

しかし今度は、攻めこんだら、巴西郡の北まで攻め返されたのだという。

「張衛の軍はほとんど歩兵で、平地では騎馬を持つ劉璋とは闘えません。しかし巴西郡の山には、兵を散開させた様子です。漢中と同じように、山全体を砦となす気なのでしょう」

「いつまでも、攻められてばかりはいない、ということか」

「劉璋を少しずつ攻めていく、という戦略に変ったようです。武器が、充実してきています。兵も増えました。兵糧は、もともと信者が供出したもので豊かです」

「南鄭とは、どういうところなのだ？」

「山に囲まれた、小さな平地です。教祖の張魯は、南鄭の南にある山に住んでいます。その山には、義舎と呼ばれる信徒たちの家が数多く並び、軒に米や肉をぶらさ

げ、旅人は腹が満ちるだけは食ってもよいことになっております。法と刑罰も定められていますが、鞭打ちなどではなく、犯した罪に応じて、道路の修理や義舎の建設などの使役に従事するのです」

「兵は？」

「信徒の中から選ばれます。兵であることは名誉で、罪人などは採用されません」

人の信仰心を、十二分に利用している。黄巾軍もそうだった、と曹操は思った。

しかし黄巾軍には、漢中のように拠って立つ地がなかった。全国に拡がりすぎ、まとまった力を出せなかったのだ。

「益州は、豊かと聞くがな？」

「広大でございます。山に囲まれた平地はどこまでも続き、地平線に陽が没します。大きな戦もなく、民は疲弊から免れています」

涼州も広いが、荒地ばかりだという話だった。いずれ、自分の足で、益州にも涼州にも立つ。しかし、いまはまだ、中原が見えているだけだった。

曹操は、ただ城を囲んでいることに、退屈していた。無駄な時だ、とも思った。袁紹は、やはり愚図な男だ。愚図なくせに、謀略だけは周到だった。たとえば張繡をうまく使う。そのため、曹操はかなりの犠牲を払わざるを得なかった。漢中の

張魯にも、なにか働きかけをしている。長安の、董卓の遺臣の三将軍のうち、張済は荊州に出てきたが、死んで張繡が継いだ。李傕と郭汜は、ともに部下に殺されたが、その背後にも袁紹の気配はある。
軍議は、毎日開いた。
曹操はあまり喋らず、部将たちの意見を聞いていた。荊州で加わってきた軍もいるので、四十名ほどの軍議になる。ほとんどの部将が、城内の兵糧が尽きるのを待つ作戦だ、と思いこんでいるようだった。
曹操は、動かなかった。自分の幕舎に、夏侯惇、曹洪、曹仁らを呼び、別の作戦を話し合った。曹操には、はじめからこの戦のありようは見えていた。事実、想定した通りに進んでいる。ただ、袁紹の動きが遅いだけだ。
別働隊を組織し、背後で動き回る劉表の軍を討とうと主張する者もいた。六万いた軍勢が、四万に減っていた。この戦は、撤退戦だと曹操は思っている。撤退しながら、どれだけ敵を討てるかだ。だから、ほんとうの戦はまだはじまっていない。
伝令が飛びこんできたのは、軍議の席だった。
「確かか？」

曹操は立ちあがって言った。二人目、三人目の伝令も飛びこんできた。許都を守る、荀彧からの伝令もいた。

袁紹が、許都攻撃を決め、兵を集結させているというのだ。

「速やかに、撤退する。明日を待てぬ。陽が落ちたら、すぐに撤退を開始せよ」

部将たちが立ちあがった。

「整然とやれ。騒ぐな」

夏侯惇が、たしなめるように言った。

「篝などは、そのままにする。明日の朝まで気づかれなければ、無傷で許都へ戻れる」

緊張が漲った。

曹操は、これを待っていた。張繡も、劉表も、待っていたということを、二人は知らない。大部分の部将たちも知らない。ただ、曹操が待っていたということを、二人は知らない。歩兵から撤退させ、曹操は許褚が率いる五百ほどの旗本とともに移動した。退路も、決めてある。殿軍は、夏侯惇である。

陽が落ちた。

丘と丘の間の道のところで、曹操は旗本を止めた。

不意に、丘の両側から軍勢が出てきて、下の道を撤退中の歩兵に襲いかかった。

つまり、罠に嵌められたのだ。袁紹と張繡と劉表の三人で仕掛けた罠。撤退中の歩兵は、闘うことをせず、ただ駆けた。あわよくば、ここで曹操を討とうとしたのだろう。罠は、そこまでだった。伏兵が丘を駆け降りた時、次の伏兵が丘の上に現われた。曹操が、山中に伏せておいた兵である。およそ五千。丘の上から敵に攻めかかる。曹洪、曹仁の騎馬隊も襲いかかる。それほど時もかけず、敵の一万を殲滅した。

「よし、行くぞ、許褚」

敵の屍体を踏み越えるようにして、曹操は丘の間の道を駆け抜けた。平地に出ると、すでに歩兵は陣を組んでいた。騎馬隊が駆け抜けてくる。夏侯惇の殿軍も何事もなく駆け抜けた。穣城の張繡が、ようやく追いついてくる。丘の間の道に転がった屍体は、すべて曹操軍の兵だと思ったのだろう。攻撃は鋭く、勢いがあった。

曹操は、陣を崩さなかった。陣形を組んだまま、攻撃の合間を見て後退した。夜明けまでに、十里（約四キロ）ほど後退できただけである。ただ陣形を組んでいるので、張繡も徹底的な攻撃はできない。攻め寄せると、とにかく弓で射た。

夜が明けた。

兵の損耗は、わずかなものだった。陣形のまま、さらに退がる。夏侯惇だけが、

三千騎を率いて敵を攪乱しては戻ってくることをくり返した。五里、十里と退がった。劉表の軍も加わったのか、敵は四万ほどである。さすがに押され、何度か陣形が崩れかかった。そのたびに、夏侯惇の騎馬隊が中央から突っこんでくる。敵は、『曹』の旗をはっきり眼にしているので、遮二無二中央から突っこんでくる。陣形が、次第に二つに割れていく。『曹』の旗が山の麓。曹操は片手をあげた。張繡は、勝ったと思っただろう。近づいてくるのだ。

曹操は、馬首をめぐらし、駈けはじめた。敵が追いすがってくる。陣形を、二つに分断したという恰好だった。駈け続けた。

不意に、山から喊声があがり、二万近い軍勢が駈け降りてきた。それも、曹操が伏せていた軍勢である。毎日、千、二千と山中に移動させたのだ。そこに味方がいることを、ほとんどの部将は知らない。

二つに割られた陣形も、またひとつになっていた。山からの軍勢とで、完全に挟撃のかたちになった。張繡、劉表の軍は、すでに算を乱していた。追い撃ちに討つ気でいたから、陣形もなにもないのだ。

「張繡を捕えろ。一兵でも多く、殺せ」

曹操は、山の斜面に駈け登った。

三百騎ほど、まとまった一隊がいる。散らずに、強引に突っ切って戻ろうとしている。多分、張繡の旗本だろう。討てる。そう思ったが、夏侯惇の騎馬隊が、追いつきかかっていた。張繡も、あの一隊の中にいる。
夏侯惇は跳ね起き、追いつきかけていた騎馬隊の動きが止まりかけた。その顔に、矢が突き立っているのが見えた。
馬した。それで、再び馬に乗った。
「伝令」
「曹洪と曹仁に、穰城まで追い撃ちを続けろと伝えろ。それから、夏侯惇は引き揚げさせろ」
言うと、四騎が前に出てきた。
四騎が駈け去っていく。
しばらく待って、夏侯惇の騎馬隊がようやく引き揚げてきた。死ぬほどの傷ではないが、左眼は潰れるだろう。夏侯惇の左眼には、矢が突き立ったままだった。
追撃の部隊も、夕刻には戻ってきた。
張繡は、穰城に駈けこみ、門を閉ざしたようだ。城に入れなかった兵のかなりの部分を、討ち取っていた。
「なかなかやるが、やはり若造だな」

曹操は吐き捨てるように言った。
曹洪が兵をまとめている。
「撤退するぞ。許都まで駈けよ。負け戦だと思え。遅れると、今度はこちらが追撃を食うぞ。ここは、まだ敵地だ」
許褚を横にして、曹操も駈けはじめた。ただ、時を食いすぎた。これも、愚図の袁紹のせいだ。難しい戦ではなかった。曹操も駈けはじめた。集結させただけに違いないのだ。それならば、ひと月もともと兵を出す気はなく、集結させただけに違いないのだ。それならば、ひと月ほどでやればいいのだ。
二カ月かかっていた。いまは、もう五月である。
曹操は、次の戦のことを考えはじめていた。

海鳴りの日

1

兵糧倉が、二つ荒らされた。

それほどの兵糧が入っていたわけではない。まだ収穫前なのだ。

しかし呂布は、自領が荒らされたということが、我慢できなかった。陳宮は様子を見ようと言ったが、倉ではない別のものが荒らされたのだ、と呂布は思った。

「賊徒は、五百ほどだったというのだな？」

守兵を訊問した。二つの倉には、それぞれ百名の守兵が置いてあった。追い散らされ、処罰を恐れたのか、四十名ほどがそのまま逃亡していた。

「その五百は、小沛の方へむかった。間違いないな」

「はい」

「ほかに気づいたことは？」

訊問を受けている兵は、ふるえていた。

「戻ってきた者の処罰はせぬ。ただ、なにが起きたかは、しっかり知っていたい」

「小沛の城の、将軍がひとりいたような気がします」

「誰だ？」

「張飛将軍だったのではないかと」

「わかった。退がっていいぞ」

二十名ほどを訊問したが、張飛という名が六名の口から出た。

「挑発でございますぞ、殿？」

「だから？」

「乗せようと思って、挑発しているのです。すぐに乗ってしまうのは、得策ではありません。まずは無視して、どういう意味がある挑発か、見きわめなければなりません」

「俺を怒らせるために決まっているだろう、陳宮。怒らせて、小沛を攻めさせる。当然、劉備は俺の敵ではない。曹操の援兵が来ることになる。あるいは、曹操自身がな」

「そして、戦ですか」

「早いか遅いか、というだけのことだ。いずれ、俺は曹操と闘わなければならないはずだろう」

「徐州は、もっと力がつけられます。あと二年あれば」

「乱世が終ってしまうぞ。俺の二年は、曹操の二年でも、袁紹の二年でもある。力をつけるのは、俺だけではないのだ」

「そうですね。言われる通りです。私は、殿ほど胆が据っていないようです。戦というと、すぐに同盟相手のことなどを考えてしまいます」

「俺は同盟などに頼りたくない。それに、同盟相手もおるまい」

劉備は、今年のはじめ、同盟を求めてきたのではないか、と呂布はふと思った。漢王室のために闘うと呂布が言えば、同盟を申しこむ気だったのではなかったか。呂布は、誰のために闘いたいとも思っていなかった。自分のために闘うか、漢王室のために闘うか。自分が軍人だから、闘うだけだ。

「出兵の準備だ、陳宮」

「騎馬の方が、歩兵より多いとは」

「騎馬一万。歩兵五千。それだけでよい」

「五千の歩兵は、よく駈ける者だけを集めた隊とする。高順と張遼を連れていく」

「明日の朝には、進発できます。輜重が遅れますので、当座の兵糧だけは兵たちに持たせます」
「曹操が、俺に喧嘩を売るか」
 袁術軍よりは、いくらか骨があるであろうな。曹操軍は、連戦を重ねている」
 呂布は、すぐにでも飛び出したかった。いつかは、そういう部隊を作ろうと思っている。伝令が駈けこんできたら、瞬時に出動できるような部隊だ。二千ほどの騎馬でいい。
「明日の朝だ、陳宮。陽の出とともに進発するぞ。それから、高順と張遼を呼んでくれ」
 役所と館を往復することが多かった。でなければ、城外の調練に立ち合う。
 高順と張遼がやってきた。
「戦だ。騎馬隊を全軍出動させる。袁術よりは手強いと思え。ただ、緒戦は調練のようなものだ。進発は明日の早朝」
「やはり、小沛ですか?」
「いや、小沛の背後の、許都だ。はじめから、そう思っていろ」
「とりあえずは、迎え撃つのですね」

笑いながら、高順が言った。
「許都が相手なら、俺は小沛まで攻めこまれているということになるからな」
呂布は少し考えてから、従者に陳珪を呼びに行かせた。役所の中にいたらしく、陳珪はすぐにやってきた。
「曹操が挑発してきた。戦になるぞ」
「仕方ありますまいな」
「おまえも倅も、どちらかというと、曹操と組んだ方がいいという意見だったが、むこうにはその気はまったくないらしい」
「殿は、組む気がおおありなのですか?」
「いや、ない」
「私のような老いぼれは、戦では役に立ちません。倅を、どこかで使っていただけませぬか?」
「考えておく。倅には、出動の準備をして待つように伝えろ」
「いつ、出動されますか?」
「明日早朝。俺はそうだが、陳登は俺が出てこいと言った時でいい」

「そのように、申し伝えます」
陳珪も、退出していった。
誰かと、まだ話がしていたい、と呂布は思った。自分で、戸惑ってしまうような感情だった。こういう時は、大抵赤兎とだけ語り合っていればよかったものだ。
「帰るぞ」
従者に言った。このところ、陳宮が新しい法律を作ったので、牧である呂布もやらなければならないことが多くなっていた。
「歩く。輿など用意するなよ」
館から役所までの往復は、輿を使ってくれと陳宮に言われていた。役割りは軍人だけでなく、すべてはないと呂布は言ったが、陳宮は諦めなかった。軍人の乗物でのことに牧の承認が必要になるのだ、と陳宮は説明した。その説明の煩雑さに、根負けしたようなところがある。この三月ばかり、館との往復に呂布は輿を使っていた。
輿の中は狭い。風が躰を打ってくることもない。陳宮のために、呂布はその苦痛を耐えてきた。陳宮は、徐州のために、考えられることのすべてをやってきた。妻帯をするどころか、女の気配さえそばにはない。

陳宮は呂布に賭けているが、それは自分のためであり、陳宮自身もそう言っていた。

自分に、一州を治めるだけの力がないことを、呂布はよくわかっていた。陳宮が いたので、徐州の統治はうまくいっているのだ。陳宮は、すべてを犠牲にして、徐州の統治に打ちこんできた。

輿車を無視して歩くと、従者たちが慌てて駈けてきた。こんなに従者は必要ではないが、州の牧となると、これぐらいは当たり前だ、と陳宮は言い張った。仕事がどうのというのではなく、陳宮という男が嫌いではないのだ。

速足で歩くと、すぐに館に着いた。

庭の方に回る。胡桃が太い声で吠えながら駈け寄ってきた。警戒している時の吠え方とは、まるで違う。全身で、喜びを表現していた。

胡桃の吠え声を聞きつけて、李姫も出てきた。

「太鼓が聞えましたが、戦なのですか?」

「敵がいる。だから戦だ」

「殿も、御出陣なさるのですか?」

「俺には、ほかに能がない」

李姫に叱られ、大人しく寄り添うように座った胡桃の頭に、呂布は手を置いた。

「殿、御出陣ですか？」

厩の方から、胡郎が駈けてきて叫んだ。

「明早朝。麾下は、館の前に結集する。鞍を磨いておけ、胡郎。それから、赤兎のそばにいてやってくれ」

「わかりました」

胡郎が駈け戻っていく。

「血を鎮めたい。寝室へ来い、李姫」

自分でも戸惑うほどの欲求だった。やはり、曹操は難敵なのだ。袁術の大軍を前にした時など、調練にむかう時ほどの昂ぶりしかなかった。劉備もついている。

寝室で、呂布はすぐに李姫の着物を剝ぎ取り、裸にして寝台のそばに立たせた。李姫は、じっと呂布に眼をむけている。

寝台に腰を降ろし、呂布はしばらく李姫の躰を見つめていた。抱き寄せ、持ちあげて膝の上に李姫の躰を移した。李姫が眼を閉じる。開いた唇から吐き出される息が、呂布の顔にかかった。

知っている女体は、瑤と李姫のものの二つだけだった。それでも、呂布には充分すぎた。李姫が叫び声をあげはじめる。片腕で李姫の躰を抱き、膝の上に乗せたかたちで、呂布はいつまでも交わり続けた。白い李姫の躰が、ほのかに赤らんでくる。全身だった。顔から乳房から腹まで、薄赤く、輝いているように見える。何度か、李姫は気を失ったようだった。そのたびに、呂布は唇を合わせ、唾を飲ませた。

瑤とは、こんな交わり方はしなかった。ずっと穏やかで、眠りに落ちていくような感じがいつまでも続いたものだ。李姫との交わりに穏やかさはなかったが、鋭い快感はあった。これが、李姫という女だ。当たり前のことを思い、呂布はさらに鋭い快感を得ようと、李姫の躰を揺さぶるように動かした。悲鳴に似た叫びをあげ、李姫の全身から力が抜けた。また、唾を飲ませる。このままでは、李姫は死ぬ。呂布はそう思った。

やめてくれとは、李姫は一度も言わなかった。

寝台に横たわらせた李姫の躰は、死んだもののように動かなかった。ただ、胸は激しく脈打っている。長い時間、呂布は李姫の躰を見つめていた。

「血は鎮まったのですか、殿?」

しばらくして薄く眼を開き、囁くように李姫が言った。

「ああ」
「よかった。殿のお役に立てたのですね、私も」
　頷き、呂布は立ちあがった。
　厩へ行くと、鞍のそばで胡郎が眠っていた。
　外はもう夜である。
　戦だぞ。言葉に出さなくても、赤兎はすでにわかっている。ともに、闘おう。
　首を抱く手に、その思いをこめた。
　それから呂布は、胡床（折り畳みの椅子）に腰を降ろし、黒い柄の方天戟を磨きはじめた。戦の前には、いつもそうした。黒い鎧。黒い兜。鞍も手綱も黒である。
　磨き終えた方天戟を抱いて、呂布は束の間眠った。馬蹄の響き。館の前に麾下の兵が集結してきたようだ。
　胡郎が、赤兎に鞍を載せる。そして、門のところまで引き出していく。
　厩を出ると、李姫が立っていた。瑤が巻いた赤い布。首から血を流しているので、も手に、赤い布を持っている。
　新しい血は出ない。瑤はそう言ったものだ。
「どうした？」

「お見送りに」
「その、赤い布のことを言っているのだ」
「殿のお首に、と思って用意しておりました。亡くなられた奥方様が、戦の前にいつも巻かれたとか。麾下の兵の方が、懐しそうにそう言われました」
「それでおまえが、俺の首に血の布を巻こうというのか」
胸のところで布を握りしめたまま、李姫はうつむいた。
「出過ぎたことをいたしました。私のような女が、亡くなられた奥方様の真似をしようなどと。お許しくださいませ」
「なぜ、そんな気になった？」
「これを巻くと、戦場で死なれることはない、と奥方様はおっしゃっていたそうです。祈りはこめましたが、私のような女がしていいことではございませんでした」
「いや、巻いて貰おう、李姫に」
弾かれたように、李姫が顔をあげた。
「よろしいのですか？」
「巻いてくれ」
李姫の眼から流れ落ちる涙を、篝（かがり）の明りが照らし出した。

「死んだ妻も、ありったけの祈りをこめてくれていた」
李姫の眼。まだ涙を流し続けている。呂布が頷くと、ゆっくりと手がのびてきた。李姫の指さきが、かすかに呂布の顔に触れた。呂布が頷くと、『呂』の旗が、闇の中に浮かびあがっている。
呂布は、赤兎に跨った。
「行くぞ」
一頭になった黒いけものが、闇の中をゆっくりと動きはじめた。

2

斥候の報告が、次々に入ってきた。
劉備は、幕僚たちを前に、考えこんでいた。堅く門を閉じ、城を守る。誰もが、考えることだった。部将たちも、曹操の増援がやってくるまで、なんとか城を支えようということだけを考えているようだった。
「騎馬、一万。歩兵は五千に過ぎません」

報告する斥候の声が、肚の底に響いた。
「騎馬隊の大将は、高順と張遼。ともに五千騎ずつ率い、二手に分かれています。その中央を、四百ほどの『呂』の旗が進んでおります」
　奥歯を嚙みしめた。
　呂布が攻めてくるのに、自分は城に籠ってふるえているだけなのか。そう思った。
　それで、武人と言えるのか。
「劉備様、御心配はいりません。この城の防備は、強化に強化を重ねております。呂布の騎馬隊がいかに精強であろうと、濠と城壁を跳び越えることなどできませんか」
　曹操の軍の部将だった。五千の兵は、この男が指揮している。
　劉備は、立ちあがった。関羽と張飛が見あげてくる。
「防備は万全だ。城を守られよ」
と言っていた。
「私は、城を出る」
「なんと。この期に及んで、逃亡しようというのですか、劉備殿は」
　劉備は、剣の柄に手をかけた。逃亡などという言葉は、いまここにはない。
　斬り

殺す。そう思った時、張飛がその部将を殴り倒していた。
「われらは、城外に陣を敷く。呂布の騎馬隊を、正面から迎え撃つ。攻められて、城でふるえているのは、男ではない」
床に尻をつき、まだ立ちあがれないでいる曹操の部将を見降ろし、劉備はそう言った。
「そんな。相手は呂布ですぞ。しかも、一万の騎馬隊で来ている」
「呂布の騎馬隊の手並みを、見てやろうではないか。呂布ほどの男が、騎馬全軍を率いてきたのだ。迎え撃たなくては、この劉備の男が廃る」
「なにを、馬鹿なことを」
「かつて曹操殿が、酸棗で言われたことを思い出した。負けたが、闘って負けたのだと。闘わずして負けた者とは、訣別すると」
「無謀だ。わが軍は出動できませんぞ、劉備様」
「誰も、出動してくれと頼んではおらん。城を守っていろ。呂布は、われら劉備軍だけで迎え撃つ。関羽、出動するぞ」
関羽が、叫び声をあげた。
出動の準備は、すぐに整った。

千二百の騎馬と、四千弱の歩兵。城門を出た。歩兵を二段に構え、騎馬は三隊に分けた。関羽、張飛、趙雲が、それぞれ四百騎ずつを指揮する。旗本は五十騎あまり。鎧に身を固めた糜竺も、そこに加わっている。
「私は、間違っているのだろうな、糜竺」
「負けても、劉備軍はさすがだ。それを天下に示せます。兵も、誇りを持てます」
「闘う以上、勝つつもりでやる。鉦を打つまで、決して退がらぬこと。それを、全軍に徹底させよ」
「躰が、ふるえますな、殿」
「おまえの膝は、いつもふるえているではないか、糜竺」
　糜竺が、強張った笑みを浮かべた。
　斥候が、駈け戻ってきた。十里（約四キロ）。二隊に分かれた騎馬が、整然と進軍してきている。劉備は、息を呑んだ。斥候の後ろに、すでにもう土煙が見えているのだ。
「そこへ、来ている。呂布の騎馬隊なのだ。当たり前だった。呂布の騎馬隊なのだ。
「怯むな」

全軍に響く声を、劉備はあげた。

斥候の報告に、呂布は頷いた。
さすがは、劉備だった。わずか五千で、陣を組んで自分を待ち構えている。散るか、劉備。呂布は、赤兎の上で呟いた。見事な花だ。それは認めよう。そして、散らせるのが、この呂布奉先だ。乱世の花。俺が散らせるのも、宿運というやつではないか。
軍勢は、滞ることなく進み続けた。二里（約八百メートル）。高順と張遼が、同時に声をあげた。軍勢が停止した。
劉備の陣形を見て、呂布は唸り声をあげた。
勝つ気でいる。果敢に城を飛び出し、ただ散ろうとしているのではない。前段の歩兵をぶつからせ、こちらが割れたところに騎馬が突っこんでくる。陣全体がひと振りの剣のようなもので、その切先はしっかりと自分ののどにむいている、と呂布は感じた。

「高順に当たらせろ。歩兵五千も使ってよい」
伝令が駈けていく。

高順の軍が、一里ほど前へ出た。敵は五千。高順も、歩兵を使う気はなさそうだ。あくまでも、同数で勝負しようというのだろう。
　原野に翻える『劉』の旗を、呂布は見つめていた。あの旗に、劉備はいかなる思いをこめているのか。なにを拠りどころにして、闘おうとしているのか。
　高順の軍が、動きはじめた。両側に一千騎ずつ回し、正面は三千で突っ切ろうという構えだった。動きは、悪くない。
　矢合わせなどはなく、いきなり騎馬が駈けはじめた。両側の一千。四百騎ほどが迎え撃って出てきた。指揮しているのは、関羽と張飛のようだ。正面の三千。敵の歩兵が、二つに割れた。二カ所から、突っこんでくる。そして正面に残った四百騎が、槍のようになって高順の本隊に突っこんだ。先頭は、趙雲だった。どこにも、逡巡はなかった。趙雲の槍が五、六人を突き落とすのが見えた時、すでに趙雲は高順の本隊を突っ切っていた。反転も、絵に描いたように見事だった。前方に三千弱の歩兵。背後に四百の騎馬。高順の本隊が乱れはじめる。
　両側の一千は、関羽と張飛の騎馬隊にいいように引き回されている。張遼を出さなければならないか、と思った瞬間、趙雲がまた高順の本隊に背後から突っこんだ。造作もなく、本隊は二つに断ち割られた。敵の騎馬隊がひとつにな

った時、前面の歩兵も退いた。もとの陣形に戻っている。鮮やかなものだった。高順の軍も、さすがに陣形を整え直していた。それでも、二度趙雲に突っ切られたのだ。普通の騎馬隊なら、崩れて潰走していただろう。
さすがに、劉備軍は強かった。兵のひとりひとりが調練を積んでいるというだけでなく、それを指揮する部将が傑出していた。三人とも、兵の持つ力以上のものを、引き出している。
両軍は、睨み合いに入っていた。
「歩兵の五千を使え、と高順に伝えろ」
伝令が、復唱して駈け去っていく。すぐに、歩兵が動きはじめた。よほど騎馬隊の圧力に脅威を感じたのか、高順は無謀な攻めはしなかった。歩兵に陣形を組んで進ませ、両側に騎兵を配して掩護するというかたちで、じりじりと押している。
張飛の騎馬隊が、いきなり歩兵の正面に突っこんできた。先頭は張飛である。四百騎ほどだが、歩兵の動きが止まった。両翼の騎馬隊が掩護に出る。張飛を押し包んだと思った時、関羽と趙雲が突っこみ、三隊が一緒になって包囲を抜け出していた。

両軍とも、素速くもとの陣形に戻っている。
「心憎いほどに、やるではないか」
 高順が、またじりじりと押しはじめた。城内には五千。劉備の軍は、押しきれない。これ以上押すと、城門を背にすることになる。城内の兵が出てくれば挟撃、というかたちがしばらく続く。
 高順は、決して負けていない。闘い方も悪くない。しかし、劉備の騎馬隊の動きがよすぎるのだ。
「俺を、燃えさせるではないか、劉備」
 呟や、呂布は方天戟を横に構えた。
 高順の軍がまた騎馬隊に襲われ、攪乱されかかった。騎馬隊が、なんとかそれを防いだ。小沛の城の城壁から、どよめきがあがっている。閉じていた門が、開かれた。城内の兵が出てくるつもりなのか。それとも、劉備にもう戻れと伝えているのか。
 横に構えた方天戟を、呂布は胸の高さにまで持ちあげた。
 黒いけものが、ゆっくりと動きはじめた。

風としか思えなかった。『呂』の旗。歩兵の一部が削り取られたと思った時は、もう土煙しか残っていなかった。
呂布自らが出てきた。やはり違う。その速さ。その迫力。関羽の隊がこぞとばかりに追いかけたが、その時呂布の隊は、回りこむようにして反転していた。土煙の中から、いきなり呂布の隊が現われた。歩兵が断ち割られる。横からも騎馬が来ていた。張飛と趙雲が、それにむかう。劉備の本陣と呂布の間に、遮るものがなにもなくなった。

呂布。正面にいる。黒ずくめの具足に、黒い方天戟。束の間見つめ合い、呂布はゆっくりと近づいてきた。劉備は耐えていた。全身に汗が噴き出してきたが、ここで劉備の圧力に耐えて踏み留まった。旗本は、わずか五十騎である。しかし、ここで劉備が逃げれば、全軍が崩れる。

関羽の隊が、ようやく横から突っこんできた。断ち割られた歩兵も、態勢を立て直して呂布の背後を襲う。駈けた。黒いけものが駈けた。そう思った時、棹立ちになった馬から劉備は落ちていた。

「兄上」

関羽に抱き起こされた。

呂布の騎馬隊が、まともに突っこんできたのだというこ

とを、劉備はようやく理解した。騎馬隊にぶつかられた、という感じではなかった。竜巻にでも巻きこまれたような気がした。

「落馬してよかった。でなければ、戟を食らっていたところでした」

荒い息を吐いている関羽に、馬に押しあげられた。周囲は歩兵が固め、その外側に三隊の騎馬がいる。

呂布は、二里ほど離れたところで、こちらを見ていた。高順の騎馬隊も、その背後に集結している。反対側には、張遼の騎馬隊と五千の歩兵である。

「私の旗を掲げよ、関羽」

「兄上、それは」

「心配するな。これでは勝負にならん。城へ戻る。歩兵から、隊伍を乱さず、粛然と戻るのだ」

「それは、危険です。私が、張飛や趙雲とともに殿軍をつとめますので、その間に兄上はお戻りください」

「それはならん。おまえたちが死ぬ。ならば私も生きてはおれぬ。張飛と三人で、そう誓い合ったではないか。死ぬのなら、それもいい。ただ、ともに死のう。呂布が攻め寄せてくるかどうか、これは賭けだ」

「しかし」

「ここは、そうやって肚を据えるところだ。そうすると、私が決めた。おまえたちも、それに従ってくれ」

「わかりました」

関羽が、指示を出しはじめた。

張飛と趙雲が、馬を寄せてきた。劉備は、呂布を見つめていた。土煙はもう風で吹き払われ、『呂』の字の旗が眼に痛いほど鮮やかだった。

また、会おう。劉備は、心の中でそう語りかけた。呂布が、返事をしたような気がした。

馬首を城にむけ、ゆっくりと進んだ。

「胸を張れ。堂々としていろ」

関羽が声をあげる。城壁から、歓声があがっていた。最後の一騎が入城したところで、城門が閉じられた。

小沛の城から二十里(約八キロ)ほど離れたところに、呂布は陣を構えた。城を囲んだところで、意味はなかった。数日のうちに、許都から増援が来るだろ

次の戦は、その時になるはずだ。胸のすくような、撤収の仕方だった。
　果敢に闘い、整然と撤収する軍を、呂布は攻めようとは思わなかった。自分が決して攻めないということを、劉備はよく知っていた、とも思った。
　本営とした幕舎に、高順、張遼をはじめとする部将たちを集めた。
「城を抜くのは、手間がかかる。小沛には、かなりの兵糧も蓄えられているはずだからな。すぐに、許都から増援が来るだろう。野戦でその増援を叩き潰し、その勢いで城を抜こう。増援が来た時は、城の守兵も出てくれば別だが」
「こちらの、下邳からの増援はどういたしますか？」
「必要ないぞ、高順。増援を曹操自らが率いてくれれば別だが」
「相当に、手強い敵でありました」
　高順がそう言うからには、よほどの脅威を感じたのだろう。しかし、劉備は今日のような戦は、もうできない。劉備軍だけで闘ったから、あれほどの動きができたのだ。
　増援は、多分、三万を超える規模だろう。そうなれば、五千しか率いていない劉備は、一部将として、増援軍の大将の指揮下に入るしかなくなる。つまり、劉備軍

であって、劉備軍でなくなるのだ。
「曹操自らが、すぐに全軍を率いてこちらへむかう、ということも考えておいた方がいいのではないでしょうか」
「それは、ない」
「しかし」
「俺がないと言っているのだ」
発言した部将は、それで黙りこんだ。
曹操は、いま袁紹を見ている。袁紹もまた、曹操を見ている。曹操が全軍で徐州にむかえば、袁紹も主力を北の公孫瓚にむけられる。その逆もある。お互いに出兵の度合いを測り合っているのだ。
そこまで見えない者に、説明しようという気が呂布にはなかった。
「趙雲も、なかなかの男だな。あれほどやるとは、俺も考えていなかった。関羽、張飛と並ぶだろう。劉備が、一万の騎馬隊を擁していたら、これは面倒だ」
「なにがなんでも、いま倒しておいた方がいい相手だ、と私は思います」
張遼が言った。
「今日、俺が劉備を見逃したのが不服か、張遼?」

「いえ。あの潔さを、殿は討とうとは思われますまい。それは、わかりました。私が言っているのは、増援が来た時の話です。ぜひ、私を劉備に当てていただきたいのです」
「出すぎるな、張遼」
若い張遼を、高順がたしなめた。
「私の軍が劉備を破れなかったから、言っているわけではない。対劉備のことは、殿にお任せした方がいいという気がする」
「そうですか。高順殿が言われるのなら」
呂布は、高順を第一の将軍にしたかった。しかし、なぜか陳宮と馬が合わない。あの陳宮が、感情的になったりすることもあるのだ。だから、陳宮と張遼は合うのである。高順と二人並べて、第一の将軍にしている。不思議なことに、高順と張遼は合うのである。
人と人の関係を考えることなど、柄ではないと呂布は思っていた。しかし、呂布以外に、それを考えて実行できる人間もいない。ひとつの州とはいえ、頂点に立つとそんなものだった。
「ここで、曹操軍の増援を待って、迎え撃つ。増援の陣容がわかった時点で、配置

は俺が決める。城の見張りは怠るな」
　城は、囲まず監視するだけでいい。とにかく、陣を組みやすいようにしておくことだ。包囲すれば、それを解く時、城内から反撃を食う可能性もあった。下邳から、輜重が到着しはじめていた。陳宮はそう考えているのだろう。一万五千には、充分過ぎるほどの兵糧だった。
　兵糧で負けることだけは避けたい。

3

　夏侯惇の率いる三万の増援部隊が、小沛の西に到着した。
　劉備は、五千で城を出て、その軍に合流した。曹操から、そういう命令が届いていたからだ。要請という名目の書簡だったが、命令としか感じられなかった。
　夏侯惇は、左眼に布を当てていた。その布を、赤い紐で押さえて頭の後ろで縛っている。張繡討伐戦で流れ矢を受け、その矢を引き抜くと目玉まで飛び出したという。親から貰ったものを捨てられるかと、その目玉を食ってしまったという噂が流れていた。

温厚な夏侯惇には、あまり似合わない噂である。
「傷は癒えましたが、まだ生々しいので、こうやって隠しております」
　夏侯惇の口調は丁寧である。扱いも同格だった。しかし、いざ戦となれば、夏侯惇の指揮下に入らざるを得ない。劉備は、せいぜい軍議で意見が言える程度だろう、と判断した。
「劉備様は、城を出て呂布にたちむかわれたとか。丞相のお耳にも入っておりますぞ」
「さすがに呂布の騎馬隊。袁術の大軍を一蹴したというのも、ぶつかってみてよくわかりました」
「いや、劉備様の軍も、果敢に闘われたとか。丞相のお耳にも入っておりますぞ」
　丞相というのは昔の役職で、三公（司徒、司空、大尉。漢王朝の最高職）を併せたものだった。曹操は司空だが、勝手に自分を丞相と呼ばせている。
「夏侯惇殿、この陣形で曹操殿を待たれるおつもりですか？」
「一応は、堅陣のつもりです」
　八つの方陣で、それは四つにも二つにもなれる。攻める陣形ではなく、守りの陣形だった。曹操を待つにはいいだろう。呂布も一緒に待ってくれればだ。
「どんな堅陣であろうと、呂布は必ず攻めてくると思います」

「その時は、闘えばいい。聞くところ、呂布の兵力はこちらの半数以下だとか」
「一万は騎馬隊です。しかも、きわめて精強な」
「しかし、こちらから攻めたりすれば、呂布はすぐに下邳から増援を呼ぶでしょう。やはり、徐州軍、およそ六、七万。全軍が来たら、いまの兵力では抗しようもない。丞相の本隊が到着するまで、軽率に動けません」
夏侯惇の言うことは、正論だった。これも、相手が呂布でなければである。
「それで、曹操殿の兵力は?」
「およそ、十四万。われらと併せると、十七万を超えます」
夏侯惇が待とうという気になるのが、当然の大軍だった。ついに、曹操は全力を挙げて呂布を討とうという気になった。
「十七万」
「各地の守兵も、半数は許都に集め、動かし得る兵力のすべてです」
「わかりました。私は、持場をしっかりと守ることにいたします」
「劉備様には、本営で全体の指揮を私とともに執っていただいてもよろしいのですが」
「いや、私の兵がおります。私はそれを指揮した方がよいでしょう」

夏侯惇は、それ以上勧めなかった。自分の幕舎に戻ると、応累が麋竺と二人で待っていた。

「十七万の大軍だそうだな、曹操は」

「袁紹の動きを見定めたというところでしょう。袁紹も、曹操の動きを見ながら、少しずつ北へ兵力を集め、いまは主力は北にむかっています。お互いに、相手の主力が留守の間に、気になる敵を叩こうというのでしょう」

袁紹の敵といえば、公孫瓚だった。

劉備を、ただのある義勇兵から、自分の客将として世間に出してくれたのが、公孫瓚だった。恩義はある。それは返した、とも思っている。

袁紹が全力を挙げてくるとなると、公孫瓚も苦しいだろう。北平郡の太守から、幽州全域を制したころが盛りだった。それから何年にもわたって、袁紹にじわじわと締めつけられている。

気持に、むらのある男だった。大将としては、欠けているものが多すぎた。何度も誘われたが、結局劉備は組まなかった。

それでも、公孫瓚に滅びてもらいたいとは思わなかった。強大な袁紹の勢力を相

手にするなら、幽州に堅城を三つ築き、攻められれば籠るという方法しかない。三つ城があれば、ひとつが攻められても、残りの二つは動ける。三つあることが最低の条件だと劉備は思っていたが、すでに易城ひとつという状態らしい。それでは、攻囲を受けた時に、外で動き回る兵が少ないことになる。
「大軍ですが、核になる軍はずっと少ないと思います」
「ほう、なぜだ、応累？」
「おかしな動きがあるんですよ」
小肥りの応累が、細い眼をいっそう細くした。
「夏侯淵、郭嘉、于禁ですね。この三人は、春の荊州遠征にも従軍していません。許都を守っていたのは荀彧で、この三人はそれぞれ一万ほどを率いて、原野でなにか特別な調練をくり返していたようなんです。毎日、それぎかりをやっていた、という気配ですね」
「特別な調練か」
「うまく探れませんでした。五千が調練をする間、残りの五千が円陣を敷いて、絶対に人が入りこめないようにしているのです」
「やはり、なにか特殊なことだな」

「それから、曹操は材木を集めています。歩兵には、戟や槍の代りに、それを担がせて出動する気のようです」
「馬止めの柵だな、それは」
劉備が、虎牢関で呂布の軍にむかった時、考え出した戦法だった。馬さえ使えなくすれば、呂布軍の戦闘力は半減する。
呂布の騎馬隊をどうやって制するか、曹操が考えるのは当然と言っていい。それが馬止めの柵というのは、曹操としては平凡すぎるという気もした。なにか、もっと唖然とするようなことを、考え出す男だ。
「もう進発の準備は整っているのだな、曹操は？」
「腰を据えてやるつもりのようです。兵糧もかなり集めたようですし」
それでも、十七万の兵糧となると、半端なものではなかった。劉備が、野放図に兵数だけ増やしていかなかったのも、ひとつには兵糧の問題があったからだ。
「呂布は、二、三日のうちに攻めてくるな」
曹操軍の進発の情報は、呂布もすでに摑んでいるだろう。とりあえず、夏侯惇の軍だけでも潰しておく。そう考えるはずだ。それで、下邳へ戻らず、原野に駐屯したままに違いなかった。

呂布の攻撃があったのは、夏侯惇が到着してから二日目の朝だった。騎馬が五百で、正面から攻めてきた。次には左右に五百ずつ現われ、背後にも五百現われた。最後には、実に二十カ所が攻められたのである。夏侯惇は、八つの方陣を、素速く二つにまとめた。

それを待っていたように、『呂』の旗が正面に現われた。

黒い、巨きな一頭のけもの。二十カ所からもの攻めは、どこがどう弱いか見きめるためだったのだ、と劉備が思った時、黒いけものはすでに駈けはじめていた。実に、二つの方陣を、矢が貫くように駈け抜けたのである。なにが起きたのかわからなかった兵も、かなりいたに違いない。

矢が突き抜けたあとには、すでに二千ほどの騎馬隊が駈けこんでいた。方陣が、内側から崩れている。さすがに夏侯惇の本陣はしっかりしていて、五千ほどでまとまり、混乱を避けて移動していた。そこへ、歩兵が打ちかかる。本陣が、釘付けだった。

敵の騎馬は、縦横に駈け回っている。劉備は、麾下の全軍を、本陣の方にむけて動かした。小さくかたまり、針鼠のように戟を突き出し、千二百の騎馬を三隊に分けて、敵の騎馬を防がせた。

本陣に打ちかかっている、歩兵の背後に達した。騎馬と歩兵で、一斉に突っこんでいく。敵の歩兵が崩れた。劉備の軍は、夏侯惇の本陣と一体になった。騎馬を外に配し、歩兵を中心に集める。

「夏侯惇殿、鉦を打たれよ。後退して、本陣を中心にして、陣形を立て直すしかない」

「劉備様、ここで怯んではなりません。幸い、ここに一万がまとまっている。これで、乱戦の真中に突っこんでいく。陣形を立て直すにしても、前に出て、攻めながらやるのです」

夏侯惇が、太鼓を打たせはじめた。潰され、敗走しかかった兵が、本陣の方へ駈けてくる。それを収容しながら、前へ出た。一万五千ほどになった時、前方に騎馬隊が現われた。五千。乱戦の中で、どうやってひとつにまとまったのか。張遼だった。

張遼は、五千を槍の穂先のようにして、一斉に突っこんできた。

「大兄貴、これは退がらなければ駄目だ。張遼の後ろに、呂布がいる確かに、土煙の中に、『呂』の旗が見え隠れしていた。張遼が崩す。そこに呂布が突っこむ。ならば、呂布の狙いは本陣だろう。

「関羽、張飛。おまえたちの騎馬隊で、夏侯惇殿をお守りしろ。城に逃げるしかない」

「なんで、夏侯惇などを」
「総大将だぞ。総大将の首を取られれば、完全な負けだ。急げ」
「わかりました、兄上。趙雲、兄上を頼むぞ」
言って、関羽が駈け去っていく。
 趙雲の騎馬が、劉備の旗本を囲むようにして、こんできている。趙雲が狙ったのは、その黒いけものの横腹はのびた。しかし、やわらかいものにでもぶつかったように、黒いけものの横腹はのびた。おまけに、巻きこむように先頭が迂回してくる。
 趙雲は、慌てたようには見えなかった。自分が先頭になり、巻きこんできた敵の一点を突破し、騎馬隊を通した。
 呂布は、またひとつのけものになり、逃げる本陣に突っこんでいった。
 騎馬が入り乱れる。土煙が舞う。
 本陣はどこを移動しているのか、劉備は眼をこらした。いる。城にむかって、ひたすら駈けている。関羽の旗も張飛の旗も、しっかりと本陣を挟みこむようにしている。
 城の東門は開いていた。守兵は五千。駈けろ。叫びかけ、劉備は声を呑みこんだ。

黒いけもの。戦場を迂回するようにして、疾駆している。速い。劉備の全身に、粟が立った。
「趙雲、間に合わぬ。西門へ回れ。関羽なら、城の中を突っ切って、西門から飛び出す方法を考えられるだろう」
走っていた。懸命に、劉備は馬に鞭を入れた。東門に、本陣が駈けこむのが見えた。しかし、尻に食らいつくような恰好で、黒いけものも飛びこんでいった。城門を閉める暇などなかった。呂布軍の騎馬隊が、次々に城に駈けこんでいく。
駈けた。西門。開き、夏侯惇の一隊が駈け出してきた。二百ほどに減っている。劉備が駈けてくるのを見て算を乱しそうになったが、味方だとすぐに気づいた。
「行かれよ。追撃は、この劉備が止める」
城の中。五千の守兵は、呂布軍と闘っているはずだ。夏侯惇が落ちのびる時があるか。関羽と張飛の軍が、ひとつになって飛び出してきた。それに、張遼の騎馬隊が追い撃ちをかけている。
「趙雲、側面を衝くぞ。敵を乱したら、すぐに落ちる。ひたすら、西へむかえ」
「私は、殿から離れません」
駈けながら、趙雲が叫んだ。張遼の騎馬隊。横からの攻撃には脆く、すぐに崩れ

張遼が態勢を立て直す前に、劉備は西へむかって駆けていた。

城塔に、『呂』の旗を掲げた。城内には、降兵と、呂布の軍しかいない。追撃に出た戦は、すでに夕刻には終っている。

張遼も、夕刻には戻ってきた。

呂布は、やるべきことをやってしまうりになった。勝ったが、まだ緒戦だ。ほんとうの戦は、これからだった。袁術の軍より、曹操軍はずっと統制がとれていた。個々の部将の兵が調練をしているというだけでなく、全体としての調練を重ねているのだろう。それに、実戦の経験を積んでいるのがよくわかる。押しこみ、騎馬で揉みに揉んだが、それほど大きな犠牲は出していない。夏侯惇の首も、取り損ねている。

それに、やはり劉備の軍が強かった。あの三人の部将が、三人とも、並みの男ではなかった。果敢であり、判断もいい。城に追いこんだ時、夏侯惇の首はとったとは思った。守兵を蹴散らして、ゆっくり料理すればいいはずだった。しかし、関羽と張飛は西門まで突っ走り、そこから夏侯惇を逃がしたのだ。

劉備に、あの三人がついていればこわい。呂布が、そういうことを考えるのはめ

ずらしかった。とにかく、劉備軍は要注意である。あれで数万の軍勢を擁していたら、と考えざるを得なかった。

外から声がかかった。

引っ立てられてきた者がいる。見ると、糜竺だった。

「縄は解いてやれ。文官まで縛りあげることはない」

「私は、鎧を着て闘いましたぞ」

「子供でも、着るだけは着られる。しかし、糜竺、おまえはなぜ劉備と一緒に逃げなかったのだ?」

「呂布殿と交渉しなければならないことがありました。私の一存での交渉ですが」

「ほう、なんだ?」

「小沛の城内には、主劉備の第一夫人と第二夫人がおります。危害は加えないでいただきたい。この糜竺の首は差しあげますゆえ」

「おまえの首を貰ってどうなる。戦は戦だ。軍人で捕えた者の首は刎ねるが、文官の首などいらん。それに、この俺が敵の将軍の妻子の首まで刎ねる男だと思うのか。まして劉備は、正々堂々と闘った」

「ありがとうございます」

「ただし、おまえも含めて、下邳に移すぞ」
「御随意に」
「この城は、陳珪と陳登の父子に守らせる。俺の軍も下邳に引きあげて、曹操の本隊が到着するのを待つ」
「お見事な戦ぶりでございました。呂布軍は、まさに無敵でございますな」
糜竺が笑った。
「なにがおかしい？」
「呂布様は、後悔もされておられます」
「なにを？」
「わが主君と、同盟を結ぶべきであったと。呂布様が、曹操様に、漢王室再興の志がどれほどあるのか、疑わしいものです。私は、この国のために」
「よせ、糜竺」
「あまりに、惜しいと思うのです。私は、この国のために」
「糜竺」
呂布は、静かに遮った。
「俺は、軍人なのだ。少年のころ一兵士となり、戦野を駆け回ってここまで来た。

志などで、生き延びることはできなかった。人には、それぞれ生き方がある。俺は軍人としてしか生きられなかったし、これからも生きられはしない」
「呂布様」
「もう言うな」
　呂布は、連れていけと兵に手で示した。
　それから高順と張遼を呼び、劉備の妻たちと文官を下邳に移送するように命じた。
「殿、殿の麾下の者たちが、略奪の許可を求めてきておりますが」
　戸惑ったように、高順が言った。
「本日の深更まで、麾下に限って許す」
「殿、それはなりません」
　張遼だった。
「けものの餌だ。それに心配しなくとも、乱暴なことはせぬ。深更まで、おまえたちが眼をつぶっているだけでいい」
　さらになにか言いかけた張遼を手で制し、出ていけという仕草を呂布はした。

4

 敗走してくる兵を収容するために、曹操は三日軍を止めて待った。
 劉備の軍も入れると、総勢で四万はいるはずだが、敗走してきたのは二万五千ほどだった。劉備は、独自に軍をまとめていた。
 劉備の兵が多く戻ってきているからといって、責めるわけにはいかなかった。戦況を報告してきた五鋼(ごこう)の者によると、劉備の闘いぶりが一番果敢だったのだ。夏侯惇(とん)も、潔くそれを認めた。
 それにしても、恐るべき騎馬隊だった。一万騎ほどで、歩兵は申し訳程度にしか連れていない。そして、夏侯惇ほどの者が、万全の陣を敷いていたのだ。
「片眼(かため)を失って、実は、これまで見えなかったものが見えるようになるのではないか、と思っておりました。これでは、失った片眼の分さえ見えておりません」
 敗戦を労(ねぎら)った曹操に、夏侯惇は恥入るように言った。幕僚(ばくりょう)の会議では夏侯惇を叱(しか)りつけたが、終ってから自分の幕舎(ばくしゃ)に呼んだのである。
「私も、呂布(りょふ)の騎馬隊を相手に、どれほど闘えるか不安なのだ。青州黄巾軍百万を

相手に闘った時と、同じような賭けだ、これは。袁紹は、この機に公孫瓚を潰すであろうし、負ければ天下は袁紹か。それとも、呂布と陳宮のものになっていくのか」
「負けるなどと、おっしゃらないでください、丞相。これまで、何度きわどいところを擦り抜けてきたか、思い出そうではありませんか」
「そうだな」
勝つつもりで来ている。しかし、ほんとうに勝てるのか、という思いはいつもつきまとっていた。ただ、運はいいという気がする。呂布と劉備が連合して徐州に拠ったら、これはとんでもないことになっただろう。あの二人は、結びついても不思議はなかった。多分、なにかほんの些細なことが、あの二人の結びつきを阻害したのだ。
いや、もしかすると、自分の力を利用して、劉備は呂布を消そうとしているのではないか。曹操の知っている劉備は、考え抜いてそんなことをやる男ではなかった。ただ、本能的に、そちらに動く人間というのはいるものだ。
闘って負けた自分は、闘わずして負けた者とは訣別する。
酸棗で、対董卓の連合軍から離脱する時に、曹操が言ったことだった。劉備はその言葉を持ち出し、五千

の兵で呂布と闘っている。互角に近い戦をし、城に引きあげているのだ。
曹操自身は、そんな言葉を思い出すこともなくなっていた。酸棗から、十年近い
歳月を、戦に明け暮れてきた。
洛陽を脱出し、郷里で兵を挙げた時に持っていたものは、確実になくしている。
その代りに、ここまで大きくしている。劉備は、それほどのものは得ていない。しか
しなにもなくしていないのではないか、という気がしてくる。
敗走してきた兵を再編するのに、多少の時をかけた。全軍で、十七万になる。五
千しかいなかった義勇兵まがいの軍が、ここまで大きくなった。それを確かめたい
という気分が、どこかにあった。
劉備を幕舎に呼んで、二人だけで酒を酌み交わした。
「この一戦が天下を決することになる、と私は思っているのだがな、劉備殿」
「天下を、ですか?」
「私がいま徐州を取ることには、大きな意味がある。徐州を除いた勢力で、袁紹に
対することになるだろうと思っていたからだ」
「それだけですか?」
「呂布に勝つ。それには、もっと大きな意味があるな」

劉備は、かすかに頷いただけだった。
「それにしても、おぬしのもとには素晴しい豪傑がいるものだ。関羽と張飛。二人だけでも羨しいと思っていたのに、趙雲という男まで加えている」
「馬上で槍を遣わせたら、右に出る者はおりません。それに忠誠無比。私は部下には恵まれておりますが、一軍の将としての力は不足しているようです。いまだ流浪に近い状態で、なにも報いてやることができずにいます」
「報いて欲しくて、おぬしの下にいるのではない、という気がする。関羽と張飛はそうだ」
自分の麾下に入れ。それなら一州、いや二州を与えてもいい。そう出かかった言葉を呑みこんで、曹操は言った。この男は、やはり自立の意志が強い。やがて雲を得れば、自分と肩を並べるところまで、飛躍してくるかもしれない。趙雲は知らぬが、
「関羽、張飛とは、兄弟の契りを結んでおります。腑甲斐ない兄ではございますが」
この男は、早く殺しておいた方がいい。そう囁きかけてくるものが、曹操の内部にはあった。いつか臣従させてやる、という思いも同時にある。
「二日後に、進発するつもりでいる。不足なものは、滞陣中に申しつけてくれ」

劉備が、軽く頭を下げた。
「飲もう、劉備殿。私はどうも、呂布の影に怯えすぎているようだ。十七万の大軍を擁していて、なにを恐れると思いたい」
「徐州で仕掛けてあることが、いくつかある。夏侯惇の敗北ぐらいは取り戻せる。曹操殿が、怯えているなどと口にされてはなりません」
「曹操殿が、怯えているなどと口にされてはなりません。そのうちのひとつでもうまくいけば、誰も信じはしないでしょうが」
「わかっている。おぬしと二人だけだから、本心を語っている」
劉備が、柔和な表情で曹操の杯に酒を注いだ。

夏侯淵、郭嘉、于禁の軍は、確かに通常と違っていた。独自の輜重をかなり持っている。滞陣中の、その輜重に対する警備は、かなり厳しかった。
「ほかにも、丸太を運んでいる軍が、かなりあります、殿」
「あまり無理をして探るな、応累。なにが出てくるか、戦になればわかることだ」
「あの三人の、異様な調練ぶりが気になりまして。ほぼ半年は、同じ調練をくり返してきたと思われます」

半年も、人に見せない調練をくり返し、しかもそれがなんだか洩れていない。曹操軍の軍規はかなりのものなのだろう、と劉備は思った。

応累は、陣にいる時は、兵士の姿をしている。それが似合わず、ちょっと滑稽だった。ぶらさげた剣に、足を絡ませたりもするのだ。

「丸太は、馬止めでございましょうな。馬を止めてから、なにか新しい武器を使う。私はそう思っているのですが」

「武器か」

「曹操という男は、そういうことを考えそうな男です。じっくり攻める時はそうするし、奇策を採る時は、思い切った奇策を採ります。荊州で、張繡と劉表の軍が、追撃しながら負けていったというのも、それでございましょう」

「荊州の情勢は、入っているか?」

「劉表が、煮えきらないようです」張繡は、もっと兵を貸してくれと言っているようですが」

劉表には、孫策という難敵がいる。孫家にとっては、孫堅を殺した劉表は仇敵のだ。特に、黄祖が実際に手を下したとして恨まれているはずだった。その黄祖を、劉表は孫策と対峙させている。一見、挑発しているようにも見えるが、黄祖さえ討

袁紹は主力で北にむかっているし、いずれにしても荊州が大きく動くことはない。
「ちょっと進軍が遅すぎる、と殿は思われませんか?」
「十七万の兵站は、たやすいことではないからな」
「しかし、曹操には、兵糧を蓄える期間は充分にあったと思います。秋の収穫を待って、出動したのでしょうか」
「ほかになにか考えがあるにしても、われらは動けん。遊軍を志願したが、認められなかった。この戦では、私は常に曹操のそばにいることになる」
「いくらか、疑われておりますか?」
「どうであろう。気持の底までは、読みにくい相手だ。そこが、呂布と違う」
「そのあたりに、私は曹操の魅力を感じます。どこか、深いところがあるのです」
「呂布は、確かに強い。しかし、あの男の悲劇は、その強さを使いこなしてくれる主に出会わなかったことです」
「まさしく、そういう気がする」
「呂布を使いこなせるとしたら、殿だけでございましたな。漢王室の復興という志を、もっと前から呂布に抱かせることができていたら、と思います。それが、

呂布という男に合った志だった気がします。曹操とは、絶対に合いません」
「こういうことになったのだ。もう遅い」
「わかっておりますが、漢王室にとっては、惜しんでも余りあります」
「おまえが、それを言うのか、応累。金だけが好きだったのではなかったかな」
「金は好きでございます。食わせてやらなければならない手下たちが、二十人もおりますので」
「そうだな」
「私は、殿の家臣になりました。心の中だけのことでありますが。金だけが欲しければ、殿より金持の将軍は、いくらでもいます」
応累が、細い眼でじっと劉備を見つめてきた。
「漢王室の復興を願う気持が、私にもあるのですよ、殿」
「それを感じてはいたが、言葉として聞くのははじめてだな」
「これからも、申しあげません」
細い眼は、まだ劉備を見つめていた。

　大軍を前にしても、呂布は城外で兵の調練をくり返した。

曹操軍が、大量の丸太を運んでいる、という情報が入ったからである。丸太は、馬止めの柵のためとしか思えなかった。馬を使わせないのだ。曹操は、作戦のすべてにそれを徹底させてくるだろう。

柵は、除けばいい。弓手が配置されているので、騎馬で近づくのは危険すぎる。矢避けの大楯に隠れて、這うように歩兵が近づいていけばいいのだ。敵が追い散らそうと出てきた時は、騎馬隊が掩護する。

つまり、歩兵と騎馬が連携した動きが必要だった。柵さえ除いてしまえば、あとは縦横に騎馬を使える。

騎馬隊の動きは、その場その場で決める。呂布が考えているのは、ただひとつのことだけである。

練を、騎馬隊は積んできた。呂布が指揮する通りに動けるだけの調本陣を衝く。曹操の首を取る。

この曹操の大軍を前にして、陳宮もようやく腰を据えたようだった。とにかく、無駄騎馬隊があるかぎり、呂布はそう思っていた。

のないように、小沛や彭城など、下邳の前衛となる城に兵糧を分配する。通信の態勢も整えておく。兵糧が不足した場合、すぐに下邳から送るために、予備の輜重用意しておく。蓄えられている武器も、厖大なものになっていた。間者も放ち、曹

操軍の陣容を克明に調べてもいる。

呂布は、兵站のことなど考えずに、調練に打ちこむことができた。寝泊りも、城外の幕舎で、麾下の兵とともにしている。

「小沛の陳登ですが、二千ほどの自分の軍勢だけです。こちらから、あと三千ほど送った方がいいのではありませんか?」

一日に一度、陳宮は城外の幕舎にやってきて、報告やら進言やらをした。

「いまは、一兵も割けん。それに曹操は、小沛を囲むような真似はしません。俺と、まともに勝負に来るだろう」

「とは思いますが」

「結着がつかない時は、張遼を小沛に入れる。二万の軍だ。その時のための兵糧が、小沛にあればいいのだ」

張遼が小沛に拠る、というところまで、呂布は考えていなかった。ただ、速戦で勝てなければ、あとは籠城して敵の兵糧が尽きるのを待つしかない。

そこまでいけば負けだ、と呂布は思っていた。ただ生き延びるということにすぎない。そんな戦は、自分の戦ではなかった。

急ぎの調練だが、歩兵の動きは悪くなかった。大楯も、大量に作らせてある。と

にかく、柵に近づければいいのだ。
陳宮が放った間者が、曹操軍の陣容を調べてきた。先頭で進軍している。輜重もかなりの数だが、曹操はその後ろで、追い返した夏侯惇、名誉挽回のためなのか、それから部将の名が十数人並んでいた。曹操のどこかに拠点を置いて確保するつもりのようだ。糧道は許都から継ぐのではなく、ずっと近い兗州のどこかに拠点を置いて確保するつもりのようだ。

「劉備がいない、これでは」

「はい、劉備とその麾下は、曹操の旗本と一緒になっております。曹操と劉備は、馬を並べて進軍している恰好で」

「なるほど」

曹操は、劉備を使う気はない、と呂布は思った。自分の力だけで、この戦を勝ってみせようという気なのだ。

「歩兵が担いでいる丸太の分量は、相当なものに達します」

二重、三重の柵を作る気なのか、と呂布は思った。それも、前衛にだけではないのかもしれない。しかし、陣の中にも柵を作るというのは、味方の退路を断つことにもなる。

「騎馬は、およそ二万五千。一万と一万五千の二隊に分かれております」

実戦になれば、それはもっと分かれるはずだ。五千を一隊として、五隊。これが機動性を持って動けば、やはり手強い。
 ひとりになると、呂布は幕舎で地図に見入った。丘や小川まで記した、徐州の克明な地図である。曹操は、どこを戦場に選ぼうとするのか。小沛、彭城、下邳という順で、こちらの拠点は続いている。
 自分が大軍を擁していたら、彭城と下邳の間に布陣する、と呂布は思った。大軍が生かせる、平坦な地形だ。そしてそこなら、呂布も闘いやすい。騎馬隊を、どこにでも駈け回らせることができる。
 袁術が攻めこんできた時は、いくつにも分かれて進軍してきた。曹操軍には、別働隊と呼べるようなものは、まったくいない。
 曹操軍が、小沛を素通りし、彭城を囲んだという知らせが入った。彭城の防備は甘く、守兵も少ない。翌々日には、彭城が抜かれたという知らせだった。
 下邳と彭城の間。思った通り、そこに布陣だろう。だから小沛を素通りし、彭城は抜いた。奇策を採ろうとはしていない。正面から、堂々とぶつかり合おう、と伝えてきているようなものだった。
 翌日には、先鋒の夏侯惇が兵を展開させはじめた。小高い丘に、曹操の旗本は陣

取っているという。本陣の位置まで、呂布が考えた通りだった。その分、手強いことも確かだった。奇策では、その本陣に達することはできない。
　大軍の利を、曹操は充分に生かしていた。
　呂布は、全軍を下邳に集めた。六万五千での出撃である。騎馬隊は一万。軍議は開かず、各隊の配置の指示だけを、呂布は出した。曹操軍は、二万五千の騎馬隊を並べ、その背後で素速く柵を組んだ。二十里（約八キロ）にも及ぶ長い柵が外周で、その内側に、十里（約四キロ）の柵がある。弓手も配置されていた。
　館を出る時、呂布は李姫に赤い布を首に巻いてもらった。いつものように、黒ずくめの麾下が先頭である。
「外周の柵は、それほど問題はないと思います。ただ組んであるというだけで、破るのに造作はありません。内側の柵は入り組んでいて、やはり歩兵が這うように近づいて、倒すしかなさそうです」
　報告してきた高順に、呂布は黙って頷いた。
　すでに、始まっている。柵があれば、破るしかない。敵が遮れば、蹴散らすしかない。
　じわりと、呂布は赤兎の腹を締めつけた。

5

 壮大な陣だった。
 柵の後ろ八里(約三・二キロ)の丘の頂が、曹操の本陣だった。本陣の背後にも、三重の柵が組まれている。
 曹操は、自ら退路を断っていた。
「さすがに、いい覚悟だ」
 柵から本陣までの間は、歩兵が魚鱗に配置されている。騎馬は、両翼に一万ずつ、本陣の前の丘の斜面に五千だった。
 呂布が指示した陣形も、できあがっていた。前衛に一万の歩兵。第二段に張遼の五千の騎馬隊。第三段に、四万の歩兵の方陣。第四段は本陣で、五千の騎馬を鶴翼に拡げた。
 曹操の本陣までは、遠かった。魚鱗を何枚突き破れば、本陣に達するのか。騎馬で突き破り、歩兵で崩す。その方法しか呂布には見えなかった。
「高順」

「やれ」

呂布が呼ぶと、すぐに高順は馬を寄せてきた。

高順が、大声を出した。太鼓。前段の一万の歩兵が、ゆっくりと進みはじめた。柵に取りつくまでに三百、一里（約四百メートル）ほど柵を取りのけるのに百ほどの兵が、矢で倒れた。外周の柵にいた弓手は、歩兵が取りついた段階で、内側の柵にまで退がっていた。

内側の柵は迷路のように作られ、人が通り抜けられるほどの隙間が、何十カ所か開けてあるようだ。後退した弓手は、柵に吸いこまれるように、内側に消えた。柵は、すぐには除けなかった。柵に取りつくまでに、五百ほどが倒された。

前段の歩兵が、また進む。張遼は、いつでも突っこめる態勢で待っているが、柵の内からは、矢だけでなく、槍まで突き出してくるのだ。

四万の歩兵を前に出した。

長い縄をつけた鉤を、柵にとりついた兵がかける。それを後方から引っ張る。柵が倒れ、引き摺られる。それでも、まだ柵はある。次々に、そうやって柵を除いていった。呂布はまだ、本陣から動いていない。じっと、曹操の本陣の方に眼をやっていた。

「殿、あれを」
 高順が指さした。最後の柵に、鉤がかけられようとしていた。すでに、歩兵は二千ほど倒されている。それでも、一カ所が開いた。そこから、張遼が縦隊で突っこんでいった。
 柵が、さらに除かれた。
 呂布は、軽く片手を動かした。本陣の騎馬が、ゆっくりと進みはじめる。あとは、人間の柵を突き破っていけばいいだけだ。
 張遼は、縦列の騎馬隊を、鞭のように使っていた。敵にぶつかっては、反転する。それが、鞭のように見えるのだ。
「高順、行け。敵は大軍だ。味方が先に参るだろう。しかし、休ませるな」
「見ていてください」
 高順が、五千を率いて駈けていく。呂布のまわりは、三百五十の麾下だけになった。
 黒きけもの。呂布は、まだ押さえていた。
 高順が加わったことで、騎馬隊の破壊力は倍加した。二枚、三枚と魚鱗が剝がれていく。それでも、曹操は動いていない。曹操も、自分を見ている、と呂布は思っ

呂布が駈け出した時、曹操の騎馬隊も動くだろう。呂布は、方天戟を横に構えた。それを胸の高さにあげた時、赤兎は駈け出していた。

騎馬が剝がした魚鱗の場所を、歩兵が確保していく。それがよく見えた。敵の騎馬隊。一斉に動きはじめた。間違いなく、自分だけを狙っている、と呂布は思った。高順の騎馬隊が反転し、敵の騎馬隊とぶつかった。押し合っている。張遼の騎馬隊も、魚鱗を剝がす余裕はなくなっていた。

呂布は雄叫びをあげ、方天戟をふりかざした。赤兎が、駈ける。黒きものが駈ける。魚鱗を、三枚ほどひと息で突き破った。弧を描くように、反転する。敵の騎馬隊の側面に出た。赤兎が、頭を下げて猛然と突っ走りはじめた。はじめの五、六頭は、赤兎が弾き飛ばした。方天戟。俺の躰の一部だ、と呂布は思った。首が、四つ五つと飛んでいく。首のない屍体が馬から落ちる前に、赤兎はその脇を駈け抜けていた。麾下の兵。ついてくる。それぞれが、片側の敵だけを相手にする。それで、馬の速さを緩めなくても済む。二列の縦隊だった。駈け抜けた。

張遼の騎馬隊が、押しはじめていた。右翼から出てきた敵。高順との押し合いだった。側面に回り、再び呂布は方天戟をふりかざして駈けた。敵が崩れていく。そ

こを、高順の騎馬隊が押す。
敵の騎馬隊を、押しのけた恰好だった。魚鱗の中に食いこんだかたちで、歩兵を前面に出し、呂布は両側に張遼と高順の騎馬隊を集結させた。
丘の頂の本陣。まだ遠い。しかし、曹操の姿は、はっきりと見えた。
曹操は、明らかに緊張の極限に達していた。劉備が声をかけても、なにも聞えないようで、騎馬の闘いを食い入るように見つめていた。
馬止めの柵に、呂布の騎馬隊が突っこんできて、まず外側の柵を引き倒した。大楯で矢を防いだ歩兵が、亀の群れのように進んできて、矢でかなり倒したが、それでもやはり、縄をかけてだいぶ手間がかかっていたし、引き倒された。
そこまで、呂布の騎馬隊は一兵も失っていなかった。
柵の隙間から駈けこんできたのは、張遼の騎馬隊だった。さすがに、動きがよかった。土煙とともに突っこんでくると、魚鱗を二枚ほど剝がし、土煙の中に消えていく。柵の隙間が大きくなり、高順の騎馬隊も攻撃に加わると、魚鱗は見る間に引

き剝がされるようになった。その時、曹操は騎馬隊の攻撃を命じ、両翼から挟みこむようなかたちで、二万の騎馬隊が動きはじめた。押し気味で、張遼も高順も支えるので精一杯という感じだった。引き剝がしした魚鱗の位置は、歩兵が確保するという作戦だろうが、本陣からはその歩兵も魚鱗が包みこみそうな勢いに見えた。

その時、『呂』の旗を立てた、黒いけものが動きはじめたのだった。曹操の緊張が極限に達したのは、多分そのころからだ。

呂布の黒いけものは、正面の魚鱗に突っこみ、周囲を蹴散らしながら騎馬隊の側面に出ると、ほとんど原野を駈けるのと同じ速さで、その中を駈け抜けた。両翼の騎馬隊の中を同じように駈け抜けると、呂布は本陣の正面に戻ってきた。黒ずくめの、わずか数百騎の軍団。その与える威圧感が、展開した歩兵の中に小波のように拡がり、本陣にまではっきりと伝わってきた。

「曹操殿」

何度か声をかけると、曹操はようやく劉備の方へ顔をむけた。緊張のためか、蒼ざめた表情だった。

「騎馬隊の半数は、前面に回した方がいいと思います。残りの半分が、側面から攻める。それで、敵の疲れを待ち、同時に、歩兵を孤立させる。いかがでしょうか?」

「策としては、それが最上だろう。だが、勝てぬ」
「味方の騎馬は、敵に倍します」
「勝てぬ、それでは。勝てるものか。あの呂布の騎馬隊を見てみろ。まるで、魔神としか思えぬ。あの騎馬隊に、誰が騎馬隊で勝てるものか」
「疲れさせるのです。次々に、攻撃をくり返すのです」
「疲れさせるのです、まず。次々に、攻撃をくり返すのです」
 劉備がそう言った時、呂布の騎馬隊が一斉に駈け出していた。劉備も、もう喋る余裕はなくなった。正面からぶつかってきた敵の衝撃は、陣全体を揺り動かした。両翼に退がっていた騎馬隊が、再び突っこむ。土煙が、本陣まで流れてきた。騎馬のぶつかり合いは、ほとんど見えなかった。地鳴りが、不気味に響いてくるだけだ。
 静かになった。
 呂布の騎馬隊は、内側の柵際のところまで退がっていた。土煙の中に、黒いけものの姿がぼんやりと見えた。
「曹操殿、こういうぶつかり合いは、敵に休息を与えることになります」
 曹操は、返事をしなかった。緊張はしているが、自分を失っているようには見えない。ただ劉備を無視しているだけだ。劉備は、口を噤んだ。曹操の隣に胡床をあ

てがわれ、副将という位置にいるが、それだけの話だった。劉備軍も、後衛に回されている。

これは、曹操の戦なのだ、と劉備は思った。曹操と呂布の闘いとして、自分はただ見ていればいい。

呂布の歩兵は、二つの方陣を作って、こちらの魚鱗とむかい合う恰好で、固着していた。魚鱗の陣は、攻撃というより守りだが、この場合はそれでいいだろう。本陣は、歩兵と五千の騎馬が守る。堅実な作戦だった。ただ、どこか曹操らしくない。本陣が、消えた。点々と散らばっているのは、味方の屍体がほとんどだと思えた。

土煙が、一瞬の静寂が包んでいる。

戦場を、呂布の方天戟が振りあげられた。雄叫びが、本陣まではっきりと聞えた。黒いけもの。駈けはじめる。二つの方陣の間を通って、真直ぐに魚鱗に、いや本陣にむかってくる。敵も味方も、騎馬隊は駈け出していた。土煙が戦場を覆う。地鳴りが、本陣にまで伝わってくる。また、呂布は柵際まで戻った。ほとんど、損害は受けていないように見えた。戦場に散らばる、味方の屍体が増えているだけだ。

呂布の戦のやり方だった。最初の馬止めの柵こそ、自分の戦をやろうという曹操の意志が見えたが、その柵が破られると、呂布の闘い方に持ちこまれていた。大軍

を生かしているので、まだ余裕はあるが、呂布の攻撃がこれ以上くり返されると、どうなるかはわからなかった。何度も、劉備はそう思った。敵のやり方に乗って、戦をするような男ではないはずだ。

夏侯淵、郭嘉、于禁の、極秘の調練とはなんだったのだ、と劉備はふと思った。調練をした気配は、いまのところなにも見えない。

「馬だ」

曹操が言った。許褚が、曹操の馬を曳いてきた。劉備も、関羽が曳いてきた馬に乗った。その姿は、呂布からよく見えているはずだ。

「夏侯淵」

曹操の声は、緊張で固かった。

「郭嘉、于禁もいいな。はじめるぞ」

曹操が片手をあげると、前にいた五千の騎馬隊が、小さくかたまりはじめた。

呂布は、本陣の動きを見ていた。

曹操が、乗馬した。間違いはない。劉備もそこにいる。

魚鱗の陣をとっていた歩兵が、二手に分かれ、方陣に組み直しはじめた。正面が、ぽっかりと開いた。馬で勝負を決める。曹操は、そう決断したようだ。呂布も、自軍の歩兵を後方に退げた。
「両翼に一万騎ずつ。正面に五千。正面の騎馬隊は、斜面を駈け降りながらぶつかってきます。ただの五千と見るわけにはいきません」
　高順が言った。
「歩兵に、こちらを押し包む余裕を与える前に、本陣まで達することができるかどうかです」
　張遼が言い、呂布は頷いた。厳しいが、やってやれないことはない、と呂布は思った。鍛えあげた騎馬隊なのだ。馬の勝負に持ちこめたところを、逃すべきではなかった。
「正面の騎馬隊は、われらが斜面に差しかかった時に、駈け降りてくるつもりだ。俺が、麾下と真中を突っ切る。両翼からの攻めは、なんとかかわして駈け抜けるのだ」
「殿、われらが駈けはじめると同時に、両翼の騎馬隊に歩兵を当てましょう。それで、うまく斜面まで駈け抜けられるかもしれません」

両翼二万の騎馬隊は、こちらが駆け抜けてしまえば、背後から攻めてくるかたちになる。それは、いとわなかった。後ろは、どうでもいいのだ。前にいる曹操の首。届く。届いてみせる。

魚鱗の陣が払われたあとは、ずっと、斜面まで土だった。広い。どれほどの大軍の布陣だったのか、その広さを見てよくわかる。

「突っ走るぞ、赤兎。丘の上にいる男。あのひとりだけが敵だ。そこまで、渾身の力で駆けあがろうぞ」

呂布は、黒い方天戟を横に構え、ゆっくりと前へ出た。麾下の兵がついてくる。騎馬隊がついてくる。方天戟を胸の高さにあげると、赤兎は駆けはじめた。両翼の、敵の騎馬隊はまだ動いていない。

呂布は、頭上に方天戟をかざし、穂先を曹操にむけた。叫ぶ。赤兎が、猛然と駈けはじめた。両翼の騎馬隊。動きはじめた。しかし、駆け抜けられる。曹操の姿が、大きくなってきた。あと一里もない。

不意に、呂布はなにかおかしなものを感じた。土。地面。そこが、おかしい。はっとして、呂布は片手をあげようとした。その瞬間、地面から槍が突き出してきた。十本。百本。

いや千本。槍の原野だった。赤兎が、棹立ちになる。横をむいた。麾下の兵が、騎馬隊が、自らの勢いで槍に突き刺さっている。
「鉦を打て」
呂布は叫んだ。鉦を打つ者も、倒れたようだ。赤兎は、横に駈けている。地面から突き出した槍は全部同じ方向で、横に駈け、跳び越えれば、なんとか避けられる。
「退け。全軍退けっ」
力のかぎり、呂布は叫んだ。敵の歩兵が、矢を放っていた。槍に突き立てられず、かろうじて踏み留まった者も、次々に矢で射落とされていた。
槍の原野をなんとか抜け、呂布は敵の歩兵の中に躍りこんだ。蹴散らしていく。
麾下の兵が、十数名後ろについていた。
「退かせろ、全軍退かせろ」
方陣を組んでいた歩兵は、敵の騎馬に追い散らされている。その騎馬の中へ、呂布は駈けこみ、方天戟を頭上で振り回した。馬を失った高順が、槍を突き出しながら走っていた。
麾下の兵が、ひとりを叩き落とし、馬だけ高順の方へやった。張遼は、なんとか馬を失わなかったようだ。

「退却する。俺と高順は下邳。張遼は、なんとか小沛に辿り着け」
 敵の中を駆け抜けた。遮ってくる者は、方天戟で叩き落とした。馬の背にしがみつくようにして、前を駆ける者。胡郎だった。
「遅れるな、胡郎」
 追い抜きざまに、呂布は叫んだ。赤兎は駆け続ける。一度ふりむき、呂布は愕然とした。ついてくる麾下が、二十騎に満たないのだ。全軍でも、三百騎ほどだった。全身を駆け回る憤怒を、呂布はなんとか押さえこんだ。赤兎が、駆ける。下邳の城門。呂布を見て、扉が開いた。
「弓手は城壁につけ。門は開けたままにして、味方を入れるのだ。闘える者は、すべて城壁に登れ」
 赤兎を飛び降りると、呂布も矢を抱えて楼塔に登った。味方の騎馬が、駆けこんでくる。時々、黒ずくめの麾下も混じっていた。敵の騎馬。呂布は、楼塔から射て、一矢でひとり馬から落とした。
「矢を運んでこい」
 城壁の兵にむかって叫ぶ。次第に、戻ってくる味方が増えてきた。歩兵も、戻りはじめている。陽が落ちかけていた。城門では、篝が燃やされはじめる。戻ってき

た兵を集め、高順が迎撃の態勢を作ったようだ。近づこうとしてくる敵は、呂布が射落としている。どれほどの兵が戻ったのか。完全に陽が落ちると、敵の姿は消えた。同士討ちを警戒したようだ。それを待っていたように、続々と兵が戻ってきた。
「騎馬二千、歩兵一万五千が、戻っております」
「二千」
 高順の報告を聞いて、呂布は再び愕然とした。麾下の兵にいたっては、六十二騎しか戻っていなかった。城壁からも、矢は次々に射られていたように、続々と兵が戻ってきた。
「呂布様、赤兎が」
 胡郎が、泣きながら走ってきた。
 赤兎が、傷を受けていた。右胸のところから、血を流している。尻に矢も突き立っていた。この傷で、赤兎は城まで駈け通してきたのか。でなければ、鏃がひっかかる。胸の傷は、矢を抜くために、少し肉を切り開いた。まだ、血は流れ続けている。槍によるものだった。
「耐えられるな、赤兎。耐えてくれ」

鉄を、篝の火で赤く焼かせた。赤兎の首を抱き、それを傷に押しつける。肉の焼ける匂いがしたが、赤兎は首ひとつ動かさなかった。掌に掬って、水を与えた。あまり飲もうとはしなかった。館の厩へ連れていくと、赤兎は力尽きたように藁に横たわった。
「済まぬ」
首を抱いた。
赤兎は、眠ったようだった。死んだのではないかと思ったが、息はしていた。
「さきほどから、陳宮様が外でお待ちです。赤兎のそばには、私がついています」
「わかった」
呂布は腰をあげた。しばらく、そうしていた。
陳宮は、籠城のための兵の配置を説明し、それでいいかと訊いてきた。陣頭に立って、指揮を執ったようだ。
「済まぬ、陳宮。まんまと、曹操に嵌められた。兵も馬も、失った」
「高順殿から聞きました。曹操らしい、勝てばそれでよいという戦ぶりです。撤退は、恥じることではありません」
「弁解はせぬ。俺は、兵たちの前で、自決しよう」

「なにを申されます」
「これだけ兵を失った俺が、生きていられると思うか?」
「殿。この戦は、曹操と殿の戦です。大将のどちらかが死んだ時が、勝敗が決する時。殿は、まだ生きておられるではありませんか」
曹操は、どうでもよい。死んだ兵のことを、俺は言っている」
「死んだ兵も、最後に勝てば、喜びます。われらには、まだ小沛と下邳の城があるのです。特に、下邳の兵糧は尽きません。曹操の大軍の方が、先に干上がります。戦は、まだ続いているのですよ」
呂布は頷いた。確かに、まだ戦は終っていない。自分か曹操が死んだ時が、この戦の終りなのだ。そして自分には、自決する資格はない、と呂布は思った。
「よし、陳宮。籠城の配置は、おまえが言った通りでいい。あとは、小沛との連絡をどうするかだ」
しかし、それを思いつく前に、結果は出ていた。小沛から早馬が来て、陳珪、陳登父子が曹操に寝返っていたというのだ。張遼は、八千ほどの兵を率いて、下邳にむかってくるらしい。
曹操が、張遼を襲ったという知らせはなかった。早馬の二日後、疲れ切った張遼

の軍を、呂布は下邳城に収容した。城に籠る人数を多くする。それで、兵糧が尽きるのを早める。そういう作戦だろう、と呂布は見た。陳宮は笑っていた。いまの人数だと、充分に二年分の兵糧はあるというのだ。
曹操の大軍が、ゆったりと下邳城を囲んだのは、張遼が戻った翌日だった。

6

長い籠城になりそうだった。
寝返った陳珪、陳登父子には、兵糧は二十日分と教えてある。籠城二十日を過ぎたころから、曹操はなにか攻勢をかけてくるだろう。
それは当然、曹操の耳に入っている。
籠城五日目に、曹操の本陣が城門の前に移動してきた。およそ四百歩。そこに天蓋と台が作られ、椅子がいくつか置かれている。本営としている幕舎はずっと後だったが、曹操は毎日そこまで歩いてきて、城を眺めているつもりらしい。
「殿、あれでございますな」
陳宮が言った。台の両脇に、十本ほどの槍が穂先を並べていた。横木をわたして

十本は固定してあり、下にわたした丸太の穴に、石突きが突っこんである。縄で引くと、穂先の方だけが持ちあがる仕掛けだった。それを、原野一面に埋めてあった。そして騎馬隊が駈けこんだ時、一斉に縄が引かれ、穂先の方が持ちあがって地面から斜めに突き出してきたのだ。

「考えたものだ」

「卑怯とも、私には思えますが」

「いや、曹操は、俺の騎馬隊をどうやって潰すか、知恵を絞ったのだ。ありとあらゆることを考え、あの道具を作り、調練を重ねた。歩兵が運んできた丸太など、俺を騙すものにすぎなかった。騙された俺の方が、愚かなのだ。あの馬止めの柵は、以前虎牢関で使われた。俺が破る方法を考えることぐらい、曹操は織りこみ済みだったのだろう」

「殿を怒らせようと、あそこに並べているのでしょうね」

「自分の馬鹿さ加減を、嗤うだけだ、俺は」

城外には、曹操軍が充満していた。しかし、強引に攻めてこようとはしない。こちらも、守兵三万を編成し直して、常時一万が城壁についている。攻めれば、相当の犠牲を覚悟しなければならないのだ。

「曹操が、来ました」

劉備も、一緒だった。何人かの幕僚と、曹操は台に昇り、椅子に腰を降ろした。

「行きましょう、殿。そのうち酒を飲んだりしはじめるに決まっています」

呂布は頷いた。

城壁を降りると、そのまま馬で館に行った。厩に、赤兎がいる。赤兎はもう横たわらず立っていたが、傷口の具合はよくなかった。尻の矢傷はきれいに塞がったが、胸の傷は腫れて熱を持っている。

胡郎が、昼も夜もそばにいた。

「このままだと、傷はもっと腫れます。どうすればいいのでしょうか?」

呂布が入っていくと、胡郎が立ちあがり、泣きながら言った。呂布も、どうすればいいかわからなかった。これまで、傷ついた馬は殺し、肉を食らっていたのだ。

赤兎が呂布を見る。

助けてくれと言っているようでもあり、早く殺してくれと訴えているようでもあった。

「傷が、なぜ腫れたのだろうか?」

「毒が入ったのです。そして、躰の中で増えているのです」

胡郎は、まだしゃくりあげている。
「おまえはいい。しばらく休め。今夜は、俺が赤兎についている」
「でも」
「長くなるかもしれん。この籠城と同じようにな」
「このまま、赤兎が死んでしまうことはないのでしょうか？」
「ない」
言ったが、呂布の背筋に、冷たいものが走った。
「私は、城内を走り回って、薬を捜しました。傷の薬をいくつも塗ってみたのですが、効きません。でも、馬の怪我を治せる人はいるのですよ。私は、見たことがあります」
「城内にいなければ、どうにもならん」
「そうですね」
「行け」
頭を下げ、胡郎は厩を出ていった。
呂布は、藁の上に腰を降ろした。痛むのか、赤兎は時々左脚を持ちあげている。

赤兎がこのまま死ぬかもしれない。胡郎が言った言葉が蘇ってくる。そんなはずはない。何度も、自分に言い聞かせた。たかが槍ぐらいで、赤兎が死ぬか。尻の傷は、きれいに治っているのだ。

 とうとうとした。赤兎が前脚を動かすたびに、眼を開いた。夜更けに、呂布は立ちあがり、赤兎の首を抱いた。寒くなっていたのだ。赤兎の首は、暖かかった。胸の傷のところは、もっと熱い。

 長い旅だったな。赤兎に語りかけた。二人で、思うさま原野を駈けた。おまえと、俺の戦だった。ほかの誰のものでもなく、おまえと俺の闘いだった。

 俺は、老いはじめたのかもしれない。そして、おまえはもう老いている。それでも、若いものに負けはしなかった。どんな馬より、速く駈けた。おまえを見ると、ほかの馬はみんな道をあけた。

 それでも、疲れたのか、赤兎。無理に、俺はおまえを駈けさせ続けたのか。安息の時を、おまえにやることもなかったのか。

 瑤が、はじめておまえを見た日のことを、思い出す。涙を流して、おまえに触れた。触れられることを、おまえはいやがらなかった。一度だけ、俺と瑤を乗せたことを、憶えているか。あの時、おまえは駈けたくても、瑤が心配で駈けられず、と

ぼとぼと、老いぼれのように歩いたものだ。そして翌日俺を乗せた時は、それこそ稲妻のように原野を駆け回った。やはり。そしておまえは、あの戦場からこの城まで、傷ついたまま俺を乗せて走った。つらかったのか。それでも、俺を死なせまいとしたのか。
 長い旅だったのだな、やはり。
 語り続けた。赤兎が相手なら、いくらでも語ることはあった。
 いつの間にか、夜が明けていた。
 胡郎が、呂布の朝食を運んできた。赤兎は飼葉をあまり食わなかった。呂布の掌から、水も少しだけ飲んだ。
「私が代ります。殿。李姫様が心配されております」
「いや、いい」
 それだけ言い、呂布はまた藁の上に腰を降ろした。赤兎が死ぬことがあるのか。それを考えると、胸が張り裂けそうになった。
「胡郎、赤兎を見ていろ」
 呂布は、大声を出した。

それから従者を呼び、一番強力な弓と矢を捜して持ってくるように命じた。
すでに陽は高くなっている。呂布は、城塔に登っていった。台の上には、曹操と劉備と、幕僚数人がいた。騎馬が、二千騎ほど台の両翼に展開している。親衛隊だろう。指揮をしているのは、大きな男だ。
強弓が届けられた。
「ひとりでは、引けませんが」
言う従者を、呂布は追い払った。矢も、ひときわ長く、太い。
「曹操、聞えるか」
呂布は、肚の底から声を出した。
「よく聞えるぞ。降伏するのか、呂布？」
幕僚のひとりだった。
「曹操、貴様の後ろに置いてある鎧を、俺がいまから矢で射抜いてやる」
「そこからか。見てみたいものだ」
四百歩。呂布は、弓を引きしぼった。祈る。祈りなどなんの役にも立たないと、瑶が死んだ時に思った。しかし、祈った。矢を放つ。曹操の横にあった鎧の胸に、それは突き立っていた。

しばらく静寂の時があり、不意に敵味方からどよめきが起きた。
「曹操、貴様を射殺す気になれば、俺はできた。命をひとつ貸しだ。それを返して貰いたい」
「なにが、欲しい」
親衛隊が遮ったが、それを押しのけるようにして、曹操の小柄な躯が前へ出てきた。
「劉備の部将に、成玄固という者がいる。呼んでくれ」
曹操が、劉備の方をふりむいた。

矢が鎧に突き立った時から、曹操の人間が変った。劉備は、矢が当たった驚きより、そちらの方に気を取られた。ゆったりとしていた表情がひきしまり、精悍になり、心の中のけものがいきなり顔を出したようだった。
「劉備殿、成玄固と言っている」
「私の、輜重隊の指揮をしている者です。袁術との戦の折りに、片腕を失いましたので」
「呼んでくれ」

劉備は、関羽が控えている方に合図した。
しばらくして、成玄固が馬で駆けてきた。
「何事です、殿？」
馬を降りた成玄固が言う。
「呂布が、おまえを呼んでいる」
「えっ」
「行ってくれ、成玄固。城壁のそばまで行って、話を聞くのだ」
言ったのは、曹操だった。
城壁から百歩ほどのところに、一礼し、ためらいも見せず、成玄固は馬に飛び乗った。
「成玄固、おまえは馬の傷を治せるか？」
城壁から、呂布が言った。馬の傷、と曹操が呟いた。
「傷によります。矢傷などは、治してやったことがあります」
「赤兎が、槍で傷ついた。治せるか？」
「見てみなければ、なんとも言えません。ただ、私は馬の怪我はよく治します。烏丸の者だけが使う、毒を消す薬も、持っています。私の腕の傷も、それで治しましたすべき馬を、殺さずに済んだこともあります。

成玄固は、懸命に喋っていた。曹操は、じっと二人の会話に聞き入っている。
「ひとりで、この城に入ることができるか、成玄固？」
「赤兎の傷を、見せてくださいますか、呂布様？」
「見て貰いたいのだ。いま城門を開けさせる。ひとりで来てくれ」
成玄固は、馬首を巡らすと、城門の前まで駈けた。橋が降ろされ、城門が開き、成玄固が城の中に消えた。
「赤兎馬が傷を負った。それを治すために、鎧を射て成玄固を呼んだ。そういうことになるな、劉備殿」
「確かに」
「私を射ることができたのに？」
「呂布というのは、不思議な男です」
「私の命が、赤兎馬より下ということとか。両軍の前で、呂布はそれを示したのか」
「あまり、お怒りになられますな、曹操殿。呂布は、われらに測り難いなにかを持っているのでしょう」
「怒ってはおらぬ。ただ、驚いた。まさか、あんな男がいるということにな」
「あの台は、危険でございますな。四百歩の距離に矢が届くとは」

成玄固は、その日も、翌日も、城から出てこなかった。
「呂布のやつ、なにを考えているのだ。曹操を射殺せたものを」
劉備の幕舎で、張飛が吐き捨てるように言った。曹操も、成玄固のことを心配していたが、口には出さなかった。

曹操は、物見台など取り払い、遠い幕舎を本営とした。十七万の大軍を擁しながら、奇策で呂布に勝った。夏侯淵をはじめとする三人の部将たちの、極秘の調練というのは、あの槍の扱いだったのだ。関羽も張飛も、成玄固のことを心配していたが、口には出さなかった。

関羽や張飛の感じ方と違って、卑怯だとは劉備は思わなかった。そこまでしても、曹操は勝たなければならなかったのだ。

三日目に、呂布が城塔に出てきた。

曹操と劉備は、馬を並べて五百歩の距離のところまで行った。なんとか、声は届く。曹操の前には、楯になるように十騎ばかりが出ていた。

「成玄固に、赤兎を預けたい」
「それは、おぬしが決めることだ」
曹操が叫んだ。
「赤兎を預けると、成玄固は劉備の輜重隊の指揮は執れん。それを気にしている」

曹操が、劉備を見た。
「輜重隊の指揮は、ほかの者でも執れる。私が許すと言ったと、成玄固に伝えてくれ」
「恩に着る、劉備。もっとも、こんな状態では返しようもないがな。それから、赤兎の世話に子供がひとりついている。一緒に通してやってくれ。曹操、これで貴様との貸し借りはなしだ」
「待ってくれ」
曹操が駈け出した。追おうとした者を、手で払うようにして後ろに退げた。劉備だけが、そばについていた。
「降伏してくれ、呂布殿」
「降伏だと。笑わせるな」
「本気だ。降伏して、私とともに天下を目指そう。呂布殿が騎馬隊を率い、私が歩兵を率いる。これで、天下に並ぶ者ない軍団ができる。頼む。天下平定ののちは、二州の主となって貰う」
「なりません」
劉備は小声で言った。

「呂布が、丁原と董卓という二人の主をどうしたか、思い出してください、曹操殿」
「頼む、呂布殿。私に降伏してくれ」
曹操は、劉備の言うことを聞く気はないようだった。
「私と呂布殿が一体になれば」
「やめろ、曹操。男には、守らなければならないものがあるのだ」
「なんなのだ、それは?」
「誇り」
「おぬしの、誇りとは?」
「敗れざること」
それだけ言い、呂布は姿を消した。親衛隊が、素速く曹操を包みこんだ。小柄な曹操は、馬上でうつむいていた。
しばらくして城門が開き、三頭の馬がゆっくりと出てきた。ひときわ大きな馬体の赤兎にだけ、誰も乗っていなかった。
成玄固は、曹操に挨拶をし、劉備の幕舎の前まで来た。赤兎は、喪章のように、白い布を胸に当てている。

「傷の中が、膿んでおりました。切り開き、膿を出し、傷口を縫い合わせました。傷は、もう大丈夫だろうと思います」
「そうか。赤兎はもとのように走れるか?」
「いずれは。海西まで、のんびり歩いていきます。馬は、動きながら傷を治した方がいいのです。海西で完全に治したら、白狼山へ行きます。馬を飼っている洪紀の、手伝いをしようと思います。赤兎の子を、殿にお届けいたしますよ」
「呂布殿に、返すのではないのか?」
「いいえ、呂布様は、赤兎と別れをなさいました」
不意に、城から一緒に出てきた若者が、声を放って泣きはじめた。
「男らしい、別れでございました」
「そうか」
呂布は死ぬつもりか、と劉備は思った。
「殿のもとで、戦がなにかもずいぶんと学びました。殿のお者を集めて、自分たちの馬は自分たちの手で守るようにしようと思います。男とは、こんなふうに別れるものだ、と呂布様を側にいたい気持もあるのですが、男とは、こんなふうに別れるものだ、と呂布様を側で見ていて思いました。特に、お別れの言葉も申し述べません。ただ、殿のお側に

「張飛が、声をあげて泣きはじめた。関羽は、しきりに遠くを見るような眼をしていた。

られてよかった、といま思っております」

曹操は、幕舎にひとりでいることが多くなった。下邳を攻めきれない。つまり、まともに攻囲をしていればだ。兵糧は二十日で尽きると陳登は言ったが、陳宮はしっかりと、別のところに兵糧を蓄えていたようだ。ひと月攻囲しても、兵糧が乏しくなった気配はどこにもなかった。こちらの方が、兵糧は欠乏してきている。

城内に、五鍋の者を入れてあった。陳宮、高順、張遼は徹底抗戦の意志が固いが、投降したがっている者も少なくない。

赤兎を外に出してから、曹操は毎日待っていたが、呂布は城塔に姿を現わさなかった。

袁紹の、公孫瓚攻撃が激しくなっていた。やがて、易城は落ちるだろう。袁紹の主力は、再び鄴へ戻る。その前に、なんとしても下邳は落とさなければならなかった。

自分は勝っているのか。それとも負けているのか。曹操が考え続けていることは、それだった。かたちでは、勝っている。当たり前だ。十七万の大軍を率いてきたのである。

しかし、どこかで、はじめから呂布に負けていた。そういう思いは、はじめての経験だった。たとえ負け戦でも、そんな思いに包まれたことはない。幕僚の進言で、川の水を引いて城に流しこんだ。それでも、城内にはそれほど大きな影響を与えなかったようだ。

呂布に投降を呼びかけてから、二十日近くが過ぎた。

そろそろ、潮時か、と曹操は思った。

ここは、かたちとして勝つしかないのである。

「はじめてみよ」

五錮の者を呼んで、命じた。

城内で、投降したがっている人間とは、すでに話は通じてあった。陳宮、高順、張遼のいずれかを捕えて、城を出てくるのが投降の条件である。

「明日の朝に」

五錮の者は、そう答えて姿を消した。

翌朝、曹操は劉備を連れて、城門から二里(約八百メートル)ほどのところへ行った。攻囲の構えは変っていない。ただ、城門付近に、騎馬隊の精鋭を集めてあった。

城門が、不意に開いた。陳宮と高順が、馬に縛りつけられている。出てきたのは、騎馬が三百、歩兵が四千というところだ。

城門は開いたままになっていて、しばらくすると、黒ずくめの騎馬隊が駈け出してきた。呂布である。こうなることを、曹操ははじめから予想していたような気がした。『呂』の旗も掲げている。

「いけません、殿。城内にお戻りください」

馬に縛りつけられたまま、陳宮が叫びはじめた。

「城内には、まだ三万近い兵がいます。兵糧も充分にあります。曹操軍は、もう干上がっているのですぞ」

「曹操」

呂布の声がした。

「陳宮を、見捨てるわけにはいかん。返して貰うぞ」

黒ずくめの騎馬隊。四十騎ほどである。駈けはじめた。見事な馬の動きで、やは

り一頭のけもののように見えた。

曹操は、片手をあげた。三百の騎馬。四十騎を、押し包もうとする。巧みにそれをかわしながら、呂布は降兵たちに追いつこうとしていた。もう三百。横から衝いた。

騎馬隊は方向を変えようとしたが、最初の三百がそれを遮っていた。ぶつかった。血が、雨のように両軍の頭上に降りかかった。突き落とされ、首を飛ばされ、躰ごと宙に舞いあがり、見る間に地面が屍体で埋まった。七、八十は討たれただろう。

押し包んでいた六百は、たじろいで退きはじめた。

呂布の騎馬隊は、三騎しか減っていない。

「怯むな」

新手を出した。呂布の方天戟が舞った。首が飛ぶ。血が降りかかる。駈けながら遣う呂布の方天戟の前で、まともに馬に乗っていられる者はいなかった。

騎馬隊は三十騎ほどに減ったが、呂布はほんとうに降兵たちに追いつきそうだった。

「弓を使え。射落とせ」

数百、数千の矢が、一斉に放たれた。六人七人と、馬から落ちていった。

「曹操」

呂布が叫んだ。方天戟が、曹操にむいていた。のどもとに突きつけられたような気がした。思わず、首が竦んだ。

もう一度、曹操、と叫び、呂布がこちらにむかって駈けてきた。躰には、数本の矢が突き立っている。それでも、ほとんどの矢を、呂布は方天戟で叩き落としていた。

来る。曹操は、本気でそう思った。呂布は決して死なない、という気がしてくる。背をむけて逃げ出そうとする気持を、曹操は必死に押さえた。

不意に、呂布の躰が宙に舞った。馬が射られて倒れたのだ。地面を転がり、立ちあがった呂布の躰に、矢が何本も吸いこまれていった。

7

海の魚。

成玄固は、いつかそれが好きになっていた。どうしても、骨に身が残ってしまう。しかし、胡郎のようにうまくは食えなかった。焚火で、獲った魚をあぶっていた。すでにところどころ黒く焦げ、いい匂いをあ

げはじめていた。
「白狼山は、冬は寒い。躰が凍える。地も凍っている。夏の間に蓄えた秣を、冬には与えるのだ」
「草も、生えないのですか？」
「生えている場所もある。時には、そこへ連れていって草を食わせる。しかし夏に蓄えた秣は、熱を持って腐ったようになり、やがて草ではないもののようになる」
「それが、馬を強くするのですね」
「不思議なことにな。北の馬がいいと言われるのは、それがあると私は思う」
赤兎は、ほとんど回復していた。傷は残っているが、縫い合わせた糸も、もう抜けなかった。
気分によっては、赤兎は海辺を駈ける。駈けはじめると、成玄固の馬でも追いつけなかった。
「洪紀という方は？」
「こんな話をするようになったのも、赤兎が回復してからだった。鍛冶屋の娘を、嫁に貰って、いま息子が二人いる。馬を三千頭ほど飼い、毎年一千頭は売っている」

「大きな商人なのですね」
「いや、馬飼いだ。本人は、そう言う。いつも、馬と一緒に暮していたいという男なのだ。三千頭を三万頭にし、一万頭を売るという夢を持っている。いつかは、実現するのではないか、と私は思っているよ」
魚が焼けたので、食いはじめた。
「劉備様という大将は、呂布様とはずいぶん違いました」
「そうでもない。似たところがある、と私は思っている」
「どこがですか？」
「どこかがだ」
「それではわかりません、成玄固様」
「感じているだけで、うまくは言えないのだ。似ている、と何度か思ったものさ」
「呂布様ほどの大将ではないのでしょう？」
「大将になる方は、どのお方がどうと、較べられはしない」
「そうでしょうか。呂布様は、とても強い人ですよ」
「私の友だった。関羽や張飛も、とても強い。しかし、劉備様の家来なのだ」
魚は、湯気をあげている。白い身の魚で、ほんのちょっとの岩塩で食うと、やめ

られなくなるほどうまい。胡郎は、よくこの魚を獲ってきた。成玄固も試みてはいるが、まだ一尾も獲ってはいなかった。
「片腕をなくした時は、激しい戦だったのですか?」
「いや、つらい戦だった」
「どう違うのです?」
「おまえは、難しいことばかり訊くな」
「痛かったのでしょう?」
「傷を負った時は、わからなかった。そういうものなのだ。切り落とした時は、気を失うほど痛かったがな」
「いやですね、戦は」
「まったくだ」
「それでも、成玄固様は、軍人だった」
「闘わなければならない時があると、劉備様に教えられたのでな。これからも、そういう時は片腕でも闘うつもりだ」
「どういう時に、人は闘わなければならないのですか?」
「また難しいことを訊く。そういうことは、白狼山に行ってから、洪紀に訊くとい

い。馬飼いのくせに、学問が好きで、劉備様に教えられた。だから洪紀は、いつも劉備様を先生と呼んでいる」
　魚と、城郭で買ってきた少量の餅。めしは、それで充分だった。秣だけは、不足しないように買ってある。
「ところで胡郎は、馬の世話をしているところを、呂布様に拾われたと言っていたな」
「海西の城郭の、兵隊の馬です。秣をやり、糞を片づけ、躰を拭いてやる。それで、めしにありつけたのです。馬は好きだから、苦になりませんでした」
「両親は？」
「わかりません。父は兵隊に行って、母はいなくなりました」
　陽が落ちてきた。
　成玄固と胡郎は、三頭の馬の世話をし、海辺に建てた小さな小屋に入った。海西に来てから、よく眠れるようになった。成玄固は、そう思った。思った時は、もう半分眠りに落ちていた。
　翌朝、胡郎が魚を獲りに行っている間、成玄固は赤兎と波打際を歩いた。傷を受けた馬は、心になにか残っている。こうやって一緒に歩いて、それがな

かを見つけ、癒してやることが大事なのだ。
赤兎は、雄々しかった。心の傷など、決して成玄固には見せなかった。それでも、呂布と別れた傷はあるはずだ。
だから、語りかける。海の話をする。白狼山の話もする。話の中に、呂布のことを入れる。そういう時、赤兎は必ず首を振った。
「いい馬だ、おまえは。私が知っているかぎり、おまえと較べられる馬はいないな」
いつものように、成玄固は赤兎に語りかけた。
「白狼山に行ったら、ほかの馬たちがおまえを見て、どうするか愉しみだ。雌馬は寄ってくるぞ。間違いない」
いくらか風があるが、波は穏やかだった。遠くに、胡郎の姿があり、手を振っているようだった。なくした方の手を振ろうとして、成玄固は苦笑した。
不意に、赤兎が立ち止まった。どうしたのかとふり返った時、赤兎は前脚をあげて棹立ちになった。それから、海の中に駈けこんでいった。
「赤兎」
慌てて、成玄固は赤兎を追った。赤兎は、沖へ沖へと進んでいく。すぐに深くな

「赤兎、赤兎」

成玄固は、叫びながら進んだ。背が立たなくなった。水をしたたか飲んだ時、成玄固は自分が泳げないことにようやく気づいた。もう、爪先はまったく海底の砂に触れなかった。もがいた。一度海面に顔が出たが、うまく息は吸えなかった。なにかが手に触れ、必死でそれにしがみついた。成玄固の右手が握っていたのは、赤兎のたてがみだった。

岸の方にむかって、赤兎は戻る。やがて、足の先が底に着き、胸の深さになり、腹のあたりになった。成玄固は、何度も大きく息をついた。

赤兎は、じっとしていた。

「そうか。呂布様が死なれたのか」

赤兎は動かない。溢れ出てきた涙を、成玄固はまた失った左手で拭おうとした。

「英雄だった。おまえが馬の中の英雄であるように、呂布様は人の中の英雄だった」

赤兎の首を、右手で抱いた。赤兎はじっとしていた。

成玄固は、波の音と自分の嗚咽を、一緒に聞いていた。

滅びし者遠く

1

あと一歩のところまで、追いつめていた。

易城は、堅牢というより、執拗な防備をした城だった。ひとつひとつの防備はそれほどでなくても、二十、三十とそれが城を取り囲んでいるのだ。ひとつひとつの防備はどんな防備でも、無理に破ろうとすれば、必ず犠牲が出る。袁紹は、薄衣を剝がすように、それをひとつひとつ時をかけて除いていった。

攻城戦とは、こういうものである。一時は幽州全土に勢力をのばしていた公孫瓚も、いまは易城という、狭い場所に押し込められ、最後のあがきを見せている。公孫瓚につこうという勢力は、幽州にはもうないのである。

何度も、降伏の勧告はした。助命し、北平郡の太守のままで置く、とも伝えた。

公孫瓚は、こちらの言うことを信用していない。

無論、袁紹も助命すると言うだけで、公孫瓚を生かしておこうとは思わなかった。

一族郎党は、嬲り殺しにしてもあき足らない。

公孫瓚が、意地を張らずに自分に従ってさえいれば、河北はたやすく押さえることができた。曹操をこれほど大きくすることもなかったし、弟の袁術を増長させることもなかった。

幽州に公孫瓚がいたがゆえに、自分の覇業は大きく滞ることになった。

公孫瓚は、いま黒山の賊徒、張燕の救援を仰ごうとしている。幷州黒山の賊徒も、袁紹が長年抱えた宿痾のようなものだった。

この二人は、以前から秘かに連携しているのだ。袁紹が公孫瓚を攻めると、黒山から出てきた張燕が冀州を荒らし回る。張燕を押し潰そうとすると、山伝いに幽州へ逃亡する。両方を押さえておくために、兵力のかなりの部分を割かなければならず、袁紹は何度も歯嚙みしたものだった。

曹操が、徐州の呂布を討った、という知らせは入っていた。曹操が中原に力を持つと、厄介なことになる。徐州を領地に加えたというのは、そうなりつつあるということだった。

ただ、自分が敷いた戦略は絶対なはずだ、と袁紹は思っていた。荊州の劉表との同盟は、長く袁術を牽制し続けてきたし、いまはそれが曹操に対する同盟になっている。劉表は、自分の領地を守るためなら動くが、それ以上はあまり積極的には動かない。それで、張繡を籠絡してあった。張繡が荊州の北に拠って曹操の後援を受けながら、曹操と対峙する。これはなかなかうまく運んで、一時は曹操を討ち取る寸前までいったし、その後も、曹操の兵力をかなりの期間引きつけた。去年曹操に破られてから、劉表が怯えて兵を出さなくなったが、いまは大人しくさせていていい。曹操と対峙した時、背後を衝く大事な勢力なのだ。

江東の孫策とも、時々使者のやり取りをしていた。孫策は劉表を父の仇としていて、直接の同盟は袁紹も結びにくかった。ただ、まだ若く、曹操に対して、南から圧力をかけている存在にはできるかもしれない。なにしろ、世間の厳しさは知らない。

そういう人間の心を動かす方法を、袁紹はいくつも知っているつもりだった。もともと長安にいる董卓の遺臣では、張繡だけを拾いあげたという恰好だった。叔父の張済を拾いあげたのだが、送りこんだ間者が張繡の方がましだと言ってきたので、張済は始末させた。それで、長安はしばらく混乱が続くだろう。あまり使えそうもない遺臣は、暗殺させた。

涼州までは手が回らないが、漢中の五斗米道の教祖には、一応の親書は送ってある。宗教を認めるつもりはないが、統一までの方便である。五斗米道が強くなれば、いずれ益州の劉璋が助けを求めてくる。その時、益州は漢中ごと取れればいいのだ。はじめ冀州に拠った自分の戦略は、公孫瓚の抵抗を除けば、間違いはなかったと言っていい。その公孫瓚も、いま潰そうとしている。

これほど大きくなった自分に、曹操は対抗してこようとするだろうか。耕地も広く、人も多い冀州を制し、さらに三州を加えている自分に、ほんとうに曹操は対抗してくるのか。同盟ひとつをとっても、曹操と組もうという者は皆無と言っていい。

それでも、曹操はやるだろう。若いころから、そういう男だった。宦官をひどく嫌っていたが、それは宦官の家系に生まれた裏返しの感情で、袁紹に対してもまた、名門へのどうにもならない嫉みがあり、同じように屈折した感情を抱いている。それが、袁紹にはよく見えた。

滅びたければ滅びよ。曹操に対しては、いまはそういう感情しか残っていない。最も血が流れることが少ない方法。曹操の暗殺だったが、これはうまくいっていない。袁術や公孫瓚でさえ、うまくいかなかったのだ。せいぜい、董卓の遺臣の

田舎者の将軍たちに通じる程度の方法だった。幽州を制したら、すぐに曹操との対峙になるだろう。曹操自身は気づかなくても、領地の体力の勝負と言っていい。これだけの大きな対峙になると、領地の体力は確実に落ちていると袁紹は思った。
公孫瓚との戦いでも、自分は兵力を損耗せず、時がかかるのを耐えてやっていた。謀略にも、時をかけた。その忍耐が、領地には体力をつけている。
攻囲の指揮は、文醜に任せてあった。やることと、その結果を報告に来るだけである。

穴を掘ったり、水を入れたり、火で攻めたりして、文醜はほとんど易城を裸同然にしていた。かつては百以上もあった櫓や、何重にも張りめぐらされた土堤も、いまはほとんど姿を消し、最後の櫓が二つ見えるだけである。ひときわ高い土堤が残っていて、その中に公孫瓚と家族と、五千ほどの兵がいる。
鄴の固めは、顔良に任せてきた。攻囲の軍が十五万。実に三十万の兵を擁するほどになった。
五万。鄴をはじめ領地の守備に十五万。実に三十万の兵を擁するほどになった。

「お呼びでございましたか？」
声をかけて、田豊が入ってきた。本営には幕舎が二つあって、奥の幕舎に入れる

者はかぎられている。田豊のような文官だけでなく、側室も四人伴って、身のまわりの世話をさせていた。
「幽州を取ったあとの話だが」
「それぞれの郡の太守は誰がよいか、すでに考えて、申しあげる準備はできております」
「それは、あとで書いて届けよ」
「州牧（長官）は？」
文醜がいいと田豊は以前から言ってきていた。烏丸などと国境を接し、紛争の場合は騎馬戦になることが多くなる。そういう指揮ができる者ということで、文醜の名が出てくるのだろう。
袁紹は、息子のひとりを州牧に当てるつもりだった。息子たちが、それぞれ州を領するのは、内紛のもとだと反対する家臣が多かった。後継は息子ひとりに決めた方がいい、というのだ。
河北四州を領するだけなら、それでいい。中原から南も制する。その時までは、領内は身内で固めておきたかった。
「袁熙に決めてある」

長子の袁譚は青州である。次男は、やはり幽州だろう。そして三男袁尚を冀州。兄弟三人で競わせ、その力量を見きわめて、後継を決めればいい。
「わしの話は、幽州の民政がどれほどで整うか、ということだ」
「まず、半年」
「派遣する文官を、二倍に増やせ。三月で整えるのだ」
「役人が二倍いれば、期間が半分で済むというものではありませんぞ、殿」
「わかっている。だが文官どもも、時には無理押しをしなければならぬことがあるのだ。戦で、部将が命を賭けるようにな」
「わかりました。しかし」
「曹操に兵を出す。できるだけ早い時期にだ。時をかけなければならぬものと、時をかけてはならぬものがある。いまの曹操には、これ以上時をやってはならぬ」
「なるほど」
「徐州が、いくらか乱れてくれればいいのだが」
「方法がない、とは思いません」
「ほう、どのような？」
「徐州は、もともと劉備が陶謙から譲られたもの。ところが曹操は、劉備を助けて

呂布を倒しながら、劉備に徐州を返さず、車冑という者を置いています。劉備は許都に連れていかれ、まるで廷臣のような生活を強いられているとか。まず、劉備をひそかに抱きこんでおきます。機会を見て、徐州を取れと。私が調べたかぎりでは、劉備の方が車冑などより徐州ではずっと人望が高いのです。殿が南に兵をむけられ、曹操が動けなくなれば、劉備にとっては不可能なことではありません」

「徐州を劉備に戻すか。もともと呂布に奪われていただけで、徐州は劉備のものと言ってもいい。大義名分はあるな」

「徐州に関して、曹操は私利私欲に走っている、という非難は成り立ちます」

「よし、劉備の抱きこみはやっておけ。許都に送る間者の数は、もっと増やした方がよいな」

「それこそ、二倍にした方がいいような気がします。曹操は帝を擁し、その権威をわがもののように利用しておりますが、それに反撥する者たちも多いのです。もはや、帝を擁する時代ではない。それは、董卓の時に終ったのだ。いまは、力のある者が、力でものを言う時代だった」

「ところで田豊、幽州からどれほどの兵を集められる？」

「鄴に動かせる兵となれば、最大で十万でございましょう」

「少ないな」
「欲張られてはなりません。曹操は十万。徐州には十七万を率いていきましたが、それは殿が北に兵をむけられ、重石がなくなっていたからです。殿とむかい合うとなると、曹操は南も西も心配でありましょうし」
「わかった。十万と思っておこう。民政が整わなければ、その十万も出せなくなるぞ、田豊」
「殿が、すぐに曹操を降そうと思われているのなら、われらも身命を賭してでも、十万の兵を幽州から出せるようにいたします」

田豊が退がった。

次に呼んであるのは、文醜だった。毎日の報告である。斬り合い、突き合いは避け、か土堤にとりついて、弓を使おうと思います」
「城中の五千は、決死の兵となっております。
「決死の兵となったか」
「ここまで抵抗いたしましたので、投降しても助からぬと思っているのでしょう。公孫瓚が、そう言い聞かせていると思います」

「こちらの宣伝も、通じぬな」
「心を支配されているのです。城を落としたら、殺すしかありますまい」
「文醜。わしはそろそろ決めたい」
「ならば明日、土堤に櫓を寄せます。土堤より高い櫓を、十ばかり用意しておりますので。弓手は十名ほどしか乗れませんが、梯子をかける場所に矢を集中させます」
「力攻めになるな」
「殿、お決めになりたいのであれば。私が申しあげた方法なら、最少の犠牲で済むはずです」
 兵を死なせるのを、躊躇したことはない。流民などが兵になってきたら、死に兵として組織する。囮などで、文字通り死なせるための兵である。
 袁紹は、力押しが好きではなかった。野蛮な戦術だ、と思えてならないのである。速やかに兵が動き、敵の戦意を奪い、降伏させる。そういう鮮やかな勝ち方をすべきだった。戦のやり方は、民が見ているのだ。
「明日、やれ、文醜。できれば公孫瓚だけは捕えよ」

「できれば、でよろしいのですね?」
「まず、無理だろうとは思っている」
文醜が、頭を下げて出ていった。袁紹は、いささか倦みはじめていた。易城の攻囲も長くなった。

2

馬は使わず、小舟に乗った。方々に水路が通じていて、小舟があればどこへでも行ける。城郭も、大抵は川沿いに作られていた。川は集まって次第に大きくなり、やがて長江となる。
江東は、川の国である。
「俺は、義理堅い男だろう?」
「まあな。気になってはいたのだが」
孫策と周瑜の会話は、二人だけの時はかつての友人のものになる。周瑜は臣従したつもりだったが、孫策はそう扱わなかった。
江東を平定して、寿春には戻らないと決めたころのことだ。皖の城郭で、孫策と

周瑜は二人の女を見た。見ただけで、二人ともうつろになり、しばらく言葉を交わさなかった。この世に、あんな女がいるのか、と周瑜は思った。同じことを、あとで孫策も言った。

一度、周瑜と孫策は、連れ立って女を見に行った。姉妹だということは、すぐにわかった。顔つきが似ていたというだけではない。どちらの方が美しいというのでもない。姉妹としか思えない雰囲気が、二人にはあった。それが、不思議に周瑜と孫策の心を動かした。

「俺は、青い着物を着た方だ」

孫策が囁いた。黄色い着物の方だ、と周瑜は思っていた。周瑜と孫策は、義兄弟である。同年で、ひと月だけ周瑜が遅く生まれている。だから昔から孫策が兄であるが、お互いが気に入ったものなら奪い合いをしたこともある。

ただ、姉妹のどちらが上であるのか、二人ともわからなかった。事あるごとに語り合ったが、青と黄と言って区別するしかなかった。

皖は盧江郡であり、建業からは遠かった。

孫策はすぐに会稽郡の攻略にとりかかり、それ以後、周瑜も皖に来る機会はなかった。

会稽も制し、江東に覇を唱えると、孫策と周瑜がすぐに二人でとりかかったことがある。建業から、揚州のずっと南西までの水路である。予章郡に兵を集め、やがては西隣の長沙郡を奪るつもりでいた。長沙郡こそ、孫策の父の孫堅が拠って立った土地で、そこを手にしたいというのは、孫家の宿願でもあった。

巴丘というところに、周瑜は広大な城を築き、建業と水路で繋いだ。それで、ほぼ揚州を縦断できる。

皖が、建業と巴丘の中間に当たる位置であったのも、因縁だと周瑜は思った。江東は平定されていたが、まだ小豪族が完全には従わず、孫策が建業から、周瑜が巴丘から、小豪族を平らげながらやってきたのである。

皖口で会おう、と孫策の書簡にはあった。

先に到着したのは孫策で、皖口に大きな城を作らせはじめていた。江夏郡を攻めなければならない。孫策がずっとそう思っていることを、周瑜はよく知っていた。江夏には、孫堅に直接手を下した黄祖がいる。孫家にとっては、長沙郡と江夏郡は、同じように重要だった。

江夏を攻める時は、皖口が兵站の基地になる。

皖口から皖まで百二十余里（約五十キロ）。馬でも舟でも、急げば半日の行程だ

った。
　先に到着していた孫策が、一日皖に行って、あの姉妹のことを調べてきていた。皖の大商人の橋公という者の娘で、二喬と呼ばれる評判の姉妹だった。ただ、父親がうるさい。五百ほどの私兵も抱えていて、姉妹に言い寄った男を、斬り殺したこともあったという。
「さて、そろそろ皖だが、どうしたものか」
「なにがだ、孫策？」
「俺は、あの姉妹を遠くから眺めているだけでは足りぬのだ。嫁に欲しい」
　周瑜も、同じことを考えていた。二十四になっている。女は知らないわけではないが、忙し過ぎて妻帯のことなど考えられなかった。
「嫁か」
「俺もおまえも、そろそろ妻帯してもおかしくない。できれば、あれほどの美人を妻にしたいと思う」
「俺もだ、孫策。黄色の方」
「俺は青だ」
「それはよかった。ひとりの女を奪い合いたくはなかった。特におまえとは」

「急げ」
孫策は、水夫を急き立てた。
「しかし、親父をどうするかだな」
「俺は、孫家の当主と重臣が、姉妹を嫁に貰いに来た、などというかたちはいやだな。孫郎（孫家の若君）と言えば、靡かぬ女はいないだろうが」
「孫家の名を使う気はない」
孫策が言った。
「しかし、おまえの方が女たちには騒がれているぞ。周郎と呼ばれてな。美周郎などと言っている女もいるそうだ」
「馬鹿馬鹿しい」
「男として、あの姉妹の心を摑みたいものだ、周瑜」
「恋だの愛だのと、難しいことは言ってはおれん」
徐州を奪った。河北では、いよいよ袁紹が公孫瓚を追いつめたらしい。遊んでいたら、ああいう狸どもに足もとを掬われる」
「わかっているが、しかしどうすればいい？」
「攫おう」

「なんだと？」

「気持は、あとでわかって貰えばいい。とにかく、青と黄色を攫ってしまうのだ」

「ふうん。およそ真面目なおまえが、それを言うのか。昔なら、俺が言い出して、おまえが止めたところだ」

「止めるのか？」

「いや、乗るさ。俺は最初にそれを考えたが、到底おまえを引っこめぬと思っていた。だから、いろいろと考えていたのだ」

「決まりだ。方法は、その場で考えるしかないだろう」

「よし、わかった。急げ」

孫策が、また水夫を急かせた。

皖の城郭は、穏やかなものだった。このあたりは、盗賊が時々出るぐらいで、大きな戦に巻きこまれてはいないのだ。戦を逃れて北から流れてきた人間が、このあたりに居つくこともあるという。

橋公の館は、川のほとりにあった。しかし、高い壁で囲われている。船をつけられる場所が一カ所あるが、そこには見張りの兵士が三人いた。

「毎朝、市へ行くという話だ。ただ、五人ばかりの護衛がついているらしい。無理

「をしたら、怪我をさせかねん」
「まず、館から市まで歩いてみよう。おまえの方が、道は知っているな、孫策？」
「俺が、その道を確かめておかなかったとでも思うのか」
上陸した。地形を調べるという気持で歩いていることに、周瑜は気づいた。まるで戦だ。館から市まで、一里半（約六百メートル）ある。その間、道が川に面しているところが二ヵ所。市が立つ時間は、舟の数も少なくないらしい。
「これは、俺たちだけでは難しいな。五人を相手にするぐらい、どうということもないが、青と黄色に怪我をさせかねん。どうする、周瑜？」
「人を、雇おう。夜、居酒屋にでも行けば、金を欲しがっている者たちがいるだろう」
「それかな」
決めてしまうと、周瑜も孫策も不意に皖という城郭が気になってきた。税の取り立てが、方々を歩き回った。私兵を抱えた商人が、かなりいるようだった。税の取り立てが、方々を歩きたりではまだうまくいっていない。
「一度、張昭が流域の城郭を旅する必要があるな」
同じことを考えていたらしく、孫策がそう言った。

ならず者の扱いは、孫策の方がずっと心得ていた。二人でいると、良家の子弟に見えるらしく、居酒屋では絡んでくる者もいる。その中の数人を、外へ連れ出して打ちのめした。頭株の者に金をやる。手馴れたものだった。
　袁術のもとで不遇をかこっていた時、しばしば旅に出て、各地のならず者と知り合いになった、という話を孫策がしたことがある。江東に出る最初の戦では、その時に知り合った者たちが数千人も集まってきて、大きな力になったのだ。
　どこか、大らかだった。それは、周瑜には真似のできないことでもあった。大将の器というものはある。しばしば、周瑜はそう思った。大将として担ぐのに、孫策は不足がなかった。このままのびれば、天下が取れる。そう思わせるだけのものを、持っているのだ。
　袁紹や曹操や袁術と較べて、まだずっと若かった。それも、孫策の持っている大きな可能性である。
　宿に入ると、孫策はすぐに眠った。周瑜は眠れない。明日のことを、あれこれと考えた。兵に追いつめられるということも、あるのではないのか。その時、孫策と周瑜だと名乗ったところで、信じて貰えるのか。浅くまどろんでいるうちに、朝になった。

「行こうか」
　気持よさそうに起きあがり、孫策はそう言った。昨夜のならず者たちは、十人ほどの仲間と集まっていて、孫策からひとり金を渡された。昨夜の金は、挨拶料のようなものだったらしい。
　舟は岸に着けて、いつでも乗りこめるようにした。孫策は、喜々としていた。ならず者の頭と肩を並べて歩き、どちらの方向から、どういうふうに襲い、どう逃げろとまで指示している。つまり戦なのだ、と周瑜は思った。
　以前から、孫策とは戦の話をよくした。土に図を描き、陣の取り方から兵の動かし方まで、敵味方に分れてやり合ったりしたものだ。図の上では、いつも周瑜が勝った。しかし、仲間を集めての戦遊びでは、なぜか負けてしまうのだった。周瑜は、いつも緊張しすぎる。直前まで、あれこれと考えてしまう。
　道に、人が多くなってきた。私兵に守られた、良家の夫人の買物も、めずらしくないようだ。それぞれ、二人とか三人とか、多い時は十人以上の護衛をつけている。
　ならず者のひとりが知らせてきた。周瑜の胸は高鳴ったが、孫策は様子を見にそちらへ歩いて行き、戻ってくるとひとりの肩を軽く叩いた。
二喬が来た、とならず者のひとりが知らせてきた。

それから先は、夢中だった。

五人の護衛に、十人のならず者が襲いかかる。しばらくの間は、護衛の方が押される。

「道は危ない。舟の方が安全です。こちらに移りなさい」

孫策が手を差しのべていた。周瑜も、反射的に同じことをした。周瑜が手をとって舟に乗せたのは、黄色の方だった。当たり前だというように、孫策が舫いを解く。

「出せ」

舟が出た。護衛の五人は剣を抜き、それでならず者たちは逃げた。こちらに気づいた時、舟は岸からかなり離れていた。

姉妹は、その時になって、なにが起きたかわかったようだった。抱き合うようにして、ふるえはじめる。

「危険なことは、なにもない。心配しないで欲しい」

いつもとは違う、やさしげな声を、孫策は出していた。護衛の者たちが、舫ってあった舟に乗り移って追ってきた。しかし、その間は離れるばかりだった。ありふれた小舟に見えるが、軍用の舟で、軍船間の伝令に使うものである。水夫も、一番

腕がいい者を選んであった。底の形状が尖った舟で、安定は悪いが速い。

3

孫策が手をついて謝りはじめたのは、追ってくる舟が見えなくなってからだった。
「われら二人、こんな真似をしたのは、あなた方に魅かれてどうにもならなかったからだ。ひと目見た時から、好きになった。この男など、夜も眠れぬと言っていた」
そんなことを、周瑜は言ったことがなかった。孫策の喋り方には、宥めるような響きがある。言葉も、次々に出てくるようだ。
周瑜は、二人を見つめた。美しかった。黄色がどちらかも、すぐにわかった。
「御無礼を、いたしました」
孫策が喋り続けているのを遮り、周瑜は言った。両手は、舟の底板についたままだ。
「やむにやまれなかった、という気持に嘘はありません。きちんとした方法であなた方に会うのも、不可能ではありませんでした。しかし、こうしたかった。こうす

るのが、自分の気持に一番正直だと思ったのです」
二人は、なにも喋らなかった。表情は硬いままで、手を握り合っている。
「危険な目には、絶対にお遭わせしません。命を賭けて、それはお約束します」
「どうなさるおつもりです、私たちを？」
はじめて、ひとりが口を開いた。
「妻に、妻にしたいのです」
「そんな」
「どちらが、どちらを？」
もうひとりが言う。
「私は、黄色を」
「俺は青」
「え、黄色、青？」
「俺たちが、はじめてあなた方を見た時、着ていた着物の色なのだよ。名も知らぬ、黄色と青と、この三年、二人で呼び合っていた」
「三年？」
「あなた方を見たのは、三年前だった。皖の城郭で、護衛に守られて歩いていた。

俺とこの男は、義兄弟なのだ。あの時から、妻にする女と決めていた
「私が十七で、小喬が十六の時」
　いまは、二十歳と十九歳ということになる、と周瑜はぼんやりと考えた。なんということをしてしまったのだ、という気分もこみあげはじめている。
「妻にするならするで、話の通し方はあったはずです」
「方法はあった、とさっきこの男も言った。しかし、こうしたかったのだ。これが、俺たちの思いだ」
「それだけは、できない」
「舟を、戻してください」
「身なりを見ただけでも、きちんとしたお家の方だろうと思います。今日のことは、なかったことにいたします。お話を、きちんと通してくだされば」
「はじめてしまったのだよ、もう。それに、あなた方の親父様は、大変にこわい人だと聞いた。なにも、家族から引き離そうというつもりはない。妻になってくれてから、きちんと挨拶する」
　孫策の言葉遣いは、砕けたものになっている。周瑜は、まだ両手を底板についたままだった。

「妹が小喬殿で、姉上の方はなんと言われる?」
「大喬」
「それで、二喬か」
「さきほどのお話です。こわいのですか、私たちの父が?」
「こわくはない」
叫ぶように、周瑜は言った。
「ただ、卑怯なことになる。あなた方の父上にとってもそうだが、あなた方にとっても卑怯なことになる、と私は思った。だから、こういう方法を取ったのです」
「困った父ではあります」
喋っているのは、大喬の方だった。
「でも、こんな方法が、卑怯ではないのですか?」
「これ以外に、方法はなかったのです。男が女を好きになった。心の底からそれを表現するには、これしかなかったのです」
「悪い方ではないのですね」
小喬が口を開いた。
「きれいな眼をしていらっしゃいます。きっと、悪い方ではないのだろうと思いま

「それでも、これは悪いことです。揚州も、昔のようではないのですよ。孫策様が治められるようになり、盗賊などもずいぶん減ってきました。罪人は罰せられます。揚州でも、そうなってきているのです」
「そうよ、建業に孫策様がおられて、予章郡の巴丘に周瑜様がおられます。建業と巴丘が水路で結ばれ、皖はその真中にあります。もう、賊徒のような真似など、許されないのですよ」
「孫策や周瑜など、どうでもいい」
　孫策が叫ぶように言った。
「俺たちは、男としてあなた方に惚れた。惚れた以上、命を賭けて惚れ抜いてみせる」
　周瑜は、底板についていた手をあげ、小喬を見つめた。
「私も、同じ気持です」
　大喬と小喬は、まだ手を握り合っていた。流れに乗っているので、舟は速い。
「ひとつ訊きますが、私たちをどこへ連れていこうというのです」
「まず、皖口へ。それから、建業へ」

「そんなに、遠くへ」
　小喬が言った。きれいな歯だ、と周瑜は思った。
「いけません。皖口にはいま、孫策様と周瑜様の軍勢が来ていて、城を築いているそうです。捕えられますよ。捕えられたら、お二人ともおしまいです。私たちは、助かりたくて言っているのではありません。お二人のことを心配しているのです」
「ならば、妻になることを、承知してくださるか?」
「それとこれとは」
「同じだ、と俺は思う。承知するかしないか。それだけのことなのだ。承知してくださるという方に、俺たちは賭けた」
　二人は、黙っていた。
「承知してください。非は謝りますが、承知だけはしていただきたい」
「承知すれば、舟を返してくださいますか?」
「それは、できません」
「捕えられますよ」
「もしそうだとしても、私たちだけです。あなた方が捕えられることはありません」

それきり、大喬も小喬もなにも喋らなくなった。孫策と周瑜は、舳先の方に座って大喬と小喬が濡れるのを、少しでも防いでやりたかった。時々急流があり、飛沫が散る。それで大喬と小喬が濡れるのを、少しでも防いでやりたかった。
　川の幅が広くなってきた。陽は出ているが、風は冷たい。もうしばらく、二人には我慢して貰うしかなかった。
　なんということをしてしまったのだ、という悔悟の気分は、周瑜から消えていた。戦をしたのだ、と思った。男の夢を賭けた戦。舟底に這いつくばる戦。それでも、戦だ。天下を取るのも、女の心を摑むのも、戦であることに変りはない。
　孫策は、そういうことが、はじめから考えずにわかる男だった。だから、天下を取るために生まれてきた男なのだ。自分は、そばでそれを支えればいいのだ、と周瑜は思った。
「おう、遠くに軍船が見えてきたな」
　立ちあがり、孫策が言った。
「駄目です。舟を返しなさい」
「妻になることを、承知してくださるか」

「捕えられますよ」
周瑜が叫んだ。
「返事になってはおりません」
「承知します。承知しますから」
小喬が言う。大喬も頷いた。
周瑜と孫策は、顔を見合わせた。戦に勝ったのだ。というより、充足した思いの方が強かった。
「早く、早く舟を返してください」
「聞えないの。なにをしているの」承知すると言ったのですよ。捕えられたら、どうする気なのです」
哨戒の小舟が近づいてきていた。
「駄目、もう駄目だわ」
「大丈夫。御心配には及びません」
言って、周瑜も立ちあがった。
哨戒の小舟には、十人ほどの兵が乗っていた。孫策と周瑜の姿を認めると、槍をかかげ、声をあげた。それだけで引き返していく小舟を、大喬も小喬もぼんやり見

送っていた。

大きな軍船のそばを通った時も、甲板の兵たちはみんな直立して見送った。なにが起きているのか、二人にはわからない様子だった。兵が多いところへ来たので、緊張もしているのだろう。

小舟が、また近づいてきた。太史慈が乗っている。小舟は、すぐそばまできて、並走をはじめた。太史慈が、にやにや笑っている。

「なにがおかしいのだ、太史慈?」

「いやこれは。お姿が見えぬと、従者たちが心配しておりましたが、女性を連れて戻られるとは。しかも、周瑜殿が御一緒ときている」

「つまらぬことを喜ぶな。太史慈、すぐに幕舎をひとつ用意させよ。それから、皖（かん）の橋公（きょうこう）という者に使者を立てよ。この姉妹は橋公の娘で、私と周瑜の妻になる」

「妻?」

「聞えぬのか。何度も言わせるな」

孫策（そんさく）が怒鳴（どな）りつけた。

「妻とはその、奥方様でございますか?」

「当たり前だ」

「大変だ。一大事だ、これは。殿だけでなく、周瑜殿まで」
 太史慈の小舟が、走り去っていく。四挺櫓なので、ひどく速かった。
「済まぬ。はじめから名乗るというのは、避けたかった。俺は、孫策、字は伯符という」
「私は、周瑜、字は公瑾」
「孫策様と」
「周瑜様」
「すぐには、得心がいくまいな。孫策も周瑜も、こんな若造なのだ」
「そして、愚かなことも平気でやる。いや、私は平気ではなかったが」
「妻になる、と約束したことだけは、忘れてくれるなよ、二人とも」
 孫策が、声をあげて笑った。

4

 易城が、ついに落ちた。
 その知らせを、曹操は許都で聞いた。

これで、袁紹への北からの圧力はなくなったが、今後袁紹軍は曹操を第一の敵とするだろう。曹操にとっては、巨大すぎるほどの敵である。
　それにしても、袁紹は長い歳月をかけて、兵を失わない戦を続け、幽州をものにした。自分にはできないことだ、と曹操は思った。自分なら、二年で幽州を奪った。兵の犠牲も大きいだろうが、増えた領土がすぐにそれを回復させる。曹操と袁紹の性格の違い、いや生き方の違いなのかもしれない。
「公孫瓚が、死んだ」
　館の居室に劉備を呼び、曹操は言った。
「そうですか」
「劉備殿とは、親しい間柄であったな」
「同じ盧植門下で、若いころ洛陽で会ったことがあります。それが縁で、黄巾討伐に義勇兵として加わっていた私を、客将として招いてくれたのです」
「白馬将軍と呼ばれ、一時は勢いがあったが、ついに袁紹とは相容れなかったな」
「あの二人が同盟していたらと思うと、背筋が寒くなる」
「公孫瓚殿は、同盟に適した方ではありませんでした」

364

「ほう、どこが?」
「我が強かった。あえて申せば、そういうことでございましょう」
「それで、劉備殿も別れたのか?」
「別れた、とも言いきれません。私を引きあげてくれた恩人ではありましたし、助けられるものなら助けたかった、と思っております。助けるには、私はあまりに小さ過ぎました」
「小さくても、その気になれば助けに行くものだ。要するに、公孫瓚は見捨てられる男だった。幽州でも次第に孤立し、結局は易城ひとつになった」
　劉備は、あまり表情を動かさなかった。
　徐州を返されず、許都に留められていることには、不満を持っているはずだ。しかし徐州は、曹操が自分の力で奪ったのである。人のために闘うほど、お人好しではない。
　劉備に自立の意志が見えなければ、徐州以外のどこかを任せてもいい、と曹操は考えていた。たとえば、予州汝南郡。まだ寿春にいる袁術を潰させるのもいいし、荊州南陽郡にいる張繡の押さえにもなる。軍人としての資質はあった。寡兵で大きな勝ちを収めたこともあるし、これまでの転戦を見ても、勝敗は別として、軍人と

しての大きな欠点は見えない。
いつも、気持にひっかかり続けてきた男だった。強い自立の意志がそうさせるのか、それとも別なものがあるのか。劉備をそばに置いていたいまも、曹操はそれを考え続けている。なぜ、徳の将軍と呼ばれるのか。なぜ、寡兵でいままで生き延びて来られたのか。

潰そうと思えば、片手でもひねり潰せる男だった。そう思っているだけで、ほんとうは潰れないのかもしれない、という気持もどこかにある。袁術と闘った。あの呂布とさえ、闘ったのだ。それでも、潰れていない。

つまらぬ男と思ったら、臣下にするか潰すかする。たかが五千の、小豪族のようなものだが、そう思わせないなにかを、劉備は確かに持っている。

皇叔と呼ばれていた。帝にである。

劉備が、中山靖王の裔であることを、廷臣の誰かが言ったのだろう。徐州から許都に帰還した時、劉備だけが特別に帝に呼ばれた。廷臣が、どういう目に遭っても大事に抱え続けてきた系図には、確かに劉備の祖父の名まで記されていたという。つまり、系図からも消えかかっていた家系だったのだ。それがまた、劉備の名で銘記されることになった。帝の叔父の扱いである。父は仕官していない。

劉皇叔、と廷臣たちも呼ぶようになっている。帝も、一度会っただけで信頼を寄せるようになり、このところなにかあると、皇叔と言い出す始末だった。
帝を擁していると、有利なことはかなりあった。しかし、面倒な問題もいくつか出はじめている。帝を利用しているだけだ、という不満が廷臣の中に芽生えているのだ。廷臣だけならどうということもないが、武将を巻きこもうとする。皇叔という呼称も、劉備を巻きこむ廷臣の意図があったのだ、と曹操は考えていた。
その動きが大きくなると、逆賊として自分を討とうと画策する者も出てくるだろう。外の敵で充分なのに、内側にも敵を抱えることになる。ただ、内側の敵は、羊が狼の真似をするというだけのことだ。
帝を擁したのが間違いだった、とは曹操は考えていなかった。少なくとも、袁家のような声望が自分にはない。劉備さえ持っている、血筋というものもない。あるのは、宦官の家の出身という、蔑視にも似たものだけである。そういう自分に、帝の存在は充分に役に立った。
「公孫瓚は、帝を思う気持を持っていたのだろうか、劉備殿?」
「お持ちでした。霊帝が崩御された折り、慟哭されていたのを、この眼で見ました」

「すると、そういう思いがないのは、袁紹だけか。かつて西園八校尉（近衛師団長）でありながら、長安から逃れて来られた帝に、なんの手も差しのべなかった」
「思いに、なにかをなすこととは、別でございましょう。私も、なにもしておりません。できませんでした。しかし、帝に対する思いは持っております」
「どのような？」
「帝は、国の中心です。民に敬われるべき存在なのです。私も、敬っております」
「なぜ、帝だけが？」
「それは違うと思います、曹操殿。国には、中心が必要なのです。秩序の中心と申してもいいと思います。その中心と、帝が、この国では重なり合ったというだけのことです」
「では、帝になれば、誰もが敬われる」
「帝の血は、ひとつでなければなりません。でなければ、秩序の中心たる意味がないのです。帝に力はなく、しかし中心としての権威はある。帝というものを、私はそう考えております」

 荀彧の考えと近かった。帝を奉じ、その下で曹操が政事をなせばいい、とは何度も進言されたことだ。そのための第一歩として、長安から逃れてきた帝を、許都に

迎え入れた。

しかし、帝が自ら政事をなしたいと言い出せば、どういうことになるのか。秩序の中心どころか、ただ秩序を乱すだけの存在にならないか。はっきりとは口にしないが、いまの帝は、自ら政事をなしたいという希望を持っている。虫のいい話だ、と曹操は思っている。誰もが血を流している。闘っている。それすらもせずに、ただ政事をなしたいと思ってしまうのは、帝という言葉が持っている魔力だろう。そしてその魔力を手にする資格があるのは、覇者だけである。いまの帝は、曹操が拾いあげなければ、流浪の民と大差はなかった。

「劉備殿は、帝のために闘われるのか？」

「多少のお役に立てば、と思っているだけです。皇叔などと呼ばれると、ただ恐縮するばかりです。曹操殿の功績と較べたら、身が竦みます」

それ以上の話を、曹操は慎重に避けた。覇者にならないかぎり、帝と僭称する者は逆臣なのである。

劉備を帰すと、曹操は輿の用意をさせ、丞相府へ出かけていった。この二日ばかり、持病の頭痛で、館から出なかったのである。

「程昱、しばらく庭を歩かぬか」

「丞相、頭痛はもうよろしいのですか?」
「戦があれば、きれいに治ってしまうのだがな。まあ、今日は具合がいい」
「それは、なによりでございます。河南あたりにおかしな雲が漂っておりましてな」
「知っておる。張楊がなにかやりそうなのであろう」
「兵を出すことになろうと思いますが、丞相自ら御出陣なさいますか?」
「その時はな」

庭に出た。
 まだ肌寒い季節だった。程昱は、袍の下に何枚も下着を着こんでいるようだ。
「河南には、雲か。この許都には、霧がかかっておる。この霧は、兵を出しても払えぬ。まことに厄介な霧ではある」
 離れたところに、許褚の姿がある。警固の者が、近づいていい時と悪い時も、曹操の顔を見て判断するようになった。
「私はしばらく、不敬を働くぞ、程昱」
「朝廷の鼠を、狩り出されますか」
「鼠と言って、馬鹿にしてもおれぬ。廷臣だけならまだしも、武将たちまで鼠に加

担すると、私は逆賊にされかねぬ」
「いい時機だろうと思います。袁紹とむかい合うと、動きたくても動けず、鼠が大きくなりますし。私の役目は、鼠の真似をすることでございますか?」
「できるか?」
「日ごろ、帝を敬っておりますので」
 程昱の顔の、深い皺の間から、一瞬だけ眼の光が見えたような気がした。
「ですが丞相。狩り出すのは鼠だけということになさいませぬと」
「もっと大きななにか。狩り出すことはできない。帝。
 それはいまはまだ、狩り出すことはできない。
「読みが深いな、程昱」
「歳の功でございましょう。人の心が見えたりすることが、しばしばございます」
「私の心は?」
「よく見えますぞ、丞相。ですから、決して私を疑ったりはなされないことです」
「そういうもの言いも、歳の功かのう」
 程昱の歩みは、老人らしくゆっくりしていた。その歩調に合わせて、曹操はしばらく庭を歩いた。

騎馬隊とは、実にいいものだった。
一千騎。馬は涼州から買い入れた。
騎馬隊の指揮は、任成にも白忠にも任せず、張衛が自分で執ることにした。まず、調練である。一千騎を率いて原野を駆け回ると、翼を得たような気分になる。
劉璋が、成都の軍を執拗に漢中に出してきた。
追い返すだけでなく、そこから平坦な土地が続く。巴西をすべて取れば、成都へ軍を進めるのも難しくないのだ。巴西郡の北部山地まで攻めて出て、そのままそこを取った。成都へは、そこから平坦な土地が続く。巴西をすべて取れば、成都へ軍を進めるのも難しくないのだ。

ただ、張衛は自重していた。巴西北部の奪取も、騎馬隊も、漢中を守るには絶対に必要なものだと主張した。漢中の防御ということを考えると、それは暴論ではない。

劉璋を攻めるという合意はできているが、それはまだずっと先のことだ。漢中だけ五斗米道がもっと広まればいい、と張衛ははじめて心の底から思った。

5

では、五、六万の兵をやっと養える程度だ。それが、耕地の多い巴西郡にまで広がれば、十万の兵は養える。それだけの兵力があれば、成都を攻め落とす自信はあった。

そのためには、巴西にもっと五斗米道が広まることである。
しかし兄の張魯は、南鄭郊外の山の館を、動こうとはしないのだった。信者になりたければ、ここへ来ればいいという考えである。
急ぐことはなかった。益州は、この国の混乱の外にあるのだ。
益州の外で闘われている戦は、激しく、大規模になっているようだった。徐州では、呂布が曹操と闘い、殺されたとか二十万の軍が、頻繁に動いている。
幽州では、公孫瓚が袁紹に滅ぼされた。

次の大きな戦は、袁紹と曹操の間で闘われるだろう、と言われている。戦を重ねれば重ねるほど、民は疲弊する。国の力がいくらでもやれればいいのだ。たとえ覇者が勝ち残っても、すぐに益州に攻めこむ力があるわけがなかった。

その間に、益州を五斗米道の国にしてしまう。漢の王室などとも無縁で、頂点には教祖ひとりがいればいい。

一千の騎馬隊の動きは、悪くなかった。五百ずつに分けた動き、百ずつに分けた動き。それも滞ることなくできるようになった。
 益州を制圧するためには、どうしても中央の平地で闘わなければならず、そのためには騎馬隊が必要だった。それも、少なくとも五千騎。
 少しずつ、増やしていけばいい。最も避けなければならないのは、五斗米道のための闘いではない、と思われることだった。信仰を守るという名目があるから、兄の張魯も軍を持つことを認めている。信徒も、兵に志願してくる。
 騎馬隊は、定軍山と、巴西北部山地に配しておきたかった。二千騎を超えたらそうしよう、と張衛は考えていた。とにかく、いまは調練が第一だ。
 南鄭の仮義舎に戻ると、騎馬隊の隊長だけを集めた。義舎は祭酒（信徒の頭）が住む場所の呼称だが、南鄭城内の仮義舎は、軍の本営という意味だった。武器倉も兵糧倉もある。
 隊長たちとは、その日の調練について語り合う。誰を騎馬隊からはずすかも、時には話し合う。みんなまだ若く、騎馬隊を率いるのが愉しくなってきた気配を見せていた。
「歩兵との組み合わせで動く調練も、必要だろうと思います」

「まったくだ。しかし、騎馬がもっと迅速に動けるようになってからだ。まだ、劉璋の送ってくる騎馬隊には、動きで劣る」

隊長たちが意見を出すのを、張衛はいつも待っていた。意見が出るということは、考えて調練をしているということでもある。

それが終ると、隊長たちも休息に入る。

二日に一度は、鮮広の庵を訪うのが習慣になりはじめていた。

鮮広は、地図を作っていた。漢中だけの地図ではない。巴西郡、巴東郡もあった。小さな川や、洞穴などもしるした。克明な地図である。高価な紙に、何十枚と描かれていた。

特に張衛が眼をみはっているのは、巴東郡の地図だった。巴東郡は、すべてが険阻な山と谷だった。谷の底には、長江の巨大な流れがある。益州が外界と繋がっているのは、まず漢中からの山越えの道、そして荊州南部へ出る山越えの道。三つ目が、長江を使った道なのだった。長江を使う道が、最も短く、最も中原に近い。つまり、巴東郡を扼してしまえば、益州はほぼ完璧に外の世界から断たれることになる。

「巴東郡が、それほど気になるか、張衛?」

「はい。南の道はほとんど使われておらず、行軍なども困難だと言われています。長安への道は、漢中で扼しています。だから、長江の道が、私は気になります」
「桟道があるが、いまは劉璋が塞いでいる」
「見てみたいものです、その桟道を」
崖の岩に穴を穿ち、木材を突き立て、さらに支えの木材もある。崖にへばりついた橋のようなものなのだろうが、それが何百里か続いているのだという。
益州は、それほど外から入りにくい国なのだった。
「伯父上は、なにゆえこれほど詳しく、巴西、巴東を御存知なのですか？」
「調べさせた。肝心のところは、私自身で歩き、歩幅で距離を測った」
「なにゆえ？」
「おまえが、母者の夢を実現したいと思っているように、私も思っていたからだ」
「そうですか」
それ以上は言えなかった。
長い間、心に抱いてきた、かたちのはっきりしない、ぼんやりしたわだかまりを、口に出した瞬間に、それはわだかまりですらなくなる。

「伯父上、騎馬隊を五千に増やします」
「いつだ?」
「いずれ。何年もかけての話ですよ。伯父上は急がれますか?」
「おまえは、若い。私は、おまえより先に死ぬ。だから、地図を作ったりすることを、急いでいるだけなのだ。おまえは、決して急いではならぬ」
「わかりました。急ぎません」
 鮮広の庵を訪ねない日は、岩山に登る。裸で、頂の岩の端に座るのだ。岩に座るのは、まず考えるためだった。漢中をどうするのか。兵をどうやって鍛えあげていくのか。益州を、五斗米道の国にできるのか。
 最近では、別のことも考える。
 心の中の、ぼんやりしたわだかまりについて。自分は、誰の子なのだ。
 言葉にして考えたのは、半年ほど前のことだった。同じ母から生まれた、という意味においてだ。張魯と兄弟であることは、多分間違いないだろう。
 父は、張衡ということになっていた。張衛は父を知らないが、張魯とそっくりだ

ったという。小男である。八尺（約百八十七センチ）ある自分の身の丈を、張衛はしばしば不思議なものとして感じた。
俺は誰の子だ。半年前に、はじめて言葉にして考えた。そう考えると、すぐに浮かんでくる顔がある。鮮広。躰つきは、そっくりだった。顔も、似ているといえば似ていた。
幼いころから、自分には厳しく武術を仕込んだ。兄の張魯には、棒ひとつ握らせたことはなかったのに、自分は容赦なく棒で打ち据えられた。なぜと考える前に、五斗米道を守るのはおまえだ、と耳もとで言われた。
兄は巫術をなすが、自分は縁もなかった。それは、鮮広も同じだった。自分の父は、鮮広なのではないか。裸で岩の上に座り、兵法以外で考えることは、この半年それだけだった。
母に対するおぞましさは、微妙だがある。鮮広に対しては、いたましいような思いがあるだけだ。鮮広が父であることを、張衛はむしろ望んでさえいることに、ある時気づいた。
いつか、鮮広に訊くべきことだった。
益州を奪る。

その時、父親なのかと、鮮広に訊けるはずだ。母の夢。だからこそ、鮮広の夢。それをかなえるのは、自分しかいない、と張衛はいつも思うようになった。奪った益州が、誰のものになろうと構いはしない。益州を奪ることが、父と息子の夢ではないのか。

岩の上。風。吹き飛ばされて、思考は切れ切れになる。

閉じていた眼を開くと、まだ雪を被った漢中の山々が見える。

雄叫び。あの山々に届くのか。

せめて父にだけは届け、といつも張衛は願った。

本書は、二〇〇一年八月に小社より時代小説文庫として刊行された『三国志 三の巻 玄戈の星』を改訂し、新装版として刊行しました。

三国志 三の巻 玄戈の星 [新装版]

著者	北方謙三
	2001年8月18日第一刷発行
	2023年10月18日新装版第一刷発行
発行者	角川春樹
発行所	株式会社 角川春樹事務所
	〒102-0074 東京都千代田区九段南2-1-30 イタリア文化会館
電話	03(3263)5247[編集] 03(3263)5881[営業]
印刷・製本	中央精版印刷株式会社

フォーマット・デザイン&シンボルマーク　芦澤泰偉

本書の無断複製(コピー、スキャン、デジタル化等)並びに無断複製物の譲渡及び配信は、著作権法上での例外を除き禁じられています。また、本書を代行業者等の第三者に依頼して複製する行為は、たとえ個人や家庭内の利用であっても一切認められておりません。定価はカバーに表示してあります。落丁・乱丁はお取り替えいたします。

ISBN978-4-7584-4596-2 C0193　　©2023 Kitakata Kenzō　Printed in Japan
http://www.kadokawaharuki.co.jp/[営業]
fanmail@kadokawaharuki.co.jp[編集]　ご意見・ご感想をお寄せください。

北方謙三の本

さらば、荒野
ブラディ・ドール ❶

男たちの物語はここから始まった!!

本体560円+税

霧の中、あの男の影が また立ち上がる

眠りについたこの街が、30年以上の時を経て甦る。
北方謙三ハードボイルド小説、不朽の名作!

ハルキ文庫

北方謙三の本
史記
武帝記一

本体600円+税

中国史上最大の史書を
壮大なスケールで描く、
北方版『史記』